이야기를 걷다

개정판

이야기를 걷다

소설 속을 걸어 부산을 보다

조갑상

산지니

일러두기

1. 작품이 인용된 작가소개는 각주형태로 하였다. 본문에서 반복하여 언급되는 작가의 경우에는 주된 작품이 소개되는 면에서 하였다. 예; 〈해운대〉의 안수길은 〈송도와 남부민동〉에서 소개.
2. 작품을 인용한 텍스트는 독립된 작품 인용 말미에 그 출전을 밝혔다.
3. 작품 인용을 발표 당시의 것을 취한 경우, 작품의 표기는 현대 표기법에 맞게 필자가 고쳤으며 한자로만 표기된 것은 한글로 바꾸었다.
4. 작품 인용 중의 문장부호는 현재 사용 중인 부호로 바꾸었다.
5. 책은『 』, 신문 · 잡지는《 》, 작품은 장편과 중단편을 구분하여『 』와「 」로 표기하였다.
6. 수록된 사진 중 지난날의 부산 사진은 여러 자료집과 부산 시청에서 빌렸으며, 오늘날의 사진은 권문경과 필자가 찍었다.
7. 김정한 소설 현장의 '찾아가는 길'의 일부는 부산작가회의에서 발행한 요산문학제 자료집을 참조하였다.

책머리에

소설 속을 걸어 부산을 보다

소설을 빌려 부산이라는 도시를 읽어온 지 8년 만에 세 번째 책을 내게 되었다.

책에 실린 글들은 계간지《오늘의 문예비평》과《작가와 사회》에 시간을 두고 쓰여졌지만 수록된 글들은 하나의 얼굴을 하고 있으리라 생각된다. 지난 시간, 소설 속의 작중인물들이 걸어 다녔던 길을 따라 가면서 작가들의 생각들을 따지며 작품의 무대를 복원해 보고 달라진 지금의 모습을 살피는 일, 그리고 내가 오랫동안 살았던 동구라는 부산의 한 지역을 추억한 글들이기 때문이다.

소설이 문학양식 중에서 현실세계와 가장 많이 닮아 있다 하더라도 소설 속의 인물이 경험했던 공간이 우리가 사는 현실공간과 일치하는 것은 물론 아니다. 프랑스 작가 알베르 까뮈는 현실과 소설이 마주치는 미메시스(재현)의 문제를 두고 소설의 세계는 작가의 깊은 욕망에 따라 장악된 현실의 수정이라고 말했다. 소설은 현실을 빌려 작가의 의도에 따라 구축한 또 하나의 완결된 세계이기에 둘 사이를 직접적으로 겹쳐 보아서는 안 된다.

그렇지만 작가가 인물을 빌려 걸었던 길은 지금도 그대로 남아 있다. 소설 속의 등장인물과 시간은 사라지고 흘러가도 공간과 장소만이 남는 것은 우리 실제 삶의 이치와 다를 바 없기에 우리는 공간을 통해 떠나간 인물과 시간을 다시 붙들 수 있다. 소설 속의 공간과 장소는 우리들에게 지금 여기에서의 일상적 경험의 차원을 떠나 지난 시간을 살았던 이들의 삶과 고뇌에 찬 영혼들의 속삭임을 우리들에게 전해준다.

동광동과 중앙동 일대는 「만세전」의 동경유학생 이인화에 의해 삼일운동이 일어나기 바로 전해 '조선'의 현실을 축사한 상징적 장소가 되고, 삼랑진역은 유학길에 오른 『무정』의 주인공들이 수해를 당한 헐벗은 농민들을 위해 즉석 음악회를 여는 곳으로서 1910년대 낙관적 계몽주의의 시선이 집약된 공간이 된다. 또한 낙동강과 구포역, 구포다리는 조명희와 김정한의 작중인물들의 발걸음에 의해 역사적 의미 공간이 된다. 이 책은 그런 이야기들을 하고 싶어서 썼다고 할 수 있다.

우리나라의 모든 도시들이 효율성만 강조된 근대화의 산물이겠지만, 특히나 항구도시로서 부산은 급격하게 기억의 공간을 무너뜨리며 성장했다는 생각이다. 기억의 공간들이 여지없이 파괴됨으로써 부산이 추상적인 도시로 변해가고 있다는 기왕의 지적들은 현장을 찾아다니면서 어김없이 확인되었다. 기억할 공간이 없다면 지나간 시간도 무화된다. 우리 인간이 기억함으로써 존재한다는 걸 믿는다면 공간과 같이 시간이 사라지는 모습은 안타까움 이상의 마음을 갖게 한다. 물론 『뉴욕의 역사』를 쓴 프랑수아 베유의 말처럼 대도시의 역사는 썼다 지우고 지금 현재에도 다시 써넣는 양피지 같은 역사일 수밖에 없겠지만 시간을 간직한 공간이나 건축물까지 헐면서 역사가 부재하는 도시를 만들어서는 안 될 것이다.

기행이나 답사 형식의 글들이기에 글을 썼던 시점과 책으로 묶어내는 오늘 사이에도 길이 새로 나고 건물이 헐리고 세워지기에 다시 발품을 팔아 처음의 원고를 수정 보완해야 했음은 어쩔 수 없는 즐거움이었다. 아무쪼록 이 책이 부산과 경남 일부 지역, 그리고 김정한 소설 읽기의 한 통로로 자리했으면 더할 수 없는 기쁨이겠다.

이 책을 내는데 여러 분의 도움을 받았다. 책의 체계에 대해 조언을 해준 박훈하 선생, 각주와 사진설명을 풍부하게 해준 김만석 선생, 그리고 좋은 책을 만들기 위해 번거로움을 마다하지 않은 산지니 식구들에게 고마운 마음을 전한다.

2006년 8월

조갑상

개정판을 내며

개정판을 준비하며 여러 장소를 다시 걸었다. 소설의 배경이 된 곳이 어떻게 바뀌었는지를 살펴보는 게 우선 목적이지만 초판을 낼 때 내가 놓친 걸 찾는 일도 못지않게 중요했다. 그러면서 자주 부닥쳤던 문제는 장소보다 시간이었다. 장소는 어떤 면에서 명확해 보이는데 시간은 모호했다.

이 책에는 여러 시간이 겹쳐 있다. 첫 번째 시간은 소설이 발표되고 그 소설이 배경으로 담고 있는 시간이다. 소설이 담고 있는 시간은 작품이 쓰여지고 발표된 시간보다 언제나 앞서 있다. 작가는 일어나고 있는 사건을 지금 보고 쓰는 것 같아도 실상은 과거를 돌아보며 쓴다. 그런 점에서 소설은 기본적으로 반성의 글이다.

두 번째는 이 책의 집필과 관련된 시간인데 처음 잡지에 발표하기 위해 현장을 찾았던 시간이 가장 먼저 있고, 그다음은 책을 내면서 다시 둘러본 시간, 그리고 이번 개정판을 준비하면서 걸어 다닌 시간이다. 2003년 여름, 2004년 봄부터 2005년 겨울, 2006년 봄과 여름, 2017년 겨울에서 가을까지가 그 시간들이다. 그리고 무엇보다 먼저 집필과 상관없이 내가 그 장소들과 마주쳤던 시간들이 있다.

책에서 이 시간들은 때로 명확하게 구분되지 않고 섞이거나 겹쳐 있기도 하다. 간혹 글이 매끄럽지 않게 읽힌다면 소설 속 인물과 작가의 시선이나 생각에다 내가 보고 느낀 여러 겹의 시간이 다시 포개져 있기 때문일 것이다. 장소보다 시간이 모호하다고 여긴 건 바로 이런 이유에서였다. 어떤 장소가 새롭게 다가온다면 그건 바뀐 지형이나 건축물 때문이라기보다 우리가 만나고 보낸 시간의 힘 때문일 수도 있다.

9편의 이야기들 중 구포와 중앙동-동광동은 특별히 많이 고쳐 썼다. 동경유학생 이인화의 발길을 좇았던 「만세전」은 소설의 시대배경과 일치하는 1918년 부산시가지 지도에 의해 걸음을 제대로 복원한데다, 그 옛날 관부연락선부두의 뒷모습인 국제여객선 터미널 이전이 있었다.

지운 것보다 들여온 게 더 많아 책 부피가 커졌다. 새로 읽은 작가들의 작품을 따라 걷는 즐거움도 있었는데, 소설 배경의 시간도 개항장 부산이 나오는 1900년대부터 2000년대 초반까지 다루어져 풍성하고 탄력까지 붙었다.

우리가 사는 곳을 제대로 읽는 일은 매우 중요하다. 책의 〈곰삭은 부산, 동래와 온천장〉 편에서 말해본 대로, 누구에게는 구석진 시골에 지나지 않는 곳도 그 땅에서 나고 사는 누구에게는 세계의 중심이기 때문이다.

사실 이 책의 최초 기획자는 구모룡 선생이다. 그는 〈문학 속의 부산 읽기〉라는 생각을 해서 내게 글을 쓰게 했다. 아이디어가 있다 해도 구체적인 것, 지면을 마련하는 일은 또 어려운 일인데 그는 뚝심 있게 그걸 해냈다,

기꺼이 개정판 출간을 결정하고 더딘 원고를 기다려준 산지니가 고맙다.

2017년 늦가을에

조갑상

차례

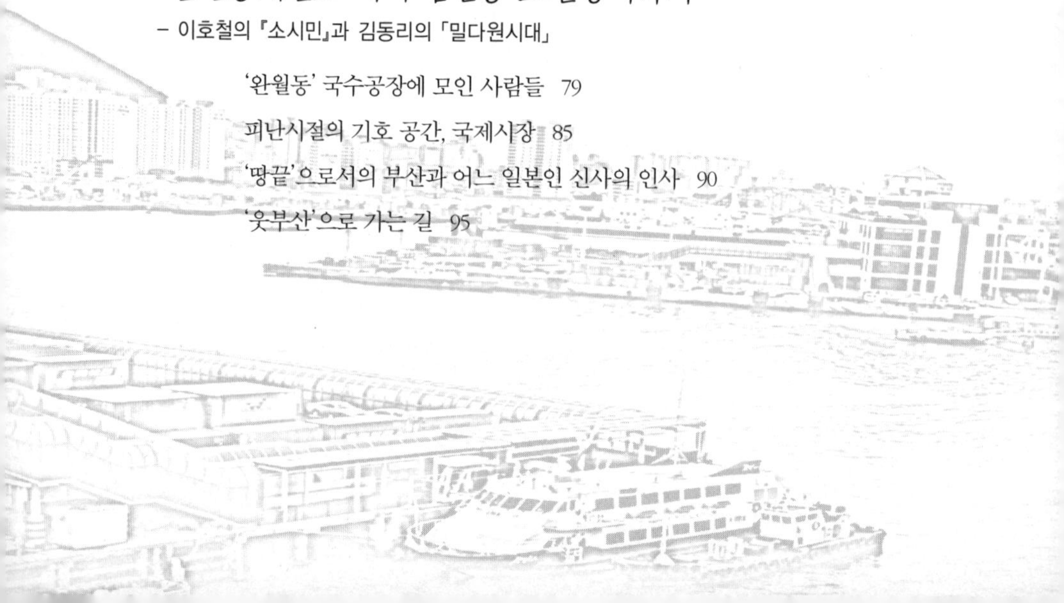

온천과 겨울바다, 물 위의 세계, 해운대와 일광

– 이태준의 「석양」과 최서해, 김성종, 유익서의 소설들, 오영수의 「갯마을」

곰삭은 부산, 동래와 온천장

– 손창섭의 「비 오는 날」과 이주홍, 김정한, 윤후명, 정영선의 소설

해풍에 씻긴 근대 한국과 부산의 축소판, 영도

– 방인근의 『마도의 향불』과 김은국, 조해일, 고금란, 천운영, 정우련의 소설들

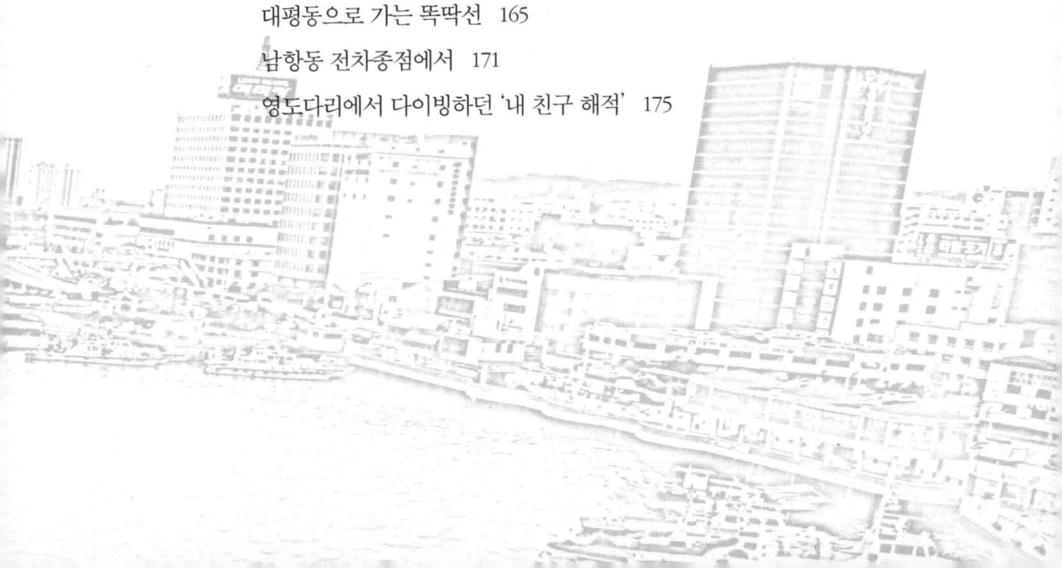

● 부산 전체 지도

작품의 주 무대가 되는 곳
일광
구포
온천장
동래
해운대
해운대해수욕장
대저
동구
수정동
범일동
초량동
동광동
중앙동
을숙도
완월동
남부민동
송도
영도
송도해수욕장

강은 멀고 느리게 시간이 흐르는 곳, 구포

- 조명희의 「낙동강」과 김정한의 「독메」, 김현의 『봄날의 화원』

● 구포역 주변 얼개 지도

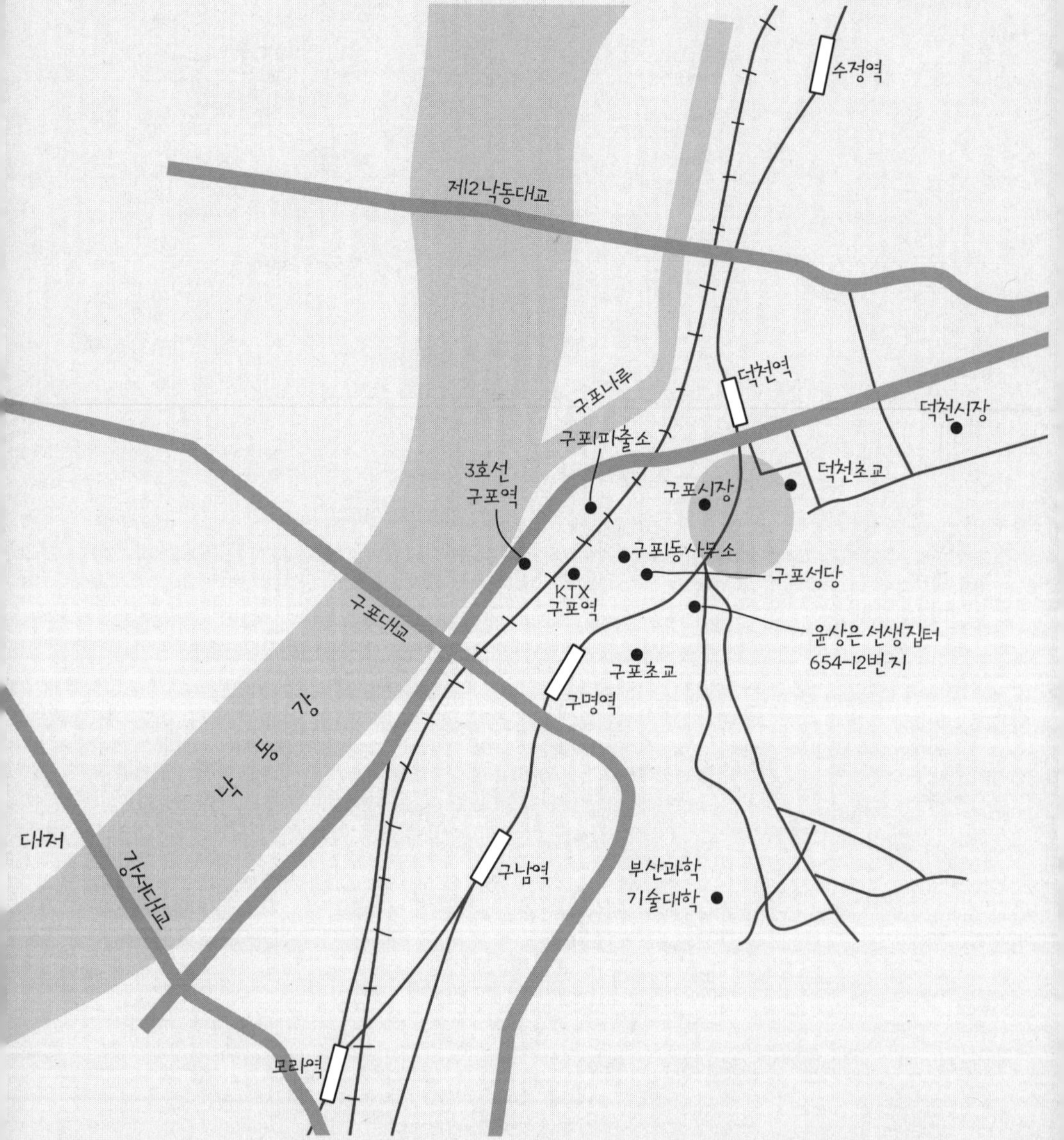
수정역
제2낙동대교
덕천역
구포나루
덕천시장
구포파출소
3호선
구포역
덕천초교
구포시장
구포1동사무소
구포성당
KTX
구포역
구포대교
윤상은 선생집터
654-12번지
구포초교
구명역
낙 동 강
대저
강서대교
구남역
부산과학
기술대학
모라역

강은 멀고
느리게 시간이 흐르는 곳, 구포

- 조명희의 「낙동강」과 김정한의 「독메」, 김현의 『봄날의 화원』

코레일 구포역 일대에는 1960년대와 2010년대라는 두 개의 시계가 있다. 과거와 현재의 공존은 구포역 앞에 코레일이나 경부선이라는 수식어가 붙지 않았던 시절과 그 이후로 나눌 수도 있다. 전철 2호선과 3호선이 기찻길을 포위하듯 놓여진 뒤 구포역은 마주 보는 3호선 전철역과 구분이 불가피해졌다.

2호선 구명역에서 작고 귀여운 거북이가 가리키는 대로 가람중학교 골목을 휘돌아 구포역에 오던 것과 달리 3호선은 지척이다. 3호선은 덕천역을 지나면서 지하에서 솟아오르는 전철의 눈높이로 낙동강을 보는 재미가 있다. 역 전망대에서는 강과 강 건너 대저와 대동의 들, 그리고 그 너머로 백두산, 돛대산 등을 한눈에 볼 수 있다. 역사 주위만 강이 가까울 뿐 이곳만 벗어나면 강 양옆으로 개활지가 펼쳐져 강은 예전보다 더 멀리 보인다. 그리고 무엇보다 차소리가 시끄럽다. 이렇게 소란스런 새 교통망들 이전에 나루와 구포다리가 있었다.

구포나루(이곳에 오래 산 이들은 나루라는 말 대신 선창이라고 한다)는 원래 3호선 전철 역사에 자리하다 샛강 위쪽으로 올라왔지만 예전의 모랫배와 고기잡이배들은 흔적도 없이 아주 초라한 얼굴이다. 조선제재소 등 큰 제재소가 여기에 있었던 것도 배를 만드는데 그만한 수요가 있었기 때문이었을 것이다.

구포는 동래와 양산과도 연결되지만, 강으로 두고 말하면 언제나 김해와 닿아 있다. 선창에서 나룻배를 타고 대저와 대동을 오가다 1933년 구포다리가 놓여 마산과 진주길까지 열렸다. 그리고 1960년대 김해사람들은 충무동로터리가 종점이었던 동신버스를 타고 부산 시내로 들어왔다.

사라진 구포다리와
낙동강의 홍수

지금 우리가 보는 강 위의 다리들은 구포다리를 잃고 대신 얻은 건축물이다. 준공 당시 한반도에서 가장 길었던 구포다리는 2003년 9월, 태풍 '매미'로 상판 60미터 정도가 유실되면서 보존과 철거에 대한 별다른 논의 없이 사라졌다. 구전민요 중에 "낙동강 칠백 리 공굴 놓고/ 하이카라 잡놈이 손짙한다"라는 노래가 있다. 공굴은 콘크리트가 우리말로 변한 것이고 하이

칼라란 일본인들이 변용한 멋쟁이란 말로서 철도와 다리가 놓이던 식민지 시절의 한 모습을 그대로 보여준다.

여름마다 겪는 물난리는 낙동강 하류지역의 숙명이다시피 했다. 이광수와 김정한의 소설에 그런 홍수 장면이 그려져 있다. 조마이섬(을숙도)의 건우네 가족을 걱정하면서 구포다리에서 강을 바라보는 김정한의 「모래톱 이야기」를 이야기하기 전에 이광수*의 『무정』(1917)부터 살펴보자.

유학길에 오른 주인공들을 태우고 부산으로 오던 기차는 삼랑진 수해 현장에서 멈추는데, 1916년과 1920년 홍수가 대단했다는 기록으로 본다면 『무정』의 수해장면은 1916년의 것을 소설에 들여왔다고 보면 틀림이 없다. 이형식과 세 처녀가 삼랑진역에서 바라보는 큰물은 이렇게 묘사된다.

> 대합실에서 여관 하인에게 짐을 맡기고 네 사람은 그 하인의 뒤를 따라 나가다가 정거장 모퉁이에 서서 붉은 물이 굼실굼실하는 낙동강을 본다.
>
> "아이, 저 물 보세요!" 하고 병욱이가 가시 돋은 철사에 배를 대고 허리를 굽히며 소리를 친다. 다른 세 사람도 속으로는 '저 물

* 이광수(1892~1950) 평북 정주 출생. 어려서 고아가 되어 동학(천도교)의 도움을 받았다. 와세다대 철학과. 최초의 근대장편소설 『무정』 외 『흙』, 『사랑』 등을 발표함. 전쟁 중 납북되어 폐결핵 악화로 사망했다. 총독부 기관지이자 유일한 우리말 큰 신문인 《매일신보》 1면에 연재된 『무정』은 국권상실 이후 7년 동안 모색된 민족이 나아갈 길을 주제로 하면서 그 방법을 민족 계몽주의에서 찾았다.

구포 다리

해마다 되풀이되는 낙동강 하류의 홍수는 이 지역의 숙명이었다. 그래서 근대문학이 이 근대적 축조물을 통해 하구 범람의 숙명을 극복하려는 장면을 연출한 것은 놀라운 일이 아니다. 자연을 폭력적으로 교정함으로써 획득하게 된 안온함은 더 큰 자연의 위력 앞에 별 힘을 쓰지도 못하고 무너지고 말지만. 혹 옛사람들은 하구 범람에 맞서 투쟁했던 게 아니라 생명의 과정으로 받아들였던 것은 아닐까? 2003년 태풍 '매미'로 끊기기 전의 구포다리와 끊긴 후의 모습.

보게' 하면서도 아무도 입 밖에 말을 내지는 아니한다.

"저것 보게. 저기 저 집들이 반이나 잠겼습니다 그려!"

하고 마산선으로 갈려 나가는 길가에 있는 초가집들을 가리킨다. 과연 대단한 물이로다. 좌우편 산을 남겨 놓고는 온통 시뻘건 흙물이로다. 강 한가운데로 굼실굼실 소용돌이를 쳐 가며 흘러내려가는 물소리가 들리는 듯 하고 그 물들이 좌우편에 늘어선 산굽이를 파서 얼마 아니 되면 그 산들이 밑이 빠져나갈 것 같다.

『무정』, 우신사, 1993, 345쪽

그들은 새벽 5시가 지나 삼랑진역에 도착한 기차가 선로공사로 4시간 정도 지체된다고 하자 여관에 쉬러 가면서 범람한 강을 바라본다. 마산선이란 1905년 5월 26일 개통된 삼랑진-마산 사이의 구간을 가리킨다. 이광수는 '굼실굼실'이란 표현을 두 번이나 써가면서 "물이로다, 흙물이로다"라는 다소 점잖은 경탄조를 사용하여 홍수장면을 세밀히 그리고 있다.

네 젊은이들은 위급한 산모를 구하고 이재민들을 위해 삼랑진역사에서 즉석 음악회를 열어 모금운동을 한다. 그리고 여관으로 다시 돌아와 '불쌍한 조선 사람'들을 위해 과학과 문명이 필요하다면서 "교육으로, 실행으로" 그들을 가르치고 인도해야 한다는 『무정』의 그 유명한 장면을 연출한다. 안창호가 내세운 준비론의 충실한 문학적 실천자인 이광수는 이토록 삼랑진 홍수 장면을 자신의 민족계몽의 이데올로기를 실현하는 데 적절하게 활용하고 있는 것이다.

김정한*은 「모래톱 이야기」(1966)에서 1960년대 초반의 낙동강 하류 수해 장면을 그리고 있다. 그가 강을 바라보는 곳은 구포다리다.

> 내려다보므로 해서 한결 사나운 물굽이가, 숫제 강을 사로잡듯 둘둘 말려오다간, 거의 같은 지점에서 쏴아하고 부서졌다. 그럴 때마다 구슬, 아니 퉁방울 같은 물거품이 강위를 휘덮고, 때로는 바람결을 따라서 다리 위에까지 사뭇 퉁겼다. 그러한 강 가운데를 잇달아 줄을 지어 떠내려 오는 수박이랑 두엄더미들이, 하단서 볼 때보다 훨씬 많았다.
>
> 「모래톱 이야기」, 『김정한전집』 3권, 작가마을, 2008, 37쪽

이광수와 조명희에 이어 김정한이 「모래톱 이야기」로 낙동강을 우리문학의 중요한 공간으로 자리매김했다.** 무엇보다 낙동강은 그에게 친숙한 공간이었다. 「낙동강의 넋두리」라는 수필에서 그

* 김정한(1908~1996) 부산 출생. 와세다대 제일고등학원. 1936년 조선일보 신춘문예로 등단하여 「수라도」, 「사밧재」 등 낙동강 하류를 배경으로 리얼리즘 정신에 입각한 뛰어난 작품을 남겼다.

** 구모룡은 「모래톱 이야기」를 읽으면서 버려지는 이야기 찾기, 구체적인 터에 내재한 역사성 알기, 박진묘사에 의한 인물과 환경 그리기의 의미들을 찾는데 중심부에서 가장 멀리 있는 주변부인 낙동강 하류는 김정한에게 이 세 가지 모두의 의미를 가장 잘 드러낼 수 있는 공간이었다고 한다(구모룡, 『지역문학과 주변부적 시각』, 신생, 2005, 38~56쪽 참고). 그것이 가능했던 바탕은 그가 낙동강에 대해서 쓴 많은 수필에서 볼 수 있듯이 체험되고 육화된 공간이었기 때문이다.

는 어렸을 적 금곡동 동원나루에서 배를 타고 대동면 새너리(조눌)에 갔던 기억을 되살리고 있다. 대동면과 이웃한 대저면의 일본인들 과수원 부근에 가면 무서운 개들이 마구 짖어 돌을 던지고 도망쳤다는 것, 그 일대를 고래농장이라 불렀는데 고래는 그 땅을 차지한 다까세라는 일본인 지주의 성을 우리 식 한자음으로 부른 것이라는 얘기들이다.(『사람답게 살아가라』, 동보서적, 2000, 44~45쪽) 지금은 거의 다 사라졌지만 1970년대까지만 해도 대저 일대에는 넓은 배밭 한가운데 자리했던 커다란 일본식 집들이 띄엄띄엄 보였다.

점이라는 농촌 주부의 이야기를 통해 국유지 불하의 부당성을 지적하는 김정한의 단편 「독메」(1970)에 김해 쪽에서 구포다리를 건너오는 장면과 구포장의 모습이 그려져 있다. 독메란 넓은 들에 흩어져 있는 고립 촌락들을 이르는 말로 김해사람들은 섬바위, 들섬이라 부르기도 한다.

> 구포다리도 저쪽 끝이 빤히 바라보이면서도 실상은 멀었다. 게다가 길 폭이 좁은 위에 쉴 새 없이 차가 오고 가기 때문에, 점이는 무거운 리어카를 끌고 한쪽 옆으로 바싹 붙어 가야만 했다. 그래도 우락부락한 운전수들은 마구 퍼붓기도 했다.
> “눈깔이 없나?”
> 점이는 눈물이 핑그르르 돌 때도 있었다.
> 다릿목에서는 거간꾼들이 각다귀처럼 덤빈다. 안 된다! 예까지

끌고 온 물건을 그들에게 헐값으로 넘길 수는 없다. 점이는 억척보두같이 장거리로 끌고 간다. 그러나 시장 안 채소전 거리에는 들어갈 도리가 없다. 가까이 가서도 안 된다. 허가가 없기 때문이다.

부득이 시장 밖에 리어카를 세워야 한다. 그래도 장세금은 꼬박꼬박 물었다. 팔에 완장을 두른 시장 사무원이 어느새 보고 달려온다.

도회지 아낙네들은 도대체들 여간내기가 아니다. 이것저것 마구 뒤져내 가고 얼토당토않은 값을 걸어온다.

「독메」, 앞의 전집 4권, 17쪽

강을 강답게 만드는 게 둑이지만 전철 3호선 역사와 도로를 내면서 강이 뭉턱뭉턱 잘려나가 둑도 사라졌다. 1970년대까지 강둑에 모여 있던 술집들의 모습을 도저히 그려낼 수가 없다. 구포장터 삼일만세운동비기념비는 제 혼자 뚝 떨어져 위태롭게 서 있고 강물을 옆에 둔 갈맷길이 사상에서 화명동으로 이어진다.

넓은 육교를 지나 경부선 구포역으로 간다.

철길을 가운데 두고 구포역 일대를 살펴보기에는 2호선 구명역과 연결시켜주는 육교 위가 좋다. 구름다리에 서면 정면과 좌우로 구포역 일대가 한눈에 잡힌다. 철로를 따라 난 구포역 앞길은 만세로이고 큰 길은 낙동대로다. 몸을 돌리면 금정산에서 흘러내린 수운산—이곳 사람들은 백양산을 그렇게 불렀다—이 버티고 있다. 구포역 일대는 면적이 아주 좁으면서 철길을 따라 덕천동 방향으로 뻗어 발전하고 있지만 오래된 단층건물과 하늘로 솟은 주

상복합아파트로 어지럽다. 예전 구포역을 상기시켜 주는 녹색지붕의 두 채짜리 대한통운 창고건물마저 헐리고 2층으로 다시 지은 역사 건물 어디에도 허물어버린 예전의 역사 사진 한 장 없다. 그래도 역은 승객으로 붐비고 역 앞에 늘어선 택시들이 옛날 기분을 나게 한다. 왼편의 우체국과 황금당도 터줏대감 노릇을 단단히 하고 있어 반갑다.

구포에 대한 내 첫 기억은 아마 경전선을 타고 고향과 외가가 있는 진주를 오가며 머문 구포역일 것이다. 배와 딸기, 그리고 김밥과 떡. 삼랑진역과 낙동역에서도 그랬겠지만 구포역은 상인들의 접근이 훨씬 용이해 더 적극적이었을 것이다.

그리고 고등학교 다닐 때 친했던 친구네가 여기서 제재소를 했다. 몰래 마신 술이 깨지도 않은 이른 아침부터 엄청 큰 나무를 자르는 기계 소리에 늦잠을 잘 수는 없어도 묘하게 흥청대는 역 앞 분위기와, 통통배 타고 김해 대동면으로 건너가는 재미를 쉽게 내칠 수 없었다. 또 하나, 우리 식구는 물론 운명을 미리 알고 싶은 가까운 친척들까지 '구포 찬물샘' 바람이 불었었다. 관상을 용하게 잘 본다는 집이었는데 하루에 정해진 숫자만큼만 보아주었기에 부산진역에서 새벽 기차를 타고 아직 덜 깬 산길을 허위 잡아 순번이 적힌 표를 받아야 했다. 한복을 단정하게 입고 앉은 여자 역술인은 상(相)을 동물에 비유하여 그 동물의 속성으로 과거와 미래를 얘기해 주었다. 내 고모에게는 진돗개는 집을 지키지 밖으로 나가지 않는다, 외사촌에게는 사자가 평원에 살지 산에 사느냐, 그런 식이었다.

그리고 세월이 흘러 구포 갈 일은 별로 없었다. 산악회에서 대구나 청도 쪽으로 가기 위해 구포역에 모일 때거나 공항에서 307번 버스를 타고 그냥 지나치는 정도였다.

그 시절에 이 강을 건넜던 사람들

최근 들어 가슴에 저리도록 구포가 자리한 건 포석 조명희*의 「낙동강」(1927) 때문이다. 가슴 벅차게 해야 할 말은 많고 주어진 형식은 너무 짧아 장편을 축약한 듯 작품의 결은 거칠지만, 「낙동강」은 3 · 1운동 뒤의 주인공의 삶의 여로가 "당대 사회운동 전개의 일반성에 대응"될뿐더러, "한 시대의 역사적 현실성을 전형적으로 반영"하고 있다는 점에서 주목받는 작품이다. (김윤식 · 정호웅, 『한국소설사』, 예하, 1993, 146~147쪽 참조.) 거기에 더하여 이 작품은 작가의 비극적 최후와, 한 후배작가에게 커다란 영향을 미쳤다는 점에서 또 다른 감동을 준다.

조명희는 작품의 서두에서 낙동강 하류와 그 강을 젖줄로 하여

* 조명희(1894~1938) 충북 진천 출생. 도요대학 수학. 1925년 카프(조선프롤레타리아예술가동맹, KAPF) 결성과 함께 지도적 역할을 담당하였다. 1929년 소련으로 망명하여 1938년 4월 15일 스탈린시대에 일본간첩죄로 총살당하였으나 1956년 딸에 의해 소련에서 명예회복과 동시에 복권되었다. 1946년 건설출판사에서 창작집 『낙동강』을 발간하였다.

구포나루

구포사람들이 선창이라 불렀을 만큼 구포나루는 한 시절 바다와 내륙을 잇는 물류운송의 중심역할을 했다. 지금이야 물류가 지역과 지역을 폭력적으로 이어붙이지만 이 시기만 해도 구포나루터는 일종의 호흡기처럼 자연스러운 순환 공간이었다. 자연적 과정을 위배하지 않고 오롯하게 자연의 순환 과정을 본능으로 받아들여야만 선창이 될 수 있었다. 말하자면 이곳과 저곳에 어떠한 해를 끼치지 않았던 것도 나루터가 숨통이었기 때문이다. 내륙과 해양, 인간과 자연이 잇닿아 있는. (2006년)

사는 이들의 모습을 서사시적으로 그리고 있다.

> 낙동강 칠백리 길이길이 흐르는 물은 이곳에 이르러 곁가지 강물을 한몸에 뭉쳐서 바다로 향하여 나간다. 강을 따라 바둑판 같은 들이 바다를 향하여 아득하게 열려 있고 그 넓은 들 품 안에는 무덤무덤의 마을이 여기저기 안겨 있다.
>
> 이 강과 이 들과 거기에 사는 인간— 강은 길이길이 흘렀으며, 인간도 길이길이 살아왔었다. 이 강과 이 인간, 지금 그는 서로 영원히 떨어지지 않으면 아니될 것인가?
>
> 「낙동강」, 『한국현대대표소설선』 2, 창작과비평사, 1996, 224쪽

그가 소망하는 것은 자연과 인간, 국토와 민족의 일체다.

나는 자주 "동저고릿바람에 헌 모자 비스듬히 쓰고 보따리 든 촌사람, 검정 두루마기, 흰 두루마기, 구지레한 양복, 혹은 루바슈까 입은 사람, 재킷 깃 위에 짧은 머리털이 다팔다팔하는 단발랑, 혹은 그대로 틀어앉은 신여성, 인력거 위에 앉은 병인"들이 뒤섞여 탄 나룻배가 어디서 어디로 강을 건너갔는지가 궁금했다. 나룻배에 탄 여러 겨울옷차림의 남녀는 1920년대를 살았던 우리 할아버지 할머니들의 모습이다. 이들은 자기 고향의 사회운동과 농민운동 지도자 박성운이 고문 끝에 병보석으로 나오자 그를 마중하여 강 건너 마을로 돌아가고 있다.

1920년대 중반을 시대적 배경으로 한 작품이니 강의 모습은 지금과 엄청 달랐을 것이다. 본래 낙동강의 본류는 서낙동강이었는

조명희

체포 전후로 짐작되는 시기의 조명희. 그의 죽음은 그가 망명 작가라는 점에서 더욱 비극적이다. 희미한 흑백 사진에서도 감추어지지 않는 강렬한 눈과 얼굴선은 그와 대면하는 세기의 문턱에 선 사람들에게도 묘한 아픔을 서둘러 불러오게 한다. 그의 고뇌가 아직도 상쇄되지 않는 이유는 그것이 오늘날의 모순들과 여전히 밀착하고 있기 때문일지 모른다.

데 물만 들지 않는다면 엄청 쓸모 있는 땅이 될 수 있는 삼각주에 눈독을 들인 일인들이 1930년 초반에 대동면 쪽에 수문을 만들어 지금의 흐름으로 바꾸고 녹산수문으로 바닷물을 차단했다. 구포둑은 1936년에 들어서야 다 만든 것이다.

잠정적으로 내려본 결론은 이러하다. 박성운이 병보석으로 감옥에서 풀려나 차에서 내려 강 언덕에서 나룻배를 기다리는 곳은 구포다. 반대편 강 저편에서 뱃머리를 돌려 나오는 모습을 육안으로 보고 빨리 오라고 고함을 치고 사공이 그 소리를 듣는 것은 건너편 나루와의 거리가 좁다는 걸 의미한다. 강의 본류가 여전히 서낙동강일 때이니 지금의 구포 앞 강폭은 지금보다 훨씬 좁았을 것이고—가장 좁은 곳은 오십 미터에 지나지 않았다는 기록이 있다—구포서 마주 보는 직선거리에 있는 김해 땅은 대저라고 봐야 한다.

1919년 삼일운동 때 김해 일대에서 저항이 심했던 곳이 대저였으며 1930년대 소작쟁의가 대규모로 일어난 곳도 대저와 가락 지역이었다. 그리고 교육자 출신으로 조선공산당 경남도책과 부산 인민위원회 위원장을 역임한 노백용(1885~1961)이 교육과 농민운동을 한 곳이 특히 대저, 가락 지역이었다는 점도 무대를 그쪽으로 생각해보게 한다.*

그러니까 흐름이 늦은 강이 나뉘어 흐르는 이 일대는 나라를 빼앗긴 뒤 강기슭의 갈밭이 국유화 단계 다음에 일본인에게 불하되고 소작료가 최고 7할에 이르는 등 총체적 농촌 모순이 다 모인 땅이라고 볼 수 있을 것이다. 대동은 너무 위쪽에 있고, 녹산, 명지

* 노백용의 아들인 노재갑(1910~?)도 그의 부친을 이어 1930년대에 김해 지역, 특히 대저면과 가락면에서 농민운동에 종사하다 해방 후 김해군 인민위원회 위원장으로 활동했다. 이들 부자는 한국전쟁 중 국민보도연맹에 얽혀 구금되었다가 아버지는 살고 아들은 희생되었다. 두 부자는 해방공간에서 김정한과 인연을 맺는데 이 시절 김정한은 건국준비위원회 경남지부와 그 뒤를 이은 경남인민위원회 문화부에서 활동하는 한편 좌익계열의 문화단체인 조선문화단체총연맹의 부산 지부격인 부산예술연맹 회장으로도 일했다. 이때 부산인민위원회 위원장이었던 노백용을 만났으며 두 사람은 1947년 미군정의 탄압으로 같이 피검된다. 김정한은 노백용을 모델로 하여 미군정하에서의 좌파출신 독립운동가가 당하는 고통을 「옥중회갑」(1946)과 「설날」(1947)이라는 소설에서 담아냈는데, 두 작품에는 노백용에 대한 지극한 존경심이 담겨 있다. 「옥중회갑」은 부산에서 발행된 《전선》 창간호(1946. 3)에 발표되었는데 이 잡지의 발행인 겸 편집인은 노재갑이었다(최원식, 「그 편안함 뒤에 대쪽」, 《민족문학사연구》 제3호, 1993, 「90년대에 다시 읽는 요산」, 《작가연구》, 새미, 1997과 조갑상, 「김정한의 미공개 단편소설」, 《민족문학사연구》 제3호 참조).

는 강 양안에서 바라보기에는 강폭이 너무 넓지 않은가.

소설의 마지막 장면에 구포역이 나온다.

> 이 해의 첫눈이 푸뜩푸뜩 날리는 어느 날 늦은 아침, 구포역에서 차가 떠나서 북으로 움직이어 나갈 때이다. 기차가 들녘을 다 지나 갈 때까지, 객차 안 들창으로 하염없이 바깥을 내어다 보고 앉은 여성이 하나 있었다. 그는 로사이다. 아마 그는 돌아간 애인의 밟던 길을 자기도 한번 밟아 보려는 뜻인가 보다. 그러나 필경에는 그도 멀지 않아서 다시 잊지 못할 이 땅으로 돌아올 날이 있겠지.
>
> 「낙동강」, 앞의 책, 237쪽

백정의 딸로 보통학교 교사가 되어 판임관(하급관료)이라는 천지개벽 이후 처음 보는 집안의 영광을 뿌리치고 사회운동에 뛰어들었던 로사는 이 땅을 떠난다. 구포역을 떠난 로사는 그 뒤 돌아왔을까? 해방 뒤에 돌아왔다면 그녀는 어떤 삶을 살았을까.

해방 직후 원산에서 고등학교 국어시간에 「낙동강」을 교과서에서 읽었던 최인훈*은 숙제로 독후감을 써 갔는데 작문선생은 독후감이 아닌 소설이라고 칭찬하고서는 작가의 탄생을 예언했다. 최인훈은 고향 회령에서 원산중학으로 전학 왔을 때 학교 운동장에

* 최인훈 1936년 함북 회령 출생. 6·25전쟁 때 월남했다. 『광장』을 비롯한 많은 소설과 희곡을 썼다.

구포역

구포역은 1920년대의 문제작 「낙동강」의 여자주인공 로사가 북행열차를 타고 떠나는 장면으로 해서 기념비적인 공간이 되었다. 동경으로만 향했던 근대 지식인들에게 '북행'은 그와는 또 다른 의미로 다가오게 했을 것이고 식민지 자본주의 현실을 타개할 희망으로 보이기도 했을 법하다. 식민지 수탈의 첨병인 철도 내부에 가로 놓여 있는 식민지 극복의 희망이 서서히 돋아나기 시작한 것이 이 시기에서부터였다는 것은 우연이 아니지 않던가. 우렁찬 기차 소리 사이로 날카롭게 비켜나가는 로사의 상기된 얼굴이 문득 스친다. 새로 짓기 전의 구포역과 오늘의 모습.

어질러진 돌덩어리들이 어수선해 보였고 그것을 치우느라 학생들이 고생을 했다는 〈벽보글〉을 썼다가 지도원 선생에게 자아비판을 당한 적이 있었기에, 독후감에 대한 칭찬은 더욱 기쁜 일이었다.

이렇게 해서 어린 나이에 해방 후 북조선에 수입된 소련문화 가운데서도 누구도 예외일 수 없었던 자아비판회, 서로 피고가 되고 검찰관과 재판관이 되는 최고 유일의 수사기관이자 고해성사실인, 그 일을 겪었던 최인훈에게 「낙동강」은 위로가 되고 질문이 된다.* 문학과 이데올로기, 그리고 작가에게 있어서의 망명의 문제를 다루고 있는 (최인훈은 유신독재 시절, 미국 이주를 생각한 적이 있다.) 『화두』(1994)는 그렇게 해서 쓰였다.

세월이 한참이나 흘러 1992년 가을, 최인훈은 사회주의 체제가 무너진 소련을 여행하면서 그곳으로 망명한(1928년) 선배작가의 최후를 추적했다. (당시까지는 조명희의 딸이 노력해서 스탈린 정권에 의해 1938년 일본간첩죄로 총살당했다는 정도만 알려져 있을 때였다.) 최인훈이 손에 쥔 것은 하바로브스끄의 KGB지부에 보관된 조명희 관계 서류철에 첨부된 유일한 문서 하나인데, 다섯 명이 하나의 사

* 사실 최인훈의 소설을 통해 유추해 보면, 해방 이후 그토록 재빠르게 북한이 사회적 그물망을 조성할 수 있었던 것은 '자아'를 내부에 두지 않고 외화했기 때문이다. 자아의 내용을 검증하는 법적 장치를 자아의 내용을 발화하는 그 당사자에게 강요함으로써 자아의 형식을 국가가 원하는 대로 변이시킬 수 있게 된 것이다. 말하자면 최인훈에게 낙동강이 위무로 다가올 수 있었던 것은 자율적인 내면을 함부로 가질 수 없는 현실에서 스스로를 외화했음에도 깊이를 알 수 없는 내면을 낙동강이 지니고 있었다는 판단을 가능하게 한다. 남한 사회 역시 국가형태를 다듬는 과정이 북한 사회와 그리 다르지 않게 전개되었다는 점도 주지되어야 함은 물론이다(자세한 사정은 쟈크 데리다, 진태원 옮김, 『법의 힘』, 문학과지성사 참조).

건에 묶여 있었고 그들이 소지한 문서는 당(黨)이 초심으로 돌아가야 한다는 걸 강조한 연설문이었다. 스탈린을 겨냥했다고 할 수 있는 연설문을 소지했거나 읽었다는 게 유죄의 한 증거자료가 된 것이다.*

작중인물도 작가의 운명을 닮는다면, 이 땅에 돌아온 로사의 운명도 틀림없이 비극적이었을 것이다. 눈은 내리지 않지만 구포역 앞에만 서면 그 시대를 살았던 아버지와 딸 같은 조명희와 로사를 생각하지 않을 수 없다. 더구나 작가는 소련으로 망명하던 1928년 봄을 부산에서 보냈다.

조명희는 부산에 머물며 작품 취재는 물론 영주동에 출판사 백악사를 열어 1928년 4월에 소설책 『낙동강』을 냈다. 그로 말미암아 부산 근대문학은 '드넓은 마루'를 얻었으며 그가 낸 소설책은 부산 근대문학지의 첫 소설집이 되었다. (박태일이 『지역 인문학』 2017년에서 이런 사실을 밝혔다. 드넓은 마루를 얻었다는 표현도 그의 글이다.)

역이 생기고 다리가 놓이기 전부터 물자와 사람이 모이는 곳이 구포였다. 부산포는 물론 남해, 여수 배들까지 하단포를 지나 여기에 드나들었다. 이 일대 나락을 모아 제물포(인천)를 통해 한양으로 실어가던 창(倉)이 있었고 개화 이전에는 소금배가 명지 소금을 싣고 상주, 안동까지 올라갔다. 뒤에는 석유와 포목 등이 올

* "슬픈 육체를 가진 짐승이 별들이 토론하는 소리를 낼 수 있다니"라고 최인훈이 감탄한, 조명희가 소지했다는 연설문은 『화두』 2부, 민음사, 1994, 485~510쪽에서 읽을 수 있다.

라갔고 내려올 때는 나락을 실어 와 여기서 도정을 했다.

토박이들은 구포사람들은 발이 넓어 다른 지역 사람들 덕에 살았다고 말한다. 지금도 구포에 술집과 음식점, 여인숙, 다방, 전당포, 점집이 많다는 것은 물산객주업이 발달했던 이곳의 뒷모습을 보여주는 것이다. 해방 뒤에는 '남선곡산'과 '영남제분' 두 밀가루 공장과 '조선도정' 등이 이전의 맥을 이었다. 구포국수는 6·25 때부터 유명했다.

구포본동길이라 불렀던 만세길 뒤의 좁은 길에는 지금도 여인숙들과 니나노집이 있지만 달라진 주위 때문인지 늙은 창부의 맨

물류의 중심이었던 구포

구포역에서 낙동강변으로 철도 지선을 내어 벼를 곧바로 정미공장으로 옮기게 했다. 구포가 물류의 중심이면서 도정공업이 발달했다는 사실을 알려주는 1940년대의 사진이다.

얼굴을 보는 기분이다.* 우중충한 '역전여인숙' 건물은 한 오십 년 전의 시간으로 돌아간 모습 그대로 딱 멈추어 서 있다. 역에서 구포1동사무소, 구포성당으로 가는 길에는 일본식 집들이 아직 남아 있지만 빈집들이 많다. 이 길은 낙동로가 놓이기 전에 양산 가는 국도였고 음식골목으로 유명했다. 김해 공군기지의 파일럿들이 권총을 찬 채 술 마시고 춤을 추던 구락부도 있었다. 그러나 오래된 건물들은 그대로인 채 너무나 한적하여 마치 영화 촬영 세트장을 걸어가는 기분이 든다. 이런 나른한 기분을 깨우면서 이 길이 만세길이라는 사실을 일깨우듯, 철길을 따라 세운 방음벽에 만세 그림을 비롯한 이런저런 역사를 새겨놓았다.

1960년 초반에 연산동 로터리 일대를 경지 정리했을 때 땅 한 평 값이 1천 8백 원 내지 2천 원이었는데 이곳은 그 열 배 가격인 2만 원을 했다니 구포의 영화는 1980년대 초까지였을까.

* 니나노집은 방석집이나 매미집으로 불릴 수도 있다. 경기민요 〈태평가〉에서 되풀이되는 '니나노'라는 가사에서 알 수 있듯이 니나노는 다분히 청각적 감각으로 이루어진 흥을 돋우는 말인데, 장단과 관계 지어져 술집 형태의 이름으로 사용되었을 것이다. 방석집은 방석을 깔고 앉아 제법 고급스럽게 술을 마신다는 점에서, 매미집은 술집 접대부들을 부르는 은어에서 나온 말이지만 세 가지 술집형태가 동일함은 접대부들과 같이 방바닥에 퍼질러 앉아 젓가락으로 상을 두드리면서 노래하고 춤을 춘다는 점에서이다. 한편, 1970년대의 대중문화 풍경을 이야기했던 부산출신의 이성욱은 이런 술집들의 고유한 분위기를 '질펀하게'로 표현했다. 룸살롱이나 단란주점이 화려하고 세련된 무엇을 제공하지만 니나노집의 '질펀함'은 주지 못한다는 것이다. 그러면서 그는 질펀함이란 말 속에는 '인간적'이라는 소박하면서 대단히 자의적일 수 있는 기대정서가 담겨 있다고 했다(『쑈 쑈 쑈 김추자, 선데이서울 게다가 긴급조치』, 생각의 나무, 2004, 210~211쪽).

구포역 앞길

구포역 앞에서 구포시장으로 가는 길은 오래된 건물들로 해서 시간이 멈춘 듯한 풍경을 연출한다. 급격한 변화로 지형을 항상 새로 익혀야 하는 중년들에게뿐만 아니라 시간과 삶을 보존하고 있는 이 길은 속도에 허덕이는 젊은이들에게도 걸어보라고 말하고 싶은 길이다. 길이 소중한 이유가 사람들이 힘들여 체득한 삶의 지혜가 흘러나오기 때문이라면, 대책 없는 개발이 아니라 보존을 통해 세월이 남겨둔 지혜를 향유할 수 있는 대안을 모색하는 것이 시급하다. 이 길은 양산 가는 국도였다.

1970년대 초반 구포일대가 농촌지역이었음을 알려주는 김현의 소설 속에 땅값 이야기가 나온다. 주인공 집 소유의 논에 구청(북구청)이 들어선다는 소문이 돌면서 중개업자들이 설쳐댄다. 그들은 낙동강 둑 아래 물구덩이 논이지만 평당 5만 원씩 쳐주겠다면서 "이쪽 한 평 값 가지고 저쪽 덕천 땅 열 평 사 놓을 수" 있다고 말한다. 업자들의 바람 잡는 소리라 하더라도 그 무렵 구포 일대의 땅값이 높았다는 사실만큼은 알 수 있는 대목이다.

『봄날의 화원』에는 초경을 시작한 열세 살 계집아이의 눈에 비친 70년대 초반의 구포 모습이 화원처럼 펼쳐져 있다. 우선 저지대 집을 감도는 물비린내와 강둑에서의 물 구경, 썰물 때의 조개캐기와 밀물에 잠기는 순식간의 죽음, 둑 아래 딸기밭을 찾아오는 데이트족들, 벼농사와 철 따라 짓는 배추, 토마토, 수박 농사, 모래톱이 만든 다리 밑 하천부지의 사용권 문제 등 강가의 이야기가 풍성하다. 그리고 초가집과 슬라브 문화주택의 혼종, 거지들이 사는 야시고개와 철길 밑 굴다리 옆의 색시집들, 관광센터라고 부르는 다리 입구에 새로 지은 상가건물, 오빠가 사법공부를 하는 운수사 등 구체적 장소가 있다.*

* 로맨스로 인물을 연결시키는 이 소설에서 주인공이 친구 오빠와 역 앞의 신영극장에서 영화를 본 뒤 밤기차의 기적 소리를 들으며 집으로 돌아오는 장면은 매우 아름답다. 성장소설이면서 다채로운 이웃의 스토리를 살갑게 담고 있어 시대소설적 모습을 갖추고도 있다. 논 값 인용은 『봄날의 화원』(나남, 2010, 25~26쪽). 김현은 1999년 《한국소설》로 등단, 『식탁이 있는 그림』, 『장미화분』 등을 냈다.

내가 지금 걷는 소설 바깥도 여전히 1970년대 그 모습이다. 왕년의 어깨, 구포 타잔의 집과 술 국자가 다 닳을 정도로 장사가 잘됐던 3대과부집도 집만은 그대로 남아 있다. 새로운 도로명으로 지워지고 없지만 남창길이라는 길 이름이 조선 말까지 조세운송이 성했던 나루터로서 이름을 날린 먼 옛날을 생각하게 한다. 구포사람들은 유니온타운을 기억하는데 도정공장이 불난 뒤 이 일대에 자리한 최초의 나이트클럽이었다. 낡은 간판만 보이는 그 건물과 한가한 대낮 골목길에서 만나는 여관과 모텔은 지극히 비현실적이다.

구포1동사무소는 이전에 구포읍 사무소이고 마주 보고 있는 구포성당과 어울려 이 일대 사거리는 그런대로 안정적이다. 신영극장에 비해 새 영화가 조금 늦게 들어온다는 말을 듣던 동영극장 자리에는 탑마트와 빌라가 들어서 있다.

윤상은 선생의 집터와 구포시장

구포 출신의 선각자로 장우석(1871~1924)과 윤상은(1887~1984) 선생을 기억해야 한다. 이들은 학교를 세우고 은행을 만들었다. 장우석의 아들 장익원은 와세다대학을 나와 구포면장을 했으니 아마 전국에서 제일 학벌이 좋은 면장이었을 것이다. 구포다리를 놓을 때 인근의 군과 면이 강제 부담금을 내야 했는데 그는 포구를 죽여 놓아 구포사람들이 어렵게 되었다면서 돈을 내지 않았을 만큼 지혜롭고도 배포가 큰 인물이었다. 윤상은은 대한제국 시절 외국과의 관계 업무를 보던 동래감리서에 잠깐 근무한 적이 있어 이곳 토박이들에게는 '윤주사'로 기억되고 있다. 그의 아들은 부산대 총장을 지낸 윤인구다.

그 집터를 찾아간다. 성당을 따라 복개된 대리천을 따라 백양로, 시랑로로 간다. 시랑로는 가야가 망한 뒤 김해 들을 바라보며 마음 아파했다는 어느 시랑의 전설을 딴 것이다. 백양로 1321, 구포1동 654-12번지, 청운빌딩 일대가 윤상은 선생이 살던 터다. 흔적 하나 남아 있지 않다. 박카스 한 병을 사 마시면서 건물 일 층의 약방에서 이야기를 붙여보려 했는데 약사가 엄청 딱딱하다. 그가 처방전과 약값 외에 무얼 알겠는가. 내가 잘못 생각했다. 도시는 매일같이 파헤쳐지고 길을 내고 건물을 허물고 새로 짓는다. 그리고 사람들은 들고 난다. 무엇을, 누구를 기억해야 하는가. 땅값, 취득세, 전세금, 권리금만 전달될 뿐이다.

건물 뒤로 도로가 난 곳은 예전에 산자락이었고 일대가 윤주사네 포도밭이었다. 지금도 부산과학기술대학교로 올라가는 골목을 포도원길이라고 이름하고 있다. 선생은 뜻을 같이하는 구포 유지들과 1907년 구명학교를 세워 오늘의 구포초등학교가 있게 했고, 구포저축주식회사, 구포은행을 만드는 데 앞장을 섰다. 구포은행 터는 우리가 지나왔던 역 앞의 구포만세길 79, 4층 건물, 황금당 자리였다. 뒤에 상업은행이 그 자리에 있다가 우리은행 구포지점으로 이름을 바꾸어 낙동대로 쪽으로 옮겨갔는데 역사를 동판에 새겨놓았다.

좀 더 내려가면 시장이다. 거간꾼에 투전꾼들까지 들끓었다는 소전은 사라진 지 오래고 지금의 개전은 전국 최대라는 소리도 있다. 구포 일대에서 용하다고 소문 난, 그래서 약에 마약을 쓴다는 소리까지 나왔던 '서울약국'은 없어졌나 보다. 「독메」의 점이가 채소를 팔았던 곳은 어디인가. 삼일만세 때 할아버지와 아버지를 같이 잃은 가난한 농촌 여인 점이를 몰아내고 자릿세는 자릿세대로 받은 구포상인들의 결속력은 옛부터 유명했다. 구포장 만세가 규모도 있고 거세었던 이유도 거기에 있었다. 시장의 한 건물에 걸린 상인협의회 간판을 보며 그런 생각을 한다. 두 개의 제지공장이 화재로 사라진 뒤에 시장은 규모가 커졌다. 4월이고 장날이라 엄청 붐빈다. 2호선과 3호선이 겹치는 덕천로터리는 인파로 머리가 어지러울 정도다.

돌아서 백양산을 바라보니 중턱까지 들어찬 집들로 상처받은 산자락이 늦은 오후 햇살에 느리게 몸을 뒤척이고 있다. 강은 자꾸 멀어만 가고, 시간이 아주 천천히 흐르거나 멈추어버린 듯한 그런 곳도 아직 우리 곁에 있다. 구포.

동경유학생의 발길을 따라,

중앙동과 동광동

- 염상섭의 「만세전」, 이인직, 최찬식과 이병주의 소설들

● 중앙동과 동광동 주변 얼개 지도

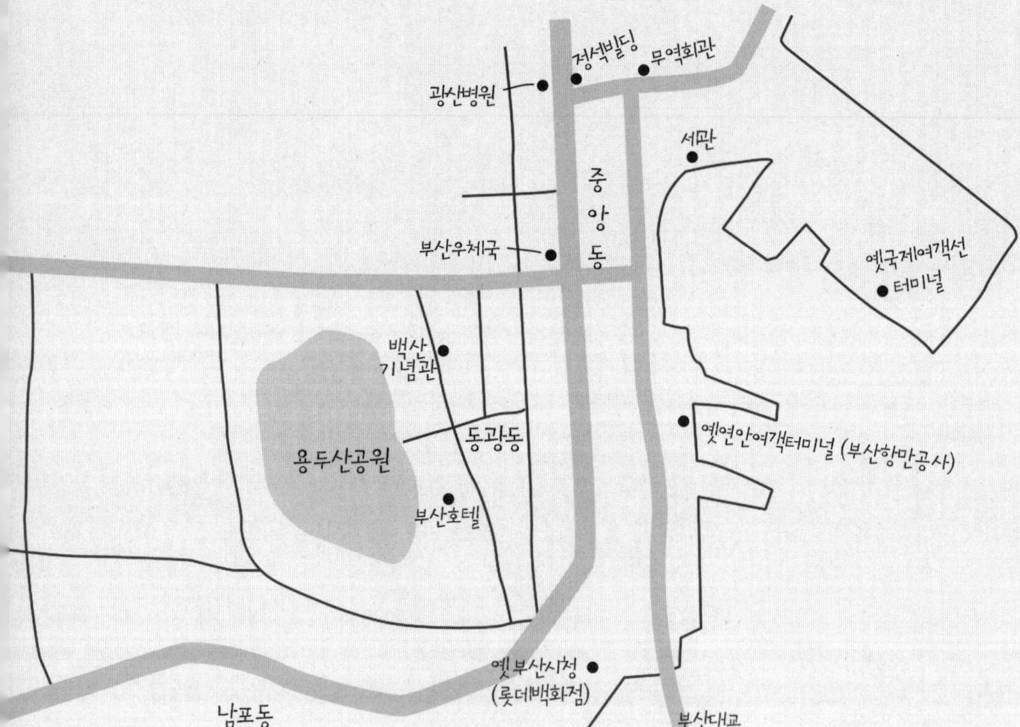

동경유학생의 발길을 따라, 중앙동과 동광동

- 염상섭의 「만세전」, 이인직, 최찬식과 이병주의 소설들

부산세관 앞의 제일부두

지금부터 100여 년 전 나라를 잃었던 시절, 일본에서 4년제 대학에 다니는 조선 젊은이가 부산 시내를 걸었다. 그때로서는 최고의 엘리트라 할 수 있는 그는 부산을 보면 조선을 알고, 부산이 조선의 상징이자 팔자라고 했다. 위대한 소설가 염상섭*의 「만세전」(1924) 이야기다.

* 염상섭(1897~1963) 서울 출생. 게이오대 수학. 일본서 삼일운동과 관련되어 5개월여의 형을 살고 귀국하여 기자생활을 하였다. 김동인, 현진건 등과 같이 한국현대소설을 확립하고, 일세대 작가들 중 1960년대까지 오랜 기간 동안 집필활동을 하면서 소설사의 중심에 서 있는 작가이다. 「남충서」, 『삼대』, 『취우』 등 사실주의 계열의 많은 작품을 발표했다.

「만세전」에서의 '萬歲'란 삼일만세를 말하니 '삼일만세 나기 그 전 해'가 풀어쓴 제목이 되겠다. 일본 도쿄서 대학에 다니는 이인화는 1918년 겨울, 해산 후유증으로 아내가 위독하다는 전보를 받고 기말시험을 치다 말고 귀향한다. 도쿄서 기차와 배, 다시 기차로 시모노세키와 부산을 거쳐 서울 집으로 가는 행로가 그대로 소설의 구조이자 스토리가 되는 작품이다. 배와 기차를 타고 가는 동안 목격하는 억눌리고 암담한 조선의 현실은 조선이 구더기가 끓는 '묘지'라는 결론을 내리지 않을 수 없게 하는데 그런 내용을 두고 본다면 제목이 예사롭지가 않다.

김윤식은 이 작품을 씀으로써 염상섭이 비로소 진정한 '작가'로 탄생했다고 했는데(『염상섭연구』, 서울대출판부, 1987, 189~218쪽 참조), 그런 지적은 현대소설의 조건에 드는 여로형 구조와 일인칭 고백체를 수용하고 있기 때문일 것이다.

일제강점기에 도쿄를 중심으로 일본과 조선을 잇는 가장 일반적인 교통편은 도쿄에서 기차가 닿는 시모노세키(하관)에서 내려 부산행 배를 타는 것이다. 부산에 닿으면 경부선을 타고 경성(서울)을 거쳐 중국까지도 갈 수 있다. 일본인들은 기차와 기차를 잇는 배라는 의미로 하관(下關)의 하자를 앞에, 부산(釜山)의 부자를 뒤에 붙여 '관부연락선'이라 이름했다.

이인화도 그 배를 타고 부두에 내렸다.

소설 속의 이인화가 내린 부두는 당시 관부연락선 부두로도 불린 지금의 제1부두이다. 1978년, 1부두 옆에 국제여객 부두를 새로 만들어 2015년 5월까지 터미널로 사용해왔다. 국제여객선터미

제일잔교(부두)와 국제여객터미널

일제강점기의 제일잔교(부두)와 2006년 터미널 모습이다. '관부연락선'은 단순한 교통수단 이상의 역사적 의미를 집약하고 있었다. 철도와 연계시켜 운영하던 이 시기의 관부연락선은 조선의 지식인들에게는 끝내 넘어서기 어려운 '심연'이었다. 꿈이나 희망을 싣고 관부연락선에 올랐지만 거기에는 깊이를 가늠하기 어려운 현실이 놓여 있었다. 그때 실현되지 못한 희망이 지금은 어디서 깊어지고 있을까?

널은 북항재개발사업으로 조성된 초량동으로 옮겨지고 지금은 연안여객선터미널이 되었다.

이 글은 이인화의 걸음을 따라 걷기에 지금의 부산세관 옆 연안여객선터미널에서부터 시작해야 한다.

「만세전」의 주인공 이인화의 발걸음을 따라가기 전에 우선 부산항의 옛날 모습을 살펴보자. 일제 말, 부두에서 보는 부산항 풍경을 이병주*는 『관부연락선』(1968~1970)에서 이렇게 적고 있다.

> 부두가 가까와짐에 따라 나는 바다 위에서 시모노세키를 보았을 때의 느낌과 이 부산을 보았을 때의 느낌을 대조해 보지 않을 수 없었다. 시모노세키는 푸른 산을 등에 지고 뚜렷한 윤곽으로 꿈을 안은 항구와 같고 부산은 벌거벗은 산을 배경에 두고 이지러진 윤곽으로 그저 펼쳐져 있기만 한 멋없는 항구이다. 시모노세키를 항구라고 말할 수 있다면 부산은 부피만 큰 어촌이다. 그러니 높은 굴뚝을 가진 호화선이 부산에선 귀양 온 귀공자처럼 어울리지 않는다.
>
> 『관부연락선』 하권, 기린원, 1980, 13쪽

1940년 초반의 두 도시에 대한 비교는 도시계획이나 기반시설, 환경 등의 세부적인 문제가 아니라 식민지와 피식민지의 관계에

* 이병주(1921~1992) 경남 하동 출생. 와세다대 재학 중 학병으로 동원되었으며, 5·16 직후 필화사건으로 수형생활을 하였다. 『지리산』, 『남로당』 등 대하실록소설을 발표했다.

서 비롯되는 지배와 수탈의 근본적 문제에서 보아야 할 것이지만, 이병주의 소설은 1940년 초반 지금의 중앙동과 동광동 산언덕의 모습을 보여주고는 있다. 그리고 어지럽고 구차한 그때의 풍경은 6·25 때의 판자촌으로 해서 적어도 1970년대까지는 계속되었을 것이다.

'관부연락선'을 탔던 사람들

부산이 대한민국 제일의 항구도시라 하지만 배를 타고 해외에 나갈 수 있는 곳은 일본에 한정되어 있다. 그건 예나 지금이나 마찬가지이다. 나라를 빼앗기기 전후로 미국이나 유럽으로 가는 이가 있다면 일본에서 더 큰 배로 갈아타야 했다. 시베리아 횡단철도는 그 뒤의 일이다(1916년에 러시아 국내 완전 개통).

신소설을 포함한 우리 근대소설사에서 일본으로 제일 먼저 건너간 작가는 이인직*이고 작중인물로는 그가 쓴 『혈의 누』(1907)

* 이인직(1862~1916) 동경정치학교를 1903년에 졸업. 1904년 2월 러일전쟁 때 일본 육군성 한어통역을 하기도 하고, 합방 후에는 언론계에 종사하였다. '대한제국관원이력서'의 기록과 사망 시의 신문보도 외에 알려진 게 별로 없다. 출생지나 집안, 성장 과정의 불명확성은 그가 신분제도에 얽매여 있었다는 것, 특별한 유학의 기회를 통해 그것을 극복하려 했다는 사실을 확인케 한다. 최초의 신소설 『혈의 누』와 『귀의 성』 등을 발표했다.

옛 관부연락선 부두 정문

'관부연락선'을 탄 최초의 지식인 이인화는 부두 옆 파출소로 끌려가 검문을 받은 뒤 부산역에 짐을 맡기고 시내구경에 나섰다.

의 김옥련이다. 그러나 두 사람은 부산이 아닌 인천을 통해 일본으로 갔다. 옥련이는 1894년 청일전쟁 때, 작가는 1900년에 일본엘 갔는데 이때는 경부철도가 놓이기 전이었다. 옥련이는 엉성하기 짝이 없는 구성에 의해 억지 고아가 되지만 친일 언론인이자 작가인 이인직에게 그런 인물의 조건은 꼭 필요했을 것이다.

조정이 무능하여 나라 땅이 남의 전쟁터가 되었다. 이대로는 안 된다. 배워서 힘을 길러야 한다. 기댈 언덕이 없는 고아는 무엇이든 새로 시작할 수 있다. 구원자가 필요한데 일본군 군의관보다 더 확실한 보호자가 어디 있겠는가. 그래서 옥련이는 소령 계급장을 단 의사의 양딸이 되어 나흘 물길을 헤쳐 오사카로 갔다. 일곱 살 딸아이의 좁은 어깨에 조선의 내일을 걸다니, 너무 무책임하지 않은가.

최초로 부산에서 일본으로 건너간 소설 속의 인물은 옥련의 아버지 김관일이다. 평양 평민 상층 계급인 그는 전쟁 중에 헤어진 아내와 딸을 찾는 시늉만 하고는 장인인 최항래가 살고 있는 부산으로 덜렁 달려와 여비와 학비를 받아 떠난다. 평양 아전 출신인 최주사는 부산에서 객주업으로 큰돈을 벌었다. 이때 부산은 "시커먼 연기를 무럭무럭 일으키며", "화통에는 소리가 하늘 당나귀가 내려와 우는" 듯한 화륜선이 드나들며 운수회사도 여인숙도 그 화통소리에 따라 들썩이는* 개항장으로, 기회의 땅이었다. 어쨌거나 김관일은 우리 소설사에서 처가 덕을 단단히 본 작중인물에 속한다.

이왕 가족의 해외 나들이가 시작되었으니 이인직은 『혈의 누』 하편에서 남은 두 식구, 최주사와 그 딸, 옥련의 모친까지 일본을 거쳐 미국 구경을 시켜버린다. 부산을 떠난 화륜선은 "신호(고베), 대판(오사카)을 지내놓고 횡빈(요코하마)으로" 간다. 미국으로 가는 선편이 있는 횡빈은 일본의 개항장이었다.

김관일과 최주사 부녀는 부산의 어디에서 배를 탔을까. 김관일

* 개항장의 모습을 청각에 의존해서 표현함은 서구와 일본으로부터 유입된 근대적 생산물들이 시각에 앞서 청각적 놀람부터 주었다는 사실을 보여준다. 그런 면은 이인직의 소설뿐 아니라 기차를 타거나 배를 타는 장면이 나오는 최찬식의 『추월색』은 물론 1920, 30년대 소설에서도 되풀이된다. 근대사회를 구성하는 가장 강력한 감각이 시각임을 고려한다면 우리가 맞이한 근대 감각의 한 일면을 신소설이 보여준다고 할 수 있다. 감각에 대한 문제에 대해서는 『공통감각론』(나카무라 유지로, 고동호 옮김, 민음사, 2003)을, 소리의 문제를 근대사회의 형성과 발전과정과 접맥해서 이해한 글로는 『소리의 자본주의』(요시미 순야, 송태욱 옮김, 이매진, 2005)를 참조할 수 있다.

개항 초기 중앙동

오른쪽 산이 용두산이며 바다 쪽으로 선착장이 보인다. 맞은편 숲이 용미산으로 롯데백화점 자리이다.

은 청일전쟁이 끝난 1895년에, 최주사 부녀는 1905년 경부선 개통 전에 배를 탔는데, 이 무렵 부산의 부두시설은 초량왜관 시절의 용미산(지금의 롯데백화점) 뒤편 선착장이 유일했다. 1906년에 선착장 옆으로 부산잔교라 불린 부두 시설이 준공되었으며 지금의 제1부두는 1912년에야 완공되었다.

『혈의 누』에 나오는 가족들 다음에 부산에서 배를 타고 일본으로 건너간 인물은 최찬식*이 쓴 『추월색』(1912)의 주인공 열다섯

* 최찬식(1881~1951) 경기도 광주 출생. 본적은 서울. 부친은 친일파 한학자로 알려진 최영년이다. 부친이 세운 시흥학교를 마치고 관립 한성중학에서 수학했다. 언론, 출판계에 잠시 종사하다 직업적 작가가 되었다. 장편 10권을 1912년부터 1926년 사이에 내었다.

살 이정임이다. 그녀는 고아도 아니고 평민 상층 출신도 아닌 양반집 무남독녀이다. 그런 그녀가 밤 기차를 타고 부산으로 내려와 일본에 가는 이유는 정혼에 대한 의리 때문이다. 양가 부모끼리 맺은 혼사가 남자 쪽 일가의 행방불명으로 인해 불가능해졌다. 다른 혼인이 강요되자 정임이 택한 방법이 가출이다. 서울 거리를 헤매고 다닐 수는 없으니 유학이 핑계가 된다.

이정임은 우리 소설사에서 최초로 '관부연락선'을 탄 작중인물이다. 『혈의 누』의 김관일 등은 1905년 관부연락선이 정식으로 취항하기 전에 일본으로 갔기 때문에 화물선과 같은 부정기적인 선편을 이용했다고 보아야 한다. 연락선은 기차와 기차를 이어주는 배다. 동경서 경성은 물론 중국 심양까지도 기차를 타고 내 땅 드나들 듯하는데 중간에 잠시 배로 갈아탈 뿐이다.* 그런 방자한 생각이 일본 제국주의자들에게 있었다.

신소설 작가들은 지금 작가들보다 사회현실을 더욱 적극적으로 소설에 끌어왔는데 문제는 경부선이 개통되면 그걸 당장 활용하고, 연락선이 열리면 거기에 또 작중인물을 태워 보내는, 작가들이 개화 전도사를 자처했다는 데 있다.

이정임은 밤 열 시 십오 분발 급행열차를 타고 부산으로 와서 최초의 관부연락선인 '일기환(壹崎丸, 이끼마루)'을 타고 일본으로 간다(소설 배경도 연락선이 처음 열린 1905년에 맞추어져 있다).

* 실제로 『추월색』에는 정임이 "인력거에 급히 내려 동경(東京)까지 연락차표를 사가지고 이등열차(二等列車)로 오르니 호각소리가 호르륵 나며 기관차에서 파 푸 파 푸 하고 남대문이 점점 멀어지니"라고 묘사되어 있다.

이번에 이 고생한 것도 도시 의복을 잘못 차린 까닭이오, 또 동경을 가더라도 조선 의복 입은 사람은 하등(下等) 대우를 한다는데, 이 모양으로는 아무데도 가지 못하겠다. 하고 어느 모퉁이에서서 날 밝기를 기다려가지고 곧 오복점(吳服店)을 찾아가서 일본옷 한 벌을 사서 입고, 그 오복점 주인여편네에게 간청하여 머리를 끌어올려 일본쪽을 찌고, 또 그 여편네에게 선창 가는 길을 물어서 찾아가니, 이때 마침 연락선 일기환이 떠나는지라, 즉시 그 배를 타고 망망한 바다빛이 하늘에 닿은 곳으로 가더라.

『추월색』, 한국신소설전집, 을유문화사, 1968, 29쪽

이정임의 승선은 아주 간명하게 언급되어 있지만 일본옷을 사 입고 일본머리를 하는 행동이 심상치 않다.

그녀가 말하는 '이번에 이 고생'이란 역에 내려 "화륜선 타는 선창을 어데로 가오?" 하고 길을 묻다 색주가에 끌려가 곤욕을 치른 것을 말하는데 이 대목을 좀 따져 읽을 필요가 있다. 정임이 부산에 온 시기는 앞에서 말했듯 1905년이고 이때 경부선 시발역은 초량역이었기에 부두와 다소 떨어져 있었다 해도, 일본까지 가는 열차승객이 대다수였을 테니(더구나 이등열차까지 탔다는 걸 감안하면) 유난스럽게 "내외국 사람이 모두 여겨" 볼 만큼 내놓고 가는 길을 물어본다는 것은 억지스럽다. 또한 집에서 혼자 도망쳐 일본유학을 갈 만큼 똑똑한 처녀애가 배 타는 곳을 가르쳐 준다는 말만 믿고 "기름때가 조르를" 흐르는 허술한 입성을 한 남자를 따라갔다

는 설정도 미덥지 못하다. 결국 독자의 흥미를 놓치지 않겠다는 작가의 의도가 부산을 인신매매범이 설쳐대는 곳으로 만든 것이고, 더 중요한 사실은 조선옷 차림으로는 아무 데도 가지 못하겠다, 라는 발언이 결국 일본과 일본인에 가까워지려는 자기 합리화에 지나지 않는다는 것이다.*

이쯤에서 매듭지을 것은, 지금까지 일본이나 미국으로 건너간 소설인물들은 얼치기 개화꾼, 또는 자발성 없는 앵무새들에 불과했다는 사실이다. 김관일은 미국까지 가서 하는 일이 아무것도 없으며, 옥련이는 고등학교를 졸업해서는 정체 모를 친일배인 구완서라는 남자의 약혼자가 되어 그를 따라 우리나라 여성들의 '문명개화'에 힘쓰겠다는 구호나 외운다.** 이정임도 학교를 다닌다 하나 공부하는 얘기는 한 장면도 없이 계몽을 빙자한 작가의 친일의

* 그럼에도 친일에 바탕을 둔 통속소설인 『추월색』은 신소설 최대의 베스트셀러이면서 우리나라에서 베스트셀러 시대를 실제적으로 열어놓은 작품이다. 아울러 이 작품은 이효석의 「석류」(1936)와 채만식의 『태평천하』(1938) 속에서 부녀층의 저급한 로맨스 취미에 영합하여 계속 읽히고 있음을 보여준다(최원식, 「1910년대 친일문학과 근대성」, 《민족문학사연구》, 1996년 제14호, 193~195쪽 참조).

** 한말에서 일제강점기 초기까지 유행어가 되었던 '문명개화'라는 말은 1870년대 초 일본사절단이 구미 순방 이후 사용하여 일본사회를 풍미했다. 유럽과 미국의 새로운 문명에 눈을 뜬 일본인들은 서양문명을 '참문명'으로, 동양문명을 '반(半)문명'으로 재인식하기 시작했다(박지향, 『일그러진 근대』, 푸른역사, 2003, 68쪽). 한편으로 개인과 민족은 자신들의 정체성을 만들기 위해 '타자'를 필요로 하는데, 제일 먼저 근대화된 유럽인들은 '근대적 유럽'이라는 정체성을 형성하는 과정에서 비유럽 국가들을 타자로 규정하고 자기들의 형상대로 재형성하려고 했으므로(앞의 책, 55~57쪽) 제국주의는 필연적 제도였다. 유럽을 닮아야 하는 일본에게 첫 번째 타자는 조선이었고, 침략 또한 필연의 수순이었을 것이다.

식에나 이바지한다.

그런 면에서 따질 걸 제대로 따지면서 자신이 사는 시대를 고민하는 최초의 근대인은 「만세전」의 이인화이다. 무엇보다 우선 그는 근대소설이 요구하는 제대로 된 여행구조를 실천하면서 자기 고뇌를 진지하게 물고 늘어진다. 거기다 결혼까지 한 어른이면서 그 시절에는 아주 드물었던 4년제 대학생이기에 그런 일이 가능했다.

광복로 입구에서 활동사진관을 만나다

자, 어쨌든 그는 연락선에서 내린다. 탈 때도 그랬지만 내릴 때도 그는 검문에 시달린다. 조선인 중에서 대학생은 무조건 요시찰 인물이다.

이인화도 헌병과 순사들의 날카로운 눈빛 속에 잔뜩 움츠러든 채 자기를 "될 수 있으면 일본 사람으로 보아달라는 요구인지 기원인지를 머릿속에 쉴새없이 뇌이면서" 배에서 내리지만 사복경찰에게 파출소로 끌려갔다가 풀려난다. 수상경찰서는 일본을 오가는 조선사람들의 생사여탈권을 쥐고 있는 곳이다.* 그곳에 근

* 당시 이인화가 형사에게 끌려간 파출소는 정확하게 말해 제일잔교(第一棧橋) 순사파출소이다. 제일잔교란 제1부두를 말하는데 그 뒤 1920년 총독부 경상남도 고시 65호에 의해 수상경찰서가 신설되고 예하에 3곳의 파출소를 두었다. 수상경찰서는 부산부의 해상 전부를 담당했는데 연락선에 오른 승객은 시모노세키 경찰서 관할이었

무하는 자들이 배를 타고 오가는 우리나라 사람들을 얼마나 괴롭혔던지 이병주는 앞서의 『관부연락선』이란 소설에서 수상경찰서 소속의 악명 높은 조선인 고등계 형사의 실명을 밝혀놓고 있을 정도이다.

일본으로 건너가려면 그곳에서 '도항증명서'를 받아야 했는데 1924년을 배경으로 한 리동구*의 「도항노동자」(1933)라는 소설을 보면 길게 줄을 서서 가슴 졸이게 수상경찰서장의 직인을 받는 장면이 그려져 있다. 시골에서 온 이들은 이미 "처음 보는 도회지에도 현기증이 나지만 검은 바다 물을 미끄러져 오는 기선의 뻑뻑하는 소리에는 깜짝깜짝" 상태이다.

> 다른 사람에게 물어 수상경찰서를 찾았을 때는 이웃집이나 가는 모양으로 차린 조선사람들이 두 줄로 늘어서 있다. 말소리로 보아 경상도 사람이 제일 많은 것 같다. 우리는 학조를 선두로 맨 뒤에 붙었다. 그 안에 들어갔다가 종이 조각도 못 얻고 쫓겨나오는 사람도 있다. 그럴 때마다 불안한 눈을 서로 쳐다보고는 가슴이 두근두근하였다. 앞에 있는 사람이 줄어 한 걸음 두 걸음 앞으

다. 연락선이 일본 철도청 소속이었기 때문이다.

* 리동구. 자세한 작가의 연보는 밝혀진 게 없다. 1933년에 창간되어 총 45호를 발행한 《카톨릭청년》에만 이름이 보이는데 해방 전 작품으로는 「풍선(風船)」이 있다. 2005년 평양에서 열린 남북작가대회 북측 참가 작가들 속에 이름이 보인다. 그리고 2016년 2월 김정은 위원장의 실명이 등장한다는 소설집 『불의 약속』(2014)에 「성전의 나팔소리」가 게재되었다는 보도를 보면서 남북분단 시대를 사는 작가상의 한 모습이 어른거렸다.

로 나가면서도 길억한테 배워둔 순사의 말을 물끄러미 하늘을 쳐다보며 여러 번 외워보았다.

「도항노동자」, 『1920~1930년대 민중문학선』 2권, 탑출판사, 1990, 197쪽

조선 사람의 도일에는 누구도 예외 없이 도항증명서를 필요로 했다는 사실은 당대 최고의 명사라 할 수 있는 춘원 이광수의 경우를 보아서도 확인할 수 있다. 춘원의 삶을 가장 정확하게 실증적으로 복원한 김윤식은 1936년 5월 초순 아내를 만나러 가는 이광수의 일본행에서 관할지 경찰서장의 도항소개서를 받아 부산수상경찰서장에게 제출해서 여행허가서를 받아야 했던 행정체계를 설명하고 있다.

모(某)의 내지도선(內地渡船)을 소개함.

행선지 동경 운운.

도선의 목적 처 면회를 위함.

년 월 일

모 경찰서장 인

부산수상경찰서장 전

이 무렵 소관 경찰서에 제출해야 하는 서류는 명함판 사진 2장, 호적등본 1통, 도항증명서류 1통이었다.*

* 김윤식, 『이광수와 그의 시대』 3권, 한길사, 1986, 927~928쪽 참조.

도항증명서 이야기로 한눈을 팔았지만 다시 이인화의 이야기로 돌아가 보자. 이인화는 눈치 없이 졸래졸래 파출소 앞까지 따라와 기다리던 지게꾼에게 가방을 지워 역으로 간다.

1918년 이인화가 이용한 부산역은 당시 부산정거장으로 불렸는데 지금의 부산세관 건너편 교보빌딩 자리에 있었다. 1910년과 이듬해인 1911년에 각각 세워진 두 건축물은 제1부두와 같이 중앙동이 부산은 물론 동아시아 대륙의 관문임을 알리는 대표적 시설물들이었다. 이인화가 걸어간 중앙대로 뒤편의 오래된 도로인 관문로는 그런 뜻으로 붙여진 이름이다.

지게꾼에게 짐을 지워 역까지 온 이인화는 짐을 맡기고 거리로 나서려 한다.

> 나는 배 속에서 아침은 먹었건만, 출출한 듯 하기도 하고, 두 세 시간 남짓이나 시간이 남았고, 늘 지나다니는 데건만 이때껏 시가에 들어가서 구경하여 본 일이 없기에, 우선 조선음식점을 찾아보기로 하고 나섰다.
>
> 「만세전」, 『염상섭전집』 1, 민음사, 1987, 52쪽*

* 「만세전」은 1922년 「묘지」라는 제목으로 연재하다 검열로 중단된 신생활본, 1924년에 다시 연재가 시작된 시대일보본, 고려공사판본과 수선사판본 등 모두 4가지 본이 있다. 앞의 둘은 발표매체이고 뒤의 둘은 단행본이다. 고려공사판본은 1924년에 초판이 나오고, 수선사판은 1948년에 나왔는데 크게 고쳐 썼다. 작품은 정치적 억압과 검열 등 시대적 상황과 거기에 따른 작가의 심리와 같은 집필조건을 떠나서 생산되지 않는다. 그런 면을 고려한다면 국한문혼용체라 읽기는 힘들더라도 고려공사판이 낫다는 생각이다. 민음사에서 낸 염상섭전집의 「만세전」은 고려공사판본을 따랐다.

12시가 조금 지나고 있는 무역회관 빌딩 부근 골목길들은 매우 붐빈다. 중앙동의 중심가가 여기로 바뀐 모양이다.

지하철 중앙동역 12번 출구 옆은 정석빌딩이고 그 길에 1902년부터 1905년까지 연안여객선터미널에서 영주동 고가다리까지 매립을 알리는 새마당매축지 기념비가 서 있다. 이인화를 따라가 보자.

> 부두를 뒤에 두고 서편으로 곱들어서 전찻길 난 대로만 큰길로 걸어갔으나, 좌우편에 모두 이층집이 쭉 늘어섰을 뿐이요, 조선집 같은 것이라고는 하나도 눈에 띄는 것이 없다. 2, 3정도 채 가지 못하여서 전찻길은 북으로 곱들이게 되고, 맞은 편에는 색색의 극장인지 활동사진관인지 울그대불그대한 그림조각이며 깃발이 보일 뿐이다.
>
> 「만세전」, 앞의 책, 52쪽

소설의 시간배경과 딱 일치하는 1918년에 제작된 부산시가지 지도를 보자. 부산역에서 지금의 지하철 1호선 중앙역 15번 출구 방향으로 전찻길이 놓여 있다. '부두를 뒤에 두고 서편으로 곱들어서'라는 표현은 그래서 나온 것이다. 그렇지만 전찻길이 난 대로는 지금의 해관로다. 중앙대로는 한참 뒤 1930년대에 신설되었으니 전차가 다니는 해관로의 도로폭은 지금보다 훨씬 넓었을 것이다.

부산의 전차는 1915년에 부산우체국-동래온천장, 16년에는 대청동선, 17년에 광복동선이 놓였다. 이 무렵 자갈치 일대는 바다

부산역

이인화는 사진 속의 두 인물처럼 전찻길을 따라 해관로로 접어들어 광복동 입구로 걸어갔다. 지붕과 돔이 멋진 적벽돌 역사 2층은 철도호텔로 사용되기도 했다. 1953년 11월에 발생한 큰불로 타버렸는데 화재이름조차 '부산역대화재'였다.

옛 세관

부산은 스스로 기념비적인 건축물을 허물어 역사가 부재하는 도시를 만들었다. 1979년 도로확장으로 철거된 세관건물이다. 지금의 부산세관본부 1층에 걸려 있는 사진을 다시 찍었다.

였다. 1정은 109미터니 이인화는 광복동 방향으로 300미터 정도 걸어가다 극장인지 활동사진관인지 모를 건물을 만난다.

그가 멈춘 지점을 추론할 수 있는 근거는 북쪽으로 놓였다는 전찻길과 극장 건물이다. 전찻길은 지금의 광복로를 따라 토성동으로 가는 노선이니 북쪽으로 꺾인다는 말이 맞다. 그리고 그가 본 건물은 극장 변천좌에서 영화관으로 바꾸면서 1916년에 개축한 상생관이다. 상생관은 이후 부민관, 시민관으로 불리다 1976년에 문을 닫고 해관로 1, 그 자리에 지금은 희남빌딩(한국투자)이 섰다. 그렇다면 그는 지금의 광복로 입구쯤에 서 있다.

그나저나 이인화의 걸음은 너무 빠르다. 나는 이제야 중부경찰서 아래에서 해관로를 살피며 천천히 걸어간다.

광산병원은 여전하고 무엇보다 오래된 백구당양과자점이 반갑다. 박정희 대통령 시절에 나는 새도 떨어뜨렸던 이후락 씨가 1980년 12·12 뒤 맨 꼭대기층에 숨어 지냈다는 반도호텔은 농협과 사무실 빌딩으로 변했다. 1976년에 문을 닫은 국제극장은 전봇대에 붙여놓은 〈저 하늘에도 슬픔이〉라는 영화광고로 살아 있다. 여기서 〈닥터 지바고〉를 단체관람으로 본 기억이 난다. 리모델링된 문화방송은 부산우체국 바로 곁에 있다. 그곳, 중앙다방에서 커피를 한 잔 마신다. 1959년에 최초의 민간방송으로 개국한 문화방송은 어린이 퀴즈프로를 맡았던 키가 매우 큰 윤미자 아나운서와 참가자들에게 나누어주었던 백두산연필로 내게 기억된다. 잠자리표 일본연필이 설칠 때였는데 국산으로는 백두산연필이 최고였다.

상생관

이인화가 바라본 상생관의 1930년대 모습이다. 건물 외벽은 물론 상영작을 선전하는 간판까지 화려하다.

오늘의 모습

한국투자 건물 오른쪽 건물은 부산데파트이며 그 사잇길이 해관로다. 이곳에서 이인화는 전차길이 굽어진 광복로를 잠시 바라보다 어시장과 해산물 창고들이 있던 롯데백화점 쪽으로 걸어갔다.

부산우체국 뒤편 대청로로 꺾이는 해관로 47, 47-1은 부산우편국이 있던 자리다. 그 자리에 캐논복사기를 판매하는 세신종합OA는 오래전부터 타자기를 비롯한 사무용품을 팔아온 노포다. 무역회사를 비롯한 크고 작은 회사들이 밀접한 이 일대에는 문구류 점포들이 많은데 1980년에 나도 여기서 신춘문예 상금으로 타자기를 샀다.

건널목을 건너 대청동 쪽으로 올라간다. 백산로 입구의 보문당화랑-표구사와 화국반점은 이곳의 터줏대감이다. 타일을 온통 붉은색으로 입힌 화국반점은 영화촬영지로 알려지기 전인 1985년 5월 7일 작가들이 모여 문학단체를 결성한 곳이다. 5·7문학협의회가 그 이름인데 표현의 자유가 절실했던 군부독재 시절이었다. 30년이 지난 2015년 그날 작가들이 다시 모여 조촐한 기념자리를 가졌는데 표현의 자유가 독재시절로 되돌아가는 분위기라 자리는 무거웠다.*

독립운동가 백산선생기념관은 월요일에는 휴관이다. 이인화가 걸었을 때도 백산상회는 이 자리에 있었다(1914년 설립). 이인화는 부산거리의 건물이나 상가에 대해서는 별 관심이 없다. 빤히 보면서 지나온 세관과 부산역, 우편국 건물은 일제 때 부산의 3대 건축물이었는데도 그는 한마디도 언급하지 않는다. 세계의 도시 동경 바닥에서 학교를 다니는 인물이니 그런 건물들이 눈에 띄기나

* 그날 이후 5·7문학 정신을 되지피자는 마음이 통해 이듬해에 《5·7문학 무크》를 산지니에서 냈다. 전 지구적인 위기를 감지하는 곳도 우리가 사는 여기고 그래도 희망을 건져 올리는 곳도 여기라는 인식으로 주제를 '다시 지역이다'로 했다.

했겠는가. 그래도 시가지 구경도 겸해 조선음식을 먹기 위해 거리로 나섰다 해놓고는 기실은 술 파는 음식집 찾는 데 너무 마음을 쓰고 있다. 이런 면은 다음에 나올 여인숙 앞에서 내보이는 마음이나 일본 우동집에서 계집들과 노닥거리는 장면을 보면 확실히 알 수 있다.

독립운동가를 기념하여 백산로라는 이름까지 붙여주었지만 동광동 3가부터 1가까지는 오늘까지도 일본인의 거리다. 오래된 길조초밥은 일본식 냄새를 더 내기 위해 보수 중이고 부산호텔과 이웃 다방에는 일본인들이 드나든다. 화정다방에 앉은 60대의 일본인은 아가씨, 아줌마라는 우리말 발음을 또렷하게 하면서 '욘사마' 이야기에 열을 올린다.*

6·25전쟁 때 많은 사람들이 호되게 혼이 나거나 죽음의 길로 보내졌던 방첩대와, 붉은 벽돌의 교육청이 있던 이 골목은 아이엠에프 구제금융 바람이 불기 전까지 한때는 부산의 대표적 금융가였다.

그러고 보니 밥집을 찾는 이인화를 너무 세워두었다.

* 한류열풍에 관해서 여러 가지 논의를 찾을 수 있으나 가장 설득력이 있는 논의로는 일본사회의 나르시시즘이 투사된 결과라는 견해가 가장 설득력이 있다. 자세한 사정은 김용규, 「욘사마 열풍과 나르시시즘 문화」, 《부산일보》, 2005.1.7 20면.

일본화된 부산거리와 이인화의 두통

> 삼거리에 서서 한참 사면팔방을 돌아다보다 못하여 지나가는 지겟군더러 조선사람의 동리를 물었다. 지겟군은 한참 머뭇거리며 생각을 하더니 남쪽으로 뚫린 해변으로 나가는 길을 가리키면서 그리 들어가면 몇 집 있다 한다. 나는 가리키는 대로 발길을 돌렸다. 비릿하기도 하고 고릿하기도 한 냄새가 코를 찌르는 해산물 창고가 드문드문 늘어선 샛골짜기를 빠져서 이리저리 휘더듬어 들어가니까 바닷가로 빠지는 지저분하고 좁다란 골목이 나타났다.
>
> 「만세전」, 앞의 책, 52~53쪽

그는 지금 부산데파트 자리 어디쯤에서 광복로 입구와 롯데백화점을 바라보고 있다. 영도다리가 놓이기 한참 전이고 롯데백화점 자리에는 부산부청도 들어서기 전의 용미산이 버티고 있다. 영도는 바다로 막히고 용미산 방향으로는 길이 나 있으니 그가 선 지점은 삼거리다.

그는 소나무가 우거진 용미산 자락을 따라 걷는다. 샛골짜기란 말은 이래서 나온 것이며 당시 지도에는 이 일대에 수산조합과 어시장, 제빙소가 표시되어 있다. 부두 역할을 한 선창은 이제 어항으로 사용하고 있으니 해산물 창고도 더러 있었을 것이다. 코를 찌르는 비릿하고 고릿한 냄새가 나는 건 당연할 수밖에 없는데 제대로 된 조선 사람들 동리도 아니다.

> 함부로 세운 허술한 일본식 이층집이 좌우편에 오륙채 씩 늘어섰는 것이 조선사람의 집 같지는 않으나 이 문 저 문에서 들락날락 하는 사람은 조선사람이다. 이 집 저 집 기웃기웃 하며 빠져나가려니까, 어떤 이층에는 장고를 세워놓은 것이 유리창으로 비치어 보인다. 그러나 문간에는 대개 여인숙이라는 패를 붙였다. 잠깐 보기에도 이런 항구에 흔히 있는 그러한 종류의 영업을 하는 데인 것이 분명하다. 그러나 계집이라고는 씨알머리도 볼 수가 없다.
>
> 「만세전」, 앞의 책, 53쪽

이인화가 보는 여인숙 간판을 단 집들은 지금으로 말하면 니나노집들이다. 기차역과 부두에서 가까운 깨끗한 여관은 일본사람들 몫일 테니 조선사람들은 생선냄새 나는 바닷가 골목길에 있는 값싼 여인숙을 찾아 객고를 풀었을 것이다.

이인화는 니나노집을 겸한 여인숙에 "들어가 보고 싶은 호기심이 불쑥 났으나 차 시간이 무서워서" 다시 큰길로 빠져나와 정거장으로 향한다. 그래도 김치가 먹고 싶고 숟가락질이라도 하고 싶어 이 골목 저 골목 닥치는 대로 들어가 보지만 상밥 파는 조선사람 집은 결국 찾지 못한다. 간혹 납작한 조선가옥이 눈에 띄지만 일본식으로 고쳐져 있다.

이인화는 "얼마 되지도 않는 시가지에서" 큰 길이고 작은 길이고 다니는 사람의 반수 이상은 조선사람인데 조선집이 보이지 않는 걸 보고는 "대체 이 사람들이 밤이 되면 어데로 기어 들어가누?"라고 스스로 묻는다. 그는 이미 일본화된 부산거리를 보고 있다. 물론 이인화가 배에서 내렸을 당시의 부산은 행정상 동래부가 포함되지 않은 부산부로서 지금의 중구와 서구, 영도구 일대에 한했다. 그러나 중요한 것은 그 땅에 이미 일본인이 반수 가까이나 살고 있었다는 사실이다.*

시내 땅의 대부분은 당연히 일본인 소유였다. '조선사람'들은 변두리로 밀려날 수밖에 없었고, 부산부에 사는 이들은 열악한 거주환경에 시달려야 했다. 당시 부산의 빈민굴은 전국적으로도 제법 악명이 높아 『개벽』(1923년 1월호)이란 잡지에 대신동의 실태를 다룬 글이 실리기도 했을 정도였다.

이인화의 눈에 보이는 부산 시가지는 초라하고 절망적이다. 그가 일본인들의 상가가 많이 몰려 있는 광복동까지 갔다 해도 그 점은 마찬가지였을 터인데, 그의 시선이 그가 처해 있는 입장, 조혼이라는 전근대적 가족제도와 가치중립의 입장에 선 식민지 초기 지식인으로서의 그것에서 비롯되었기 때문이다. 이런 고뇌는 이인화를 우울증에 시달리게 한다. 따라서 이인화의 시선은 지극

* 손정목이 쓴 『일제강점기 도시화과정연구』, 일지사, 1996, 271쪽을 보면 44.56%로 나오는데 이때의 통계는 1919년을 자료로 했다. 한편 1915~1920년 사이에 동래부 인구는 6.2%가 줄고 부산부 인구는 무려 34.1%가 증가한(같은 책, 268쪽) 것으로 보아 부산부가 동래부에 비해 강점 초기 10년 동안 빠르게 근대 도시의 모습을 갖추어 갔다고 볼 수 있다.

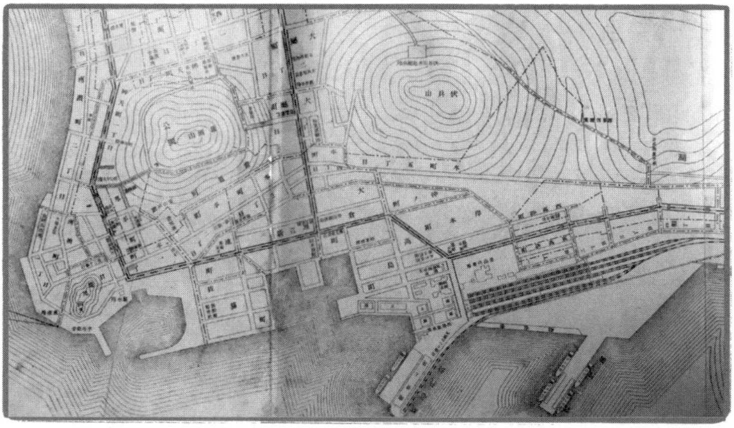

시가지지도(1918년 제작)

「만세전」의 시대 배경과 일치하는 1918년도에 제작된 부산시가지지도다. 당시의 부산중심지를 다 보여주는데 영주동 쪽에서 오는 전차길은 지금의 해관로를 따라가다 대청로와 광복로 방향으로 나뉜다. 이인화가 조선인 동리를 찾아 걸어간 길은 당시의 지도와 완전히 일치한다. 그는 부산역을 거쳐 해관로를 따라가다 지금의 광복로 입구에서 용미산 쪽으로 간다.

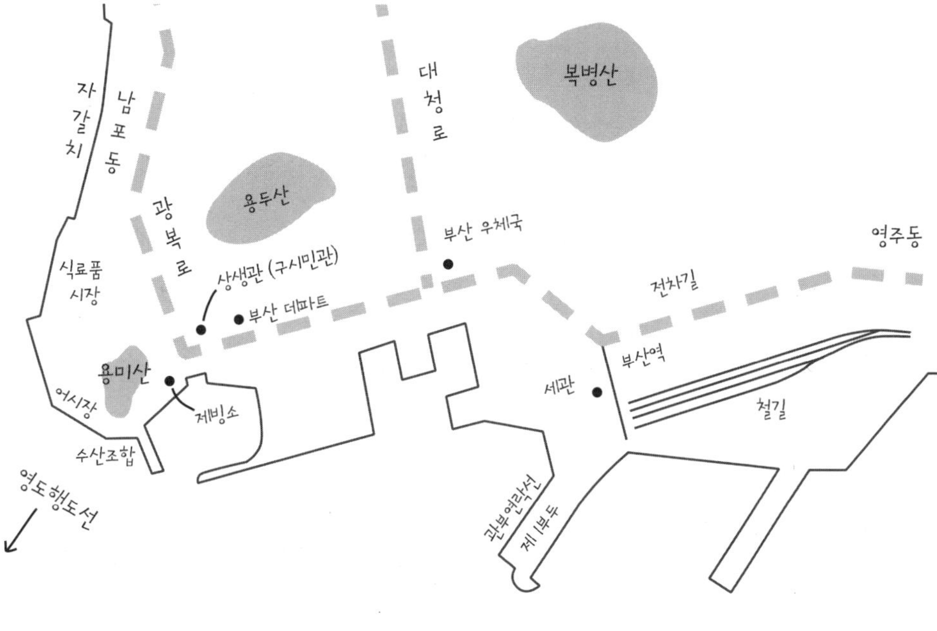

히 냉소적이다. 전기가 들어오고 전차가 다니는 데 눈이 휘둘리고 유곽의 사미센 소리에 집문서를 날리는 백성들에 대한 모멸과 비판으로 그는 머리가 다 아프다.

그는 조선 음식집 대신 '일본 국숫집'에 들어가 데운 정종을 마신다. 몇 잔이나 폭배를 한 것은 추위도 추위지만 거리에서 보았던 우울함을 털기 위해서다. 일본인 작부들과 수작하다 그는 인력거를 부른다.

> 기차는 하마터면 놓칠 번하였다. 짐을 맡기고 간 것까지 잔뜩 눈독을 들여둔 '그쪽 사람'들은 은근히 찾아보았던지, 내가 허둥허둥 인력거를 몰아오는 것을 아까 만났던 임바네쓰짜리가 대합실 문 앞에서 힐끗 보고, 빙긋 웃었다. 나는 본체만체하고 맡겼던 짐을 찾아 가지고 찻간으로 뛰어올라왔다.
>
> 「만세전」, 앞의 책, 60쪽

소매 없는 남자용 외투 임바네쓰(인버네스)는 그 시절 형사의 통칭이기도 했다. 이인화가 아침 배에서 내릴 때 검문을 했던 그 사람이다. 그렇지만 이인화를 감시하기 위해 또 다른 사복형사가 열차에 오른다. 유학생 한 명의 일거수일투족은 이토록 완벽하게 사찰된다.

이인화는 배에서 내려 "조선을 축사한 것, 조선을 상징한 것은 과연 부산이다"라고 했다. 부산을 제일의 항구, 조선의 중요한 문호라고 불렀다. 그렇지만 그가 목격한 것은 검문과 감시의 도시,

일본화된 도시, 변두리로 내쫓겨 가는 '조선사람'들이었다.

이인화는 '관부연락선'을 탔던 소설 속의 인물들 중 두통에 자주 시달린 몇 명 중에 들 것이다. 그는 식민지 초기 현실을 인식하고 비판할 뿐 어떤 대안도 행동규범도 제시하지 않는 가치중립의 지식인이다. 가치중립적인 입장이란 늘 편두통을 동반할 수밖에 없을지도 모른다.

대통령 탄핵심판이 진행 중이던 2017년 2월에 이인화의 발길을 다시 걸어보았다. 북항재개발로 바뀐 게 많았기 때문이다.

동경유학생 이인화가 중앙동 일대를 걸었던 때가 1918년 겨울이니 지금부터 꼭 99년 전이다. 부산이 개항도시로 시작되었음을 상기한다면 북항의 변모는 곧 부산의 변모이기도 하다. 항만시설을 마련하기 위해 시작된 북항 매축은 1세기가 지난 2008년에 '부산항(북항)재개발사업'이라는 이름표를 달고 다시 시작되었다.

공사 모습을 한 번씩이나마 지켜본 곳은 부산역이다. 열차를 타고 내릴 때는 물론 부산역 부근에라도 갈 일이 있으면 바다로 트인 2층 로비에 서서 부두들이 사라지고 바다가 메워지는 걸 보았다. 여름이건 겨울이건 해가 좋아 바다가 눈부시면 눈을 찡그려 가며, 그리고 바람 불어 흙먼지가 날리면 또 그런 대로 지켜본 것은 이 공사가 단순한 매축과 개발이 아닌 한국현대사의 애환과 영욕의 현장이 사라지는 의미로 여겨졌기 때문이다.

바다를 가로지르는 부산항대교가 턱하니 걸린 1년 뒤, 2015년에 국제여객선터미널이 세워졌다. 3부두와 4부두가 있던 자리다. 터미널에 도착했을 때 대마도에서 도착한 승객들이 빠져나간 1층 입국장은 한가했다. 그리고 그곳에서 10년 전의 성희호를 다시 만났다. 바다 쪽으로 나가니 햇볕을 가득 받은 성희호가 왼편 부두에 점잖게 정박해 있다. 밤 9시가 되면 시모노세키로 떠날 것이다. 출국장인 2층에는 2시 30분 후쿠오카행 승객들이 모여들고 있다. 테라스에서 북항대교와 영도를 바라보다 반대편으로 가보았다. 부산역과 구봉산이 보이지만 바다 쪽만큼 트인 전망을 보여주지는 못한다. 식당에 들어서니 종업원이 아침에 끓였다며 소고기국을 권한다. 안쪽으로 들어가니 중앙동 방향이 트여 있다. 티브이의 아나운서는 김정남 암살소식을 열띠게 전해주고 있는데 옆자리의 일본인들은 조용하게 비빔밥과 파전을 먹고 있다.

북항 전체가 공사 중인데다 들어선 건물이라고는 이곳 터미널이 유일하니 섬처럼 떠 있는 모습이다. 순환버스를 타고 부산세관 앞에 내렸다. 건널목 건너에 제1부두가 입간판을 우뚝 세우고 버티고 있다. 컨테이너 화물들 사이로 부산-제주 페리가 정박해 있다. 1912년에 세워진 이곳을 부산시는 국가등록문화재는 물론 유네스코 세계유산으로 신청할 예정이라지만 개발 계획상 부두 전체를 남기기는 어렵다는 보도가 있었다.

바로 옆의 옛 국제여객선터미널은 부산항 연안여객선터미널로 간판을 바꾸어 달고 그 자리를 지키고 있다. 부산세관을 지나 해안선을 따라가면 부산항만공사가 있다. 연안여객선터미널 건물인데 높은 계단도 그대로이고 육교의 엘리베이터도 그 모습대로다. 육교를 건너는데 맞은편 건물 벽을 빌린 제주해운과 청자집 간판

부산항대교를 배경으로 한 국제여객터미널

뒤로 부산타워가 우뚝하다. 뒷골목의 Twelve-12라는 커피집에서 천 원을 내고 아메리카노 한 잔을 마신다. 이인화가 헤맸던 용미산 자락-광복동 롯데백화점에서는 몸도 좀 녹이고 발도 쉬었다 갈 일이다.

생각해보니 자신이 살았던 당대를 정확하게 읽어내려는 소설가 염상섭의 묘사정신이 무섭기도 하지만 시간을 붙들어 매고 있는 장소가 참 힘이 세다 싶다.

임시수도, 그 복닥거리는 삶을 따라, '완월동 제면소'에서 범일동 조선방직까지

– 이호철의 『소시민』과 김동리의 「밀다원시대」

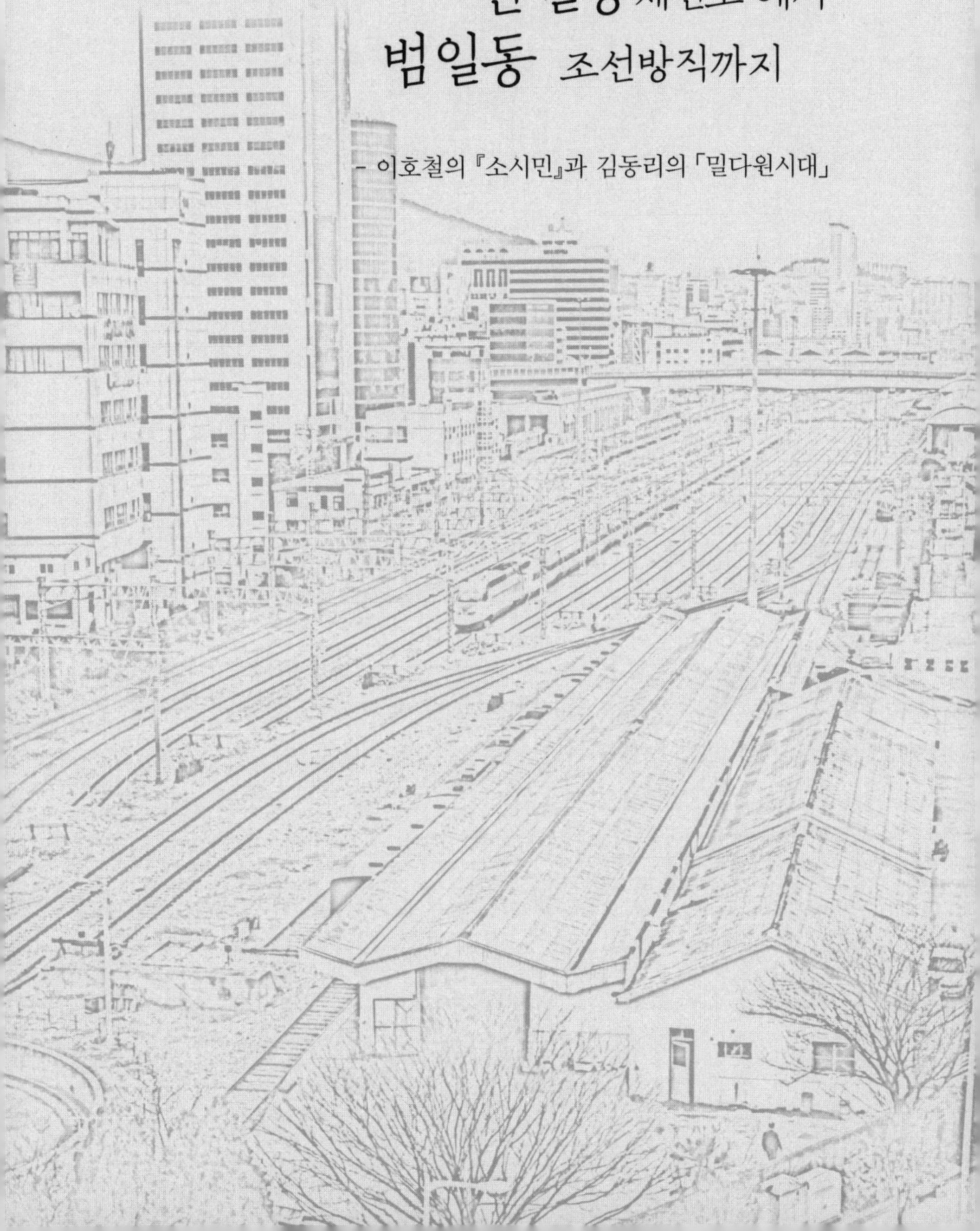

● 완월동과 남포동 주변 얼개 지도

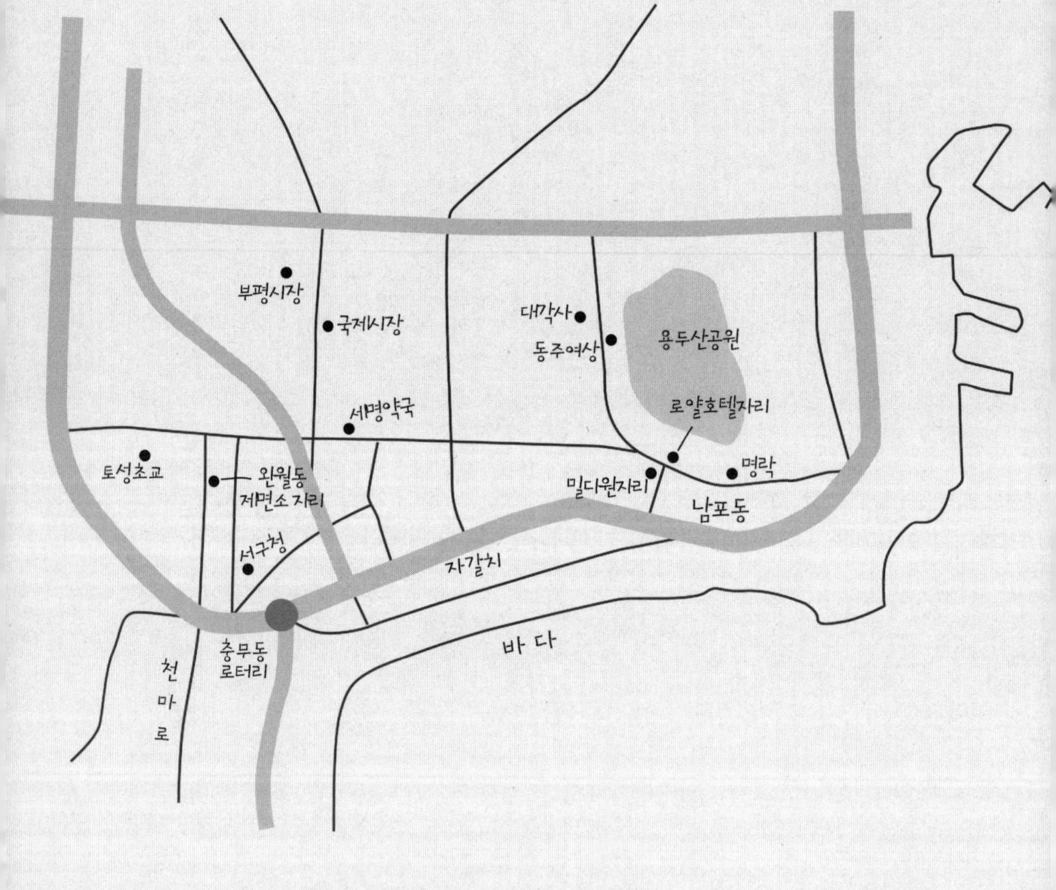

임시수도, 그 복닥거리는 삶을 따라, '완월동제면소'에서 범일동 조선방직까지

- 이호철의 『소시민』과 김동리의 「밀다원시대」

소설작품 중에서 피난시절, 다르게 말하면 임시수도 시절의 부산을 공간적으로 가장 구체적이면서도 폭넓게 다룬 건 이호철*의 장편 『소시민』**이다. 스산한 시절을 다룬 「밀다원시대」(김동리, 1955)나 「곡예사」(황순원, 1952) 등의 단편에서도 실제명이 바로 등장한다는 건 어쩌면 문학과 현실의 거리를 분리할 수 없었던 급박한 시대형편 때문이겠지만, 특히 『소시민』에 묘사된

* 이호철(1932~2016) 함경남도 원산 출생. 원산고등학교 재학 시 6·25를 만났다. 전쟁 중 월남하여 부산에서 부두노동, 제면소 등에서 일했다. 1956년 「탈향」으로 등단한 후 『서울은 만원이다』, 「판문점」, 『남녘사람 북녘사람』 등을 발표하였다. 피난시절의 부산을 배경으로 한 『소시민』은 많은 외국어로 번역되었다.

** 『소시민』은 잡지 《세대》(1964.7~1965.8)에 연재했으며 첫 단행본은 신구문화사에서 1968년에 나왔다. 그 후 고쳐 썼는데 여기서는 신구문화사본을 텍스트로 한다.

당시의 부산은 아주 세밀하여 그 거리들을 지금도 다시 한 번 걸을 만하다. 이 작품이 6 · 25전쟁을 다룬 작품들 중에서 꾸준히 읽히는 것은 당시 부산사회의 세목들이 아주 구체적으로 그려져 있다는 미덕 때문이다.

주인공인 '나'는 1950년 12월 15일에 완료된 흥남철수작전으로 미군 함정들을 타고 남하한 9만 8천여 명 중의 하나이다. 당시의 호칭대로 불러 '중공군'의 참전에 의한 미국 역사상 최대의 패배라고 불리는 흥남철수 시, 피난민들은 장병과 장비를 싣고서 남는 공간에 무제한으로 태워졌다.*

그리고 시간이 지나면서 그 피난민 중의 하나인 스무 살짜리 주인공은 "험한 세상 건너가는 두터움이 어느새 몸에 배여 있었고, 몇 달 동안 신세를 지던 부두도 벗어나와 완월동에 있는 제면소에" 들어가 조금은 안정된 생활을 하게 된다. 부산거리에 짐짝 부려지듯 도착한 뒤 처음 몇 달 동안의 부두생활은 단편 「탈향」(1955)에 자세히 그려져 있다. 같은 마을에서 이십촌 안팎의 아저씨 조카 사이인 네 젊은이는 언제 어디로 떠날지 모르는 화차간을 잠자리로 하면서 꽁치 한 토막도 서로 양보하고 막걸리로 외로움

* 고지마 노부로, 김성민 옮김, 『한국전쟁』 하권, 종로서적, 1981, 43쪽 참조. 이때 이호철은 고등학교 3학년을 막 졸업한 열아홉 살이었다. 그가 '기껏 길어 본들 일주일이나 한 달이면 돌아오겠지' 하는 생각으로 고향 원산을 떠나 부산항에 닿은 것은 1950년 12월 9일이다. 당시 19세기 러시아문학에 폭 빠져 있던 열렬한 문학 소년은 막심 고리키가 레흐 톨스토이와 안톤 체호프, 레오니드 안드레예프를 회상한 『3인의 추억』이라는 일본의 암파(岩波)문고 에세이집 한 권만 달랑 바지 뒷주머니에 찌른 채였다(이호철, 『문단골 사람들』, 프리미엄북스, 1997, 12~14쪽).

을 이기며 지낸다. 그러나 고향으로 돌아갈 날이 멀어지면서 넷은 점차 소원해진다. 이제 그들은 제각기 겨울에도 '눈이 내리지 않는' 낯선 땅에서 살아가야 한다.

'완월동' 국수공장에 모인 사람들

『소시민』을 발로 읽기 위해서 그 출발점은 '완월동제면소', 즉 국수공장이 있던 곳이어야 한다. (아래 글은 2005년과 2006년에 걸었던 당시의 모습을 담고 있다. 2017년 기준으로 달라진 사실 중에서 꼭 밝혀야 할 사항만 고쳐 썼다.)

자갈치역에 내려 설렁한 지하상가를 지나 1번 출입구로 나오니 충무동로터리, 그중에서도 예전 재건센터가 코앞에 서 있다. 이름부터가 1960년대 박정희 대통령 시절의 냄새가 물씬 풍기지 않는가. 재건센터 하면 세 가지 정도가 기억난다. 김해와 진해를 오가던 동신버스 종점, 2층에 자리했던 극동체육관 출신의 권투선수 박찬희, 그리고 부산 최초의 볼링장. 지금도 볼링장은 운영 중이다. 1층은 엘지전자 등의 가전제품 점포들이 그런대로 화사하게 꾸며져 있다. 또 하나, 충무동로터리 하면 진개장을 떠올리지 않을 수 없다. 전쟁 때 모여든 넝마주이들이 집단으로 모여들면서 판자촌을 이룬 곳, 위치를 따지자면 송도 아랫길로 가다 공동어시장 못 미쳐 청과물시장과 오양수산 자리쯤이다. 여기 사람들이 이주해 간 곳이 재송동 무지개마을 아닌가 싶다.

지금은 로터리치고 서면이나 연산동에 비해 보잘것없이 규모도 적고 덜 번잡스럽지만 일제 때부터 1950년대까지만 해도 이곳은 부산에서 가장 넓은 광장이어서 각종 집회나 행사들이 열리곤 했다. 거기다 자갈치와 광복동, 도청과 국제시장이 가까우니 임시수도 시절 부산의 형편을 고루 살필 수 있는 더 없이 좋은 위치의 국수공장에서 이호철은 직공으로 일한 셈이다.

재건센터 위쪽은 충무동파출소 자리이고 그다음 이면도로를 찾아간다. 송도 윗길, 천마로가 그 맞은편에 있다. 자동차 두 대의

국수공장

월남 후 이호철은 부두노동을 하다 토성초등학교 아랫길에 있던 국수공장에서 일하면서 뒷날 『소시민』의 일차 자료가 된 일기를 매일 썼다. 건물 1층은 김천상사로 바뀌었다.

교차가 가능한 길을 따라 직선으로 100미터 조금 더 가면 사거리가 나오고 오른편 모퉁이에 은빛이 감도는 아이보리 타일의 4층 건물이 보인다. 구덕로124번길 56. 부두노동을 하던 「탈향」의 스무 살 젊은이가 "〈직공 한 명 구함〉이라고 유리창에 초라한 글씨로 써 붙인 쪽지를 보고" 들어선 국수공장이 있던 자리다.

건물 맞은편은 함흥냉면집이다. 몇 년 전에 왔을 때 냉면집은 쓰러져가는 일제 때 지은 건물이었는데 그동안 말끔하게 새로 지어졌다. 예전 국수공장 앞에 전쟁 때 부산사람 입맛을 맞춘 북쪽 음식 냉면집이라니 소설과 어울릴 만도 하다(사실 이호철은 1996년 6월에 부산문화방송이 6·25특집으로 만든 프로에 출연하기 위해 이곳을 찾은 적이 있다. 여기서 이호철은 원래의 제면소 이름은 '초장동제면소'인데 소설에서 이름을 바꾸었다고 했다). 자, 1951년 이곳에는 어떤 사람들이 어떻게 부대끼며 그 심난한 세월을 보냈을까.

> 과연 이 지점에서 각자는 어느 곳으로 향하고 있는 것인가. 나는 나 나름의 감수성과 비평안으로 이 완월동제면소를 둘러싼 한 사람 한 사람을 적지 않은 호기심으로 바라보기 시작하고 있었다. 그리고 그 중에서도 가장 관심이 가는 것이 역시 천안색시와 김씨였고, 정씨와 신씨, 그리고 일교대학을 나왔다는 놀라운 사실을 죽은 다음에야 알게 된 강영감의 일이었다.
>
> 『소시민』, 신구문화사, 1968, 42쪽

위에 나온 이름들은 모두가 국수공장에 일하거나 얹혀사는 이들이다. 빠진 인물은 징집기피자인 김해 출신의 곽씨와 주인의 매부 되는 배달꾼 '날라리', 정씨의 누이동생 정옥, 국제시장에서 크게 포목상을 하는 강영감의 전처와 딸 매리 등이다. 식모살이하는 천안색시는 규범 있는 집으로 시집을 가서 지금 남편이 군에 가 있는 형편이고, 김씨와 정씨는 과거 남로당 출신이며 기술자 신씨는 일제 때 남방전투로 해서 정신적 공황상태에 빠져 있고, 강영감은 국민보도연맹 가입으로 망가진 사람이다. 문제는 삶과 죽음이 손바닥 뒤집히듯 하는 전쟁 중이기에 "이 무렵의 부산거리는 어디서 무엇을 해 먹던 사람이건 이곳으로만 밀려들면 어느새 소시민으로 타락해서 있게 마련"이라는 데 있다.

이런 인물들의 관계를 엮어가는 사건은 죽음과 성이다. 강영감의 자살과 천안색시 남편과 뒤늦게 군에 붙들려 간 곽씨의 전사, 그리고 김씨와 천안색시, 나와 주인마누라, 나와 매리, 주인마누라와 동서기의 조급하기만 한 성관계가 그것이다. 서로 다른 인물들의 출신 배경과 성격을 뒤에 두고 자잘하게 펼쳐지는 이야기를 장편답게 그 시대를 총체적으로 그려낼 수 있는 힘은 사건의 시간과 쓰는 시간의 격차에서 얻어진다. 『소시민』은 스무 살 주인공을 15년이 지난 1960년대의 성숙한 동일 화자가 회상하는 형식을 취하고 있기에 6·25로 인한 한국사회 구조의 변동을 다룬 작품이라는 소설사적 의미를 가지는 것이다. 그렇지만 바로 이런 성숙한 시선을 획득하기 위해 액자화한 회상적 진술로 인해 『소시민』에서의 부산이 "즉자적 공간이 아니라 서울로 언표되는 상징질서의 호명에 응함으로써만 자기규정이 가능한 대타적 존재"가 된다는 지적을 받기도 한다.*

로터리 위쪽에서 칙칙한 단풍물이 든 천마산 산자락을 보면서 부산의 대표적 사창가였던 완월동 쪽(지금의 충무동2가 일대)으로 길을 건넌다. 주인공은 혼자거나 천안색시나 매리와 같이 천마산 아랫길을 걸어 송도까지도 가지만, 공창(公娼)으로 출발한 '미도리마찌(綠町)' 이야기는 나오지 않는다. 스무 살 젊은이에게 사창가는 안중에도 없었을 것이다. 그렇지만 매매춘방지법을 두고 시끄러운 이때 여기까지 와서 그냥 지나칠 수야 있는가. 소공원길이라는 거리 이름이 붙은 길로 접어드는데 뜻밖에 소설 쓰는 천금성 선배를 만났다.

"내 집이 바로 저 위 아니요."

"이호철 선생 작품 현장 답사 나왔습니다."

차나 한 잔 하며 달라진 이곳 형편 이야기를 들을까 했는데 천 선배는 약속시간이 다 되었단다.** 가로수와 벤치가 놓인 도로는 지극히 한가하다. 낡은 집들만 있고 사람이 보이지 않는 그런 이상한 풍경이다. 한성장, 대성관, 하정관, 천마관 간판이 보이는 골

* 부산을 대상화하는 작가들의 서술기제(시선)를 논의의 중점으로 하는 박훈하, 「문학적 기록으로서의 1950년대 '부산'과 기억의 형상화」, 《한국문학논총》 제40집, 189~208쪽 참조.

** 그러고 보니 두 분 다 2016년 같은 해에 세상을 떠났다. 원양어선 선장 출신인 천금성은 1941년생으로 한국일보 신춘에 「영해발부근」(1969)이 당선된 뒤 『허무의 바다』, 『표류도』 등 많은 해양소설을 썼다.

목도 마찬가지다. 하기야 지금이 대낮 아닌가. 얼마 전 티브이에서 이 동네 아가씨들이 마스크 쓰고 선글라스 끼고 데모하는 걸 보았다. 드디어 눈에 들어오는 게 있다. 〈환영 / 재활프로그램 지역 확정 / 부산 완월동 인천 숭의동〉 행정 동명으로는 벌써 사라진 지 오래인 완월동은 끈질기게 살아 있다. 그나저나 현수막 문구가 너무 애매하다. 사창가에서 일하는 아가씨들이 재활 프로그램 교육을 받고 이곳을 벗어난다. 그래서 이곳 주민들은 그런 정책을 환영한다. 그렇지만 현수막은 너무나 초라하고 마지못해 얼굴을 내밀고 있는 꼴이다.

이곳에 온 것은 또 하나의 기억 때문이다. 부산시립병원. 연산동을 거쳐 지금은 거제동으로 엄청 크게 지어 옮겨갔지만 1956년부터 1962년까지 부산시립병원은 이곳에 있었다. 일본식 목조건물, 초등학교 시절, 소아과 담당의 유 원장이 병원장으로 있을 때 몇 번 진찰 받으러 와본 적이 있다.

기운이란 기운은 다 쇠진해버린 듯한 한 동짜리 낮은 아파트들과 그만그만한 건물들 사이에 앉아, 지금은 쓰지 않는 완월동파출소 위쪽 오른편, 천마로 쪽에 있었던 병원 자리를 가늠하며 담배를 한 대 피운다.

피난시절의 기호 공간, 국제시장

다음에는 충무동로터리로 다시 내려와 자갈치 쪽으로 간다. 우리가 그냥 자갈치라 부르지만 이곳도 충무동로터리에 붙어 있는 곳은 새벽시장이나 해변시장 등으로 나뉘어 있다. 새벽시장의 좁은 골목길에는 여인숙과 밥집들이 몰려 있는데 모두가 오래된 2층 건물들이다. 소설 속의 국수공장 사람들이 단골로 드나들며 술을 마셨던 '남포집'도 이쯤에 있었을 것 같은 짐작이 들 만큼 오래된 냄새를 풍긴다.

이제는 부평동시장으로 가야 한다. 거기로 가는 것은 길이 국제시장과 광복동으로 통해 있기 때문이기도 하지만 무엇보다 국제시장을 설명할 수 있는 곳이기 때문이다. 중구와 서구를 중심으로 모여 살던 일본인들이 만든 최초의 공설시장인 이곳은 광복 후 쏟아져 나온 전시물자와 생필품들이 넘쳐나 인근의 난장으로 이어졌고 그곳이 자유시장, 곧 국제시장이 된 것이다. 1970년대까지만 해도 부산서 제일 큰 설탕, 밀가루, 술 도매 상가들이 즐비했던 시장은 이제 그저 그렇고 그런 소매시장의 모습이다. 부평동파출소 뒤의 삼보극장이 이름만으로도 반갑다. 건물은 낡고 영화관은 지하로 숨어들어 2본 동시상영도 모자라 3편 동시상영을 하는 성인전용관이라는 조잡한 간판을 걸고 있지만 그런 맨얼굴이 훨씬 편하고 반갑다.

드디어 국제시장으로 빠져나온다. 국제시장은 한국전쟁을 이야기할 때 빼놓을 수 없는 기호가 된 공간이다. 피난시절, 사람들이 "개미떼처럼 언제나 바글바글 뒤끓고 있는데다 한 번 발을 들여놓기만 하면, 등과 등을 비비고 어깨와 어깨를 부딪치게 마련"*인 이곳은 생활의 최전선이었다.

그렇지만 국제시장은 신분상승의 기회가 마련되는 곳이기도 했다. 『소시민』에는 그때의 매리 어머니의 포목상 모습을 아래와 같이 묘사하고는 거기에 만만찮은 의미까지 부여하고 있다.

> 포목상 안은 불이 훤하고 물건이 산더미로 쌓여 있었다. 그 한가운데서 매리 어머니의 그 육중한 몸집이 서서 돌아가고 있었다. 마침 군 트럭에서 짐을 풀어내고 있었다. 한눈에 보아도, 부두에서 부려진 군복더미가 곧장 이리로 온 눈치인 것을 알 수 있었다.
>
> 『소시민』, 앞의 책, 63쪽

부산 자유시장의 폭발적인 비대는 곧 우리 구조의 폭발적인 해체와 양면을 이루는 일면이었다. 그러지 않아도 완만한 해체과정을 겪고 있던 이 땅의 전 구조는 자유시장의 비대와 더불어 그 소용돌이 속에 휘어감기고 말았다. 그것은 부산 정계(政界)와 부산 인심(人心)에 그대로의 열띤 그늘을 내리고 있었다.

* 김동리의 「실존무」(1955) 첫 문장이다. 주인공은 원산 굴지의 명문가 출신에 일본에서 대학을 다닌 지식인이지만 국제시장에서 만년필 장사를 한다. 인용은 『김동리전집』 2권, 민음사, 1995, 349쪽.

국제시장

국제시장은 해방 후 난전에서 시작되었다. 전쟁 중 이곳은 생존의 공간이자 기회의 공간이기도 했다. 삶이 펄떡거리며 뛰는 시장이 희망을 주었다는 것은 이념의 각축장이었던 그 시기에 다른 삶이 있었다는 것을 보여주는 소중한 공간이 아닐 수 없다. 전쟁 당시의 모습과 오늘의 모습.

항상 구조의 급격한 매카니즘은 구조의 틀을 앞질러서 나가는 법이다. 비록 부산 정계는 구지주층(舊地主層)을 중심으로 한, 낡은 구조를 전제로 하여 형성된 것이었지만, 그것도 농촌 구조의 전면적인 와해와 더불어 발판을 잃은 채 급하게 전면적인 변질(變質)을 겪고 있었고, 혼란 속에서의 사회적 무정부 상태를 이용한 새로운 세력이 급진적으로 대두되어가고 있었다.

『소시민』, 앞의 책, 142~143쪽

남자 둘 정도 잡아먹고도 눈도 꿈적 않는 여걸 매리 엄마는 물론, 같은 배를 타고 내려와 맨주먹으로 시작해서 이곳에 자리 잡은 광석이 아저씨가 장사하는 국제시장(다른 작가들과 달리 이호철만이 고집스레 그 당시 국제시장과 같이 불렸던 자유시장이란 말을 쓰고 있다) 이 전쟁 통에 남한에서 가장 큰 시장이 된 것까지야 알겠는데, 이토록 1950년대의 정치경제적 의미를 가진다니 도대체 무슨 소리인가.

전쟁 통에 지주 출신이 몰려 있는 국회중심의 권력을 이승만 대통령이 장악했다. 그 지지 세력의 외곽에 매리 엄마 같은 새로운 뜨내기 부유층과 김씨와 광석이 아저씨들이 가입해 있는 관변 청년단들이 있다. 그리고 그런 중심 현장이 바로 미국이 제공하는 무진장의 전쟁물자와 잉여물자가 비정상적으로 모여들고 나가는 국제시장이다. 간단하게 말하면 그렇게 정리된다.

그리고 시류를 잘 타서 성공한 광석이 아저씨가 브라스 밴드가 동원되고 카키색 입은 군인들과 거지떼까지 다 몰려온 비까번쩍

한 결혼식을 올리는 곳도 국제시장, 이곳이다.

좁은 시장길에는 그런대로 사람들이 붐빈다. 특히 외국관광객들이 심심찮게 눈에 띈다. 안경점 앞에 몰려 있는 50대의 일본인 남자들, 관광지도를 든 채 움직이는 30대 일본여성들, 그리고 중국말도 들린다. 얼마 전 신문에는 이곳을 문구류도매시장 중심으로 특화시킨다는 보도가 있었다. 역시 국제시장도 재래시장의 한 곳일 뿐이다. 세월 앞에 무엇이 온전할 것인가. 특히나 돈이 움직이는 시장바닥일 바에야.

원조물자 하역

전쟁 중 부산항을 통해 들어온 미국의 원조물자는 제대로 적재적소에 쓰이지 않았다. 일부 비정상적인 흐름은 신흥 졸부를 만들기도 했다. 또한 부산의 항만시설이 비약적으로 확장된 것도 이 시기였다.

‘땅끝’으로서의 부산과 어느 일본인 신사의 인사

세명약국으로 빠져 광복로에 접어드는데 수학여행 온 일본 중학생들이 보이기 시작한다. 애들은 삼삼오오 몰려다니는데도 그 또래들 치고는 너무나 조용하다.

피난시절 작가들이 많이 모였던 ‘밀다원’이란 다방이 있던 곳을 찾아야 한다. 김동리*가 쓴 소설 「밀다원시대」(1955) 때문에 잘 알려졌지만 『소시민』에도 등장한다. 이곳에서 앙드레 지드 1주기를 기념하는 날 매리는 자기 아버지 강영감을 마지막으로 만난다. 그리고 실제 이호철은 신문에서 지드 추모행사 기사를 보고 밀다원을 찾아갔다가 입구에서 서성이다 돌아섰다고 회고하고 있다(『문단골 사람들』, 28~31쪽). 그는 밀다원의 현장을 이렇게 기억하고 있다.

“광복동으로 들어서서 물어물어 찾아갔는데, 앞에 큰 공터가 있는 것도 맞고, 길이 큰길에서 오른편으로 꺾여 언덕바지로 느슨하게 휘어진 것도 맞고, 덩그란 2층 건물인 것도 사실이었다. 아닌 게 아니라 다방이라기보다는 세무서 같은 공공건물 쪽이 더 알맞

* 김동리(1913~1995) 경북 경주 출생. 대구 계성중학교, 서울 경신중학을 다니다 중퇴. 1935년 「화랑의 후예」가, 이듬해에는 「산화」가 연속으로 신춘문예에 당선됨으로써 문단에 나왔다. 「무녀도」, 「등신불」 등 설화와 신화성이 짙은 문제작들을 발표하였다. 해방 후 좌익문학단체에 맞서는 〈청년문학가협회〉를 조직하였으며, 이른바 ‘문협(문인협회) 정통파’로 불린다.

았다."

옛 로얄호텔 건너편에 남포동으로 건너가는 골목이 있다. 그 모퉁이 5층짜리 기역자 건물, 광복로68, 광복동 2가 38-2번지, 예전 왕비다방 자리 하면 기억이 더 빠를 것이다. 여기가 부산을 "한 걸음도 더 나갈 수 없는" 땅끝이라고 생각하며 피난열차를 타고 내려온 주인공 이중구(김동리)가 같은 문인들인 오정수(오영수), 조현식(조연현), 길선득(김말봉) 등과 어울렸던 밀다원 자리이다.

이중구에게 부산이 땅끝으로 여겨진 것은 당시 우익문단의 실세이면서도 6·25 때 한강다리를 넘어오지 못하고 90일간 공산치하가 된 서울에서 숨어 지내다 다시 1·4후퇴라는 걸 겪어야 하는 김동리 개인의 사연 때문이었다. 김동리는 작중인물인 이중구를 통해 끊임없이 피난민의식에 사로잡혀 있으려고 한다. 잠자리로서는 더할 수 없이 편한 '부산사람' 오정수의 집을 두고 그는 같

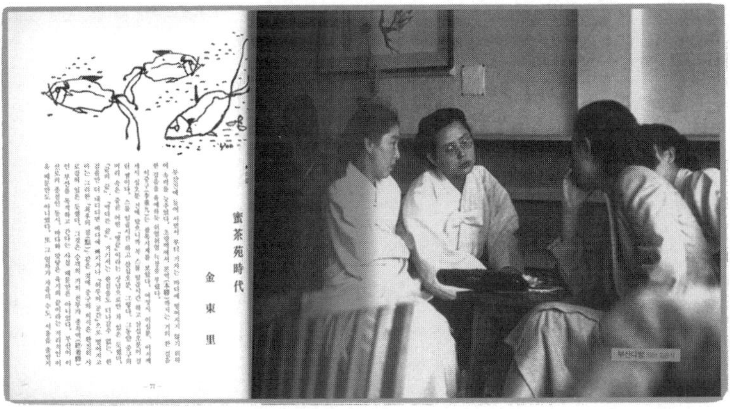

잡지에 수록된 「밀다원시대」와 당시의 다방

이 서울서 활동했던 조현식의 일본식 집의 이불장으로 쓰이는 '오시레이'에서 자면서 낮에는 밀다원을 떠나려 하지 않는다. 그것은 김동리가 스스로에게 부산이 피난수도에 지나지 않는다는 생각을 각인시키기 위해서다. 그렇게 본다면 전국문화단체총연합(약칭 문총) 사무실이 1층에 있는 밀다원은 그 시절 피난 내려온 문화 예술인들의 또 다른 '임시수도'였던 셈이다.

터는 그대로일지라도 건물과 들어선 가게들은 언제든 바뀔 수 있다. 밀다원 자리에는 지금 아웃도어 대리점이 들어서 있다. 광복동과 남포동은 쇠락하고 있다.* 뒷골목에나 있어야 할 구이집과 호프집들이 고급 의류점들과 나란히 얼굴을 내밀고 있는 것부터가 그렇다. 노포도 많이 사라졌는데 구 시청 쪽으로 가면서 눈에 익은 만우양복점이나 보석상 명보사 간판을 찾을 수 있을 뿐이다. 1990년대 초반까지 소설가들이 자주 모이던 보리수다방 건물은 헐려서 주차장이 된 지 오래고 천안곰탕 등 오래된 식당들도 시나브로 다 사라졌다.

이제 외국책방골목을 가본다. 화재로 새로 지은 문기서점이 있

* 1980년대 이후 이 일대가 옛날의 활력을 잃고 추억화된 공간이 되어간다는 지적을 이성희의 글에서도 읽을 수 있다(이성희, 「바라크와 유리성」, 《오늘의 문예비평》, 2002년 겨울, 통권 47호, 268~288쪽 참고). 그리고 남포동과 광복동을 1979년 10월 부마항쟁과 관련시키고 있음은 이 공간이 당시의 부산사람들에게 어떤 의미공간으로 기억될 것인가를 생각하게 한다. 그런 면에서 남포동과 광복동은 부산사람의 정체성의 일단을 읽을 수 있는 공간이 된다. 나는 이곳을 장편소설 『밤의 눈』(2012, 산지니)에서 부마항쟁 그 시간이 담긴 장면으로 그려보았다.

철도 끝

철길은 초량을 지나 중앙동에서 끝난다. 피난열차를 타고 내려온 절박한 이들에게 부산은 '땅끝'이었을 것이다. 세관 쪽에서 바라본 철도의 끝 지점이다. 그래도 '끝'은 언제나 뒤를 남겨두고 있다.

던 건물은 머리 깎는 집이 되어 있다. 불이 나기 전, 1980년대 언젠가 2층 건물에 나이 든 일본인 신사 한 분이 찾아왔다. 용건은 단 하나, 일제 때 자기 부친이 지은 건물이 잘 있는지, 그걸 보러 왔다는 것이다. 그리고 건물이 변하지도, 헐리지도 않아 고맙다고 인사를 하더란다. 자기가 낳은 자식에 대한 애착?

건축물이 사라지면 그 공간 자체는 물론 기억도 허물어진다. 미화당으로 다시 되돌아가서 대청동 쪽으로 간다. 수많은 신혼부부를 나란히 세웠던 새부산예식장은 두 동짜리 현대식 유리 건물로 변해버렸다. 이 거리에서는 대각사와 동주여상만이 건물 그대로 버틸 만큼 버틸 것 같다.

대청동에서는 버스 타기가 지루하다. 백성사 세탁소 자리까지 오가며(새로 지은 건물에 은행과 병원이 들어서 있고 백성커피전문집이란 간판만이 기억을 살려준다) 10여 분을 기다리다 결국 택시를 타고 말았다.

부산역으로 가기 전 신호등에 걸렸을 때 영주동 언덕을 본다. 이호철은 소설 속에 등장하는 모든 지명을 정확하게 쓰고 있지만 오직 영주동을 염주동이라 잘못 쓰고 있다. 천안색시와 김씨가 동거생활을 한 곳이 영주동이고 「탈향」의 젊은이들이 '꼽대가리'를 해서라도 루핑집 하나 장만하자는 곳이 영주동 언덕배기다.

'웃부산'으로 가는 길

부산역에 내려 버스를 탄다. 작품의 주인공이 혼자 전차를 타고 앓아누운 정씨 동생 정옥을 보러 가기 위해 충무동에서 범일동까지 가는 길을 되밟기 위해서이다. 남포동으로 가지 않고 대청동으로 걸음을 옮겼으니 "시민관 앞의 영화 광고판에는 원통형 털모자를 쓴 울긋불긋한 여인이 담배를 물고 있었다. 영도다리가 빗속에 하늘로 차오르고 있었다."라는 묘사를 살려낼 수는 없게 되어버렸다. 다만 초량 중앙극장을 지나 부산진까지 가면서 보고 느끼는 그다음 묘사, 정옥의 죽음을 예측하고 있어 가라앉아 있으면서도 상징적인 냄새가 묻어나는 문장들이 제시하는 공간을 지나갈 수는 있다.

> 중앙극장 간판이 바람에 휘떨고 있었다. 어느 서슬엔가 갠 하늘 아래 탁하게 넘실거리는 부두 저편의 바다가 휙 나타났다가 길 옆 지붕에 다시 가리어졌다.
>
> 거리는 온통 바람과 전시(戰時) 냄새와 급하고 뒤숭숭한 것으로 차 있었다. 전차가 잠시 멈추고, 부산진역에서 군인들 한 떼가 쏟아져 나오고 역시 군인들 한 떼가 구내로 들어가고 있었다.
>
> 『소시민』, 앞의 책, 131쪽

좌천동 가구거리에서 버스를 내린다. '제7회 가구대축제'가 열리고 있다는 문구가 요란한데 조악한 노천식당 두 군데에서 흘러나

조선방직

『소시민』에서 가장 정결한 인물인 정옥이가 폐병을 얻어 죽는 원인을 제공한 조선방직의 모습. 지금도 부산사람들은 이 일대의 범일동을 '조방'이라고 부른다. 지역경제가 섬유와 방직으로 활황을 누리던 시기와 겹쳐져서 얻은 일종의 혼종적 기억일까? '조방'이 이미 없어졌는데도 유난히 이 명칭이 사람들의 입에 밀착하고 있는 이유는 무엇일까? 이제 젊은 사람들에게 범일동은 범일동이지 '조방'이 아니지만 여전히 그 명칭은 누군가의 입 속에 살아 튀어 나오고 있다.

오는 유행가는 한가하기만 하다. 데레사여고 앞이 철도 건널목이다. 철둑을 지나면 진시장이다. 주인여자의 농밀한 염세 기운에 감염되어 여자와 정사를 나누는 해운대로 가는 길의 범일동 여관은 이 일대를 말할 것이다. 그런데 작품에는 부산진시장은 나오지 않는다. 내가 가야 할 곳은 "범일동 너머 굴다리를 지나서 조방 위쪽"에 있는 정옥이 앓아누운 집이다.

다시 제자리에서 버스를 탄다. 정씨와 누이동생 정옥은 누구인가. 정씨는 과거 좌익활동을 하던 시절, 김씨의 상사였다. 그러나 시절이 바뀐 뒤에는 두 사람의 위치도 바뀐다. 어떤 나라를 세울 것인가를 따지는 게 가능했던(그것도 국제관계상 극히 제한적이지만) 해방공간에서는 좌익이념이 분명한 하나의 기본 축이었지만 단독정부가 들어서고 전쟁까지 일어난 판에 그것은 소용이 없다. 『소시민』의 첫머리에 나오듯 누구나 소시민으로 굴러 떨어지기 마련인 부산 바닥에서 중요한 것은 생활이다. 이념을 생활로 바꾸어야 하는데 정씨는 어정거리고 김씨는 재빨리 생활 그 자체를 이념으로 해버렸기 때문이다.

『소시민』은 전쟁을 통해 새로이 편성되는 사회계급 구조를 보여주려고 애쓰는 작품이다. 상승하는 세력과 몰락하는 세력이 있다. 그런데 정씨의 동생 정옥은 어느 쪽인가. 출생의 비극을 타고나, 한쪽 눈이 흰자위로 덮인 눈 병신인 그녀는 부산에서 제일 큰 공장이었던 조선방직의 먼지 속에서 폐병을 얻는다.* 그녀의 죽음은 죽음을 전제하지 않고서는 마련되지 않는 '이 지상의 꽃방석에' 아주 잠시 앉은 죄로서의 죽음이기에 더욱 비극적이다. 그녀는

* 1917년에 설립되어 1921년부터 본격적인 가동에 들어간 조방(조선방직주식회사)은 회사가 문을 닫은 1968년 이후에도 부산사람들에게 공장의 너른 터만큼이나 가장 폭넓게 기억되는 공간이다. 모든 옷감의 재료가 되는 광목을 생산하기 위해 '여공'들은 먼지가 가득 찬 채 거의 40도를 오르내리는 뜨거운 실내온도를 견디면서 주·야간작업을 해야 했다. 이러한 열악한 근무환경은 일제 때는 물론 해방 후에도 여러 차례 파업투쟁을 불러일으켰다.

힘든 그 시대를 살았던, 착하고 아름다운 사람들의 죽음까지도 보속한다.

'범일동 너머 굴다리' 했을 때 굴다리는 보림극장, 옛 교통부에서 춘해병원이 있는 범내골로터리로 가는 범일과선교를 말한다. 이전 삼화고무 옆의 이 고가로는 너댓 개의 돌탑 위로 도로가 얹혀 있었다. 당시, 범일동, 교통부를 지나면 거기서부터는 '웃부산'이라 불렸는데 이호철은 "범일동에서 서면까지의 전차 바깥은 시베리아 평원 같은 그냥 허허벌판"이라고 당시의 모습을 적고 있다(『문단골 사람들』, 27쪽). 그나저나 정옥이 일하는 조방이 가까우면서 집 부근으로는 "경부선 긴 화차를 단 기관차가 왈가당대며" 지나가는 곳은 도대체 어디쯤일까.

상공회의소 앞에 내려 범내골 지하도를 건너 과선교 위로 간다. 옛 부산학원을 지나 조방 쪽으로 걸어가며 어디에서 발길을 멈추어야 할지 망설인다. 『소시민』의 공간에서 빠뜨린 곳은 '남포동 선창가'와 부두 정도이다. 당분간 그곳은 그대로 있을 것이다.

부두의 경우 '당분간'은 10년이 되지 못했다. 앞 장의 〈동경유학생의 발길을 따라〉에서 중앙동 일대의 면모를 닮듯 부두 지역은 북항재개발사업으로 다시 엄청 변했다. 바다를 메워 땅을 얻고 시가지를 만드는 일은 항구도시의 숙명이리라.

온천과 겨울바다, 물 위의 세계,
해운대와 일광

- 이태준의 「석양」과 최서해, 김성종, 유익서의 소설들,
오영수의 「갯마을」

● 해운대역 주변 얼개 지도

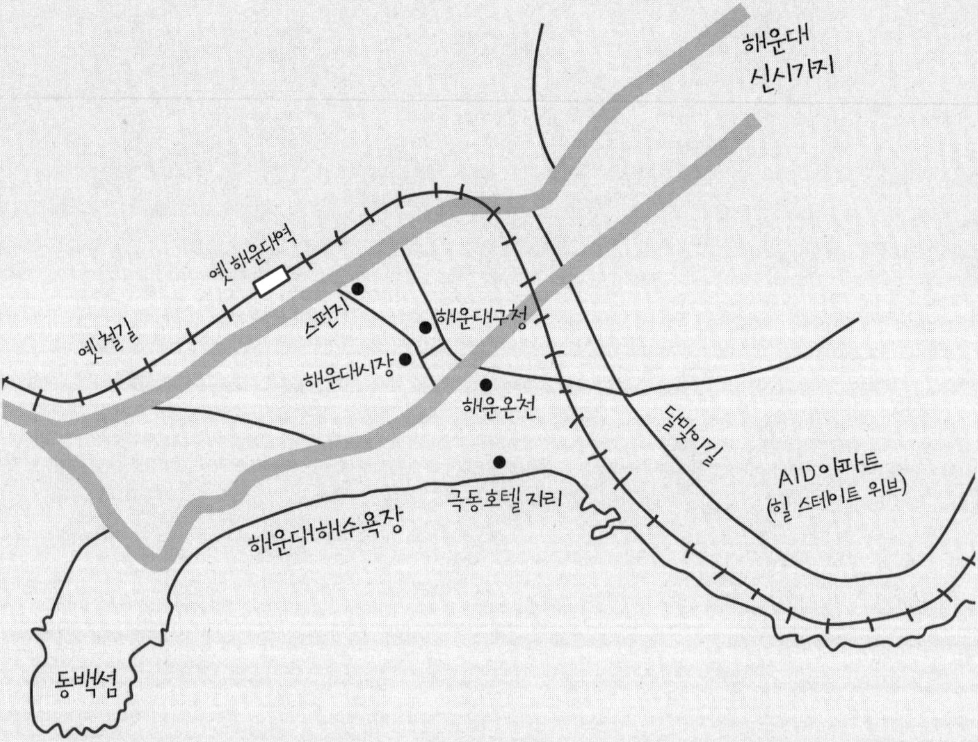
해운대
신시가지
옛 해운대역
옛 철길
스펀지
해운대구청
해운대시장
해운온천
달맞이길
AID아파트
(힐 스테이트 위브)
극동호텔 자리
해운대해수욕장
동백섬

온천과 겨울바다, 물 위의 세계, 해운대와 일광

- 이태준의 「석양」과 최서해, 김성종, 유익서의 소설들, 오영수의 「갯마을」

상허 이태준*의 작품을 읽을 때면 김동리 선생이 떠오른다. 강의 시간에 김동리 선생이 무슨 이야기 끝에 그에 관한 이야기를 잠깐 했다. 작품을 잘 썼던 작가였다는 것, 월북 뒤 소식을 몰랐었는데 살아남아 지방의 고철 수집소 노동자로 일한다는 내용이었는데 동리 선생의 목소리가 조금 들떠 있었다. 지금 생각해 보면 그 무렵 월북 작가들의 소식을 전해 듣고는 해방공간에 길을 달리했던 이들에 대한 소회가 새삼스러웠기 때문이 아

* 이태준(1904~?) 강원도 철원에서 개화파인 소학교 교사의 장남으로 출생. 어려서 부모를 잃고 친척집을 전전하며 자랐다. 휘문고등보통학교, 도쿄 조치대학에 다녔다. 귀국 후 여러 신문사에 근무하며 글을 썼다. 「달밤」, 「밤길」 등 문학성 높은 단편과 『화관』, 『사상의월야』 등 많은 장편을 썼다. 해방공간에서 좌익문학단체인 〈조선문학가동맹〉에 참여, 자전적 소설 「해방전후」를 발표하였다. 1946년경 월북한 뒤 「농토」(1947)를 발표하였고, 1955년 숙청되었다.

니었을까 싶다.* 상허 이태준이 누구인가. 「가마귀」와 「복덕방」의 작가, 〈九人會〉 멤버이자 『문장강화』의 저자, 일제강점기 중후반 최대의 문학잡지였던 《문장》의 신인추천자, 「해방전후」를 쓰고 임화와 함께 월북했다가 『소련기행』을 쓴 뒤 남로당계열 숙청과 같이 사라진 작가.

동해남부선과 해운대

2005년 2월 6일 늦은 오후에 지금은 문을 닫은 해운대역 앞에 섰다. 어느 겨울, 이태준도 여기 이 자리에 섰던 적이 있었다.

어느 책사와 전작(全作) 한 편을 약속하였다. 가을 안으로 출간해야 한다는 것을 초겨울이 되도록 탈고가 되지 않았다. 달포를 책상에 꼬부리고 앉았더니 옆구리와 어깨가 결리는 것은 물론, 전

* 해방을 맞이한 이 시기를 '해방공간'이라고 표현하는 것이 적절한지는 의문이다. 해방이 공간에 제한된 문제인지 그렇지 않으면 역사의 흐름 내부에서 여전히 살아 있는지 선불리 판단하기 어렵기 때문이다. 그런 점에서 '해방기'라는 표현을 쓰기도 하지만, 이 시기의 다양한 담론들이 정치적 억압을 통해 순식간에 사멸해버렸다는 점을 감안하면 '공간'이라는 표현을 허락할 수 있을 것이다. 다시 말해, 이 시기에 활발하게 전개되었던 다양한 정치적 이념 혹은 좌파적 입장들이 이후 한국사회에서 다시 부활하는 것은 오랜 시간을 보내고 난 다음에나 가능해졌다는 것이다. 자세한 사정은 김윤식의 『해방공간의 문학사론』(서울대출판부, 1989)을 참조할 수 있다.

과 달라 현기까지 난다. 날이 차츰 차지어 방을 덥히니 기름기 없는 피부가 조이는 것은 마음까지 윤습을 잃어버리게 하였다. 매헌은 그의 집에서 탈고를 못 하고 해운대 온천으로 가지고 왔다.

「석양」, 『이태준전집』 2, 깊은샘, 1988, 136쪽

이태준의 중편 「석양(夕陽)」(1942)에 나오는 한 대목이다. 매헌은 소설가인 주인공의 호인데 꽤나 잘 알려진 작가라는 점에서 이태준의 다른 이름이라고 보아도 크게 틀리지는 않는다. 경험적 자아를 담아내기에 알맞은 일인칭 소설을 많이 쓴 이태준은 실제로 「토끼 이야기」 등 자기 자신을 등장시킨 소설을 자주 썼다.

해운대에 도착한 매헌은 경주 사는 처녀에게 부산에 내려왔다는 것, 원고를 다 쓰면 알릴 터이니 그때 오라는 편지를 쓴다. 그러나 아가씨는 편지를 받고는 곧바로 내려온다. 타옥(陀玉)이 그녀의 이름이다. 둘은 매헌이 혼자 경주 여행을 갔을 때 고완품점의 손님과 주인 딸로 만났다. 다니던 대학이 있는 일본의 고도 교토보다 경주가 더 좋은 타옥은 매헌의 안내자가 되어 불국사를 구경시킨다. 편지가 오가고 쉰이 내일 모레인 매헌은 처녀에게 애매한 감정도 가져보는 그런 사이이다.

그런 타옥이 해운대로 달려온 것이다.

해운대역을 찾은 것은 소설 속의 두 사람이 이 역에 내려 온천으로 갔기 때문이다. 물론 매헌은 서울서 왔기에 경부선을 타고 중앙동에 자리했던 예전의 부산역에 내렸다. 그렇지만 그 무렵에는 시내서 해운대로 오는 차편은 기차가 훨씬 빠르고 편했을 것

이다. 1970년대까지만 해도 해수욕을 하기 위해 송정이나 일광은 물론 해운대를 오는 데도 기차를 많이 이용하곤 했다. 1937년에 개통된 동해남부선은 당시에 관부연락선을 타고 부산에 도착한 일본인들이 골프도 치면서 해운대 온천에서 하루 이틀 묵은 뒤 경주구경을 하는 여행코스를 관례화시켰다. 타옥이 기차를 타고 여기에 내렸음은 당연하다.

역은 설렁하다. 지하철 2호선이 개통되기 전까지만 해도 해운대 신도시 주민들을 위해 도시통근열차가 자주 운행되었다. 중앙동이나 남포동에 볼일이 있을 때는 통근열차나 동해남부선을 타고 부산역에 내려 지하철이나 버스를 바꾸어 탔다. 40분 정도 걸리는데 동래역과 거제역을 지나면서 도시를 보는 풍경도 괜찮았다. 부전역에 내려 설렁설렁 시장구경을 하면서 서면까지 걷는 재미도 있었다.

해운대역에서 쭉 바로 뻗은 구남길을 내려간다. 구남(龜南)은 해운대의 다른 이름으로 해운대 온천을 구남 온천이라 부르기도 했다. 역에 내린 매헌과 타옥이 걸었던 온천여관으로 가는 길을 따라가고 있다. 길 양옆의 모습은 이전과 별로 달라지지 않았다. 동백섬 건너편의 운촌(雲村)과 더불어 해운대에서 예전 모습을 오랫동안 간직하고 있는 곳인데 갯부락이라 불렸던 운촌은 최근 들어 재개발이 진행되고 있다.*

* 해운대구에서 아주 오래전의 주거지를 찾자면 중동과 좌동의 구석기 유적들일 것이다. 중동 59번지와 좌동 대림아파트와 대동아파트 자리 일대인데 좌동초등학교 뒤편의 쌈지공원에 유적지 기념비가 있다.

골프장과 해운대역

일제강점기 때 해운대 온천과 골프장은 일본인들에게 인기 있는 관광코스였다. 지금의 센텀시티 자리에 있던 골프장 모습이다.
해운대역은 신해운대역으로 이름을 바꿔 달고 해운대 신시가지 깊숙한 곳으로 옮겨지고, 복선 전철이 된 동해남부선은 부전에서 일광까지 우선(2016년 12월) 개통되었다.

해운대시장을 가로질러 구청 쪽으로 나간다. 동사무소와 파출소를 지나 오른쪽으로 나가면 달맞이길과 해운대 신시가지로 들어가는 사거리가 나온다. 그 언저리에 송도탕을 비롯한 대중탕을 겸한 온천여관들이 몰려 있다.

매헌이 묵은 여관은 어디쯤일까. 지금의 해운대구청 인근과 길 건너, 내가 지금 서 있는 '해운온천' 부근을 크게 벗어나지는 않을 것이다. 「석양」에는 당시의 온천여관의 모습이 그런대로 잘 묘사되어 있다. 매헌은 갑작스레 찾은 타옥에게 놀라지만 만발한 타옥의 젊음에 가슴이 더 뛴다.

> 타옥은 탕을 다녀 나와 김이 모락모락 이는 손으로 매헌의 만년필을 가만히 빼앗았다. 매헌은 어찔해지는 눈을 한참이나 감었다가야 일어서 타옥과 함께 해변으로 나왔다.
>
> 바닷가는 바람이 제법 쌀쌀하였다. 파도도 제법 일었다. 매헌은 외투깃을 일으키고 목을 움츠렸으나 타옥은 고름을 허술히 묶은 동저고리바람으로 앞을 서 뛰어나갔다.
>
> "어서 오세요."
>
> 매헌은 이 해변에 여러 번째지만 처음으로 뛰어보았다.
>
> 「석양」, 앞의 책, 136쪽

두 사람은 바닷가에서 돌아와 저녁을 먹은 뒤 김해에서도 출토된다는 고려청자 이야기를 나누지만 그동안 글쓰기에 지친 데다 식사 때 마신 반주 때문에 매헌은 졸음을 이길 수 없다. 타옥은 후스마를 열고 옆방으로 가고 잠과 술에서 깬 매헌은 탕에서 한 시간이나 몸을 데워 나온다. 자리에 들기가 아깝도록 정신이 맑아진다. 시간도 잊은 채 매헌이 새벽 두 시가 되도록 글을 쓰고 있는데 자다 일어난 타옥이 헝클 머리와 자리옷을 여미며 들어와 만년필을 빼앗는다. 타옥은 자기가 데워놓은 이불에 매헌을 자게 하고 매헌의 방에서 잔다. "따스하게 녹은 자리를 주는 타옥의 마음에 그윽히 입맞추고 그 온천보다는 향기롭기까지 한 타옥의 체온 속에 푸근히 묻혀버렸다." 피돌기를 빠르게 하는 온천과 해변에 닿는 반복되는 파도, 그리고 달리기의 강한 운동성과 바꾸어 자는 이부자리 등은 섹스의 상징물들로 읽기에 충분하다.

그렇지만 물은, 우리가 같은 강물에 다시 발을 담글 수 없는 것처럼, 시간과 세대를 나타내므로 둘의 이별은 필연적이다.* 다음 날 타옥은 자신이 최근에 약혼했으며 오늘 동경서 관부연락선을 타고 오는 약혼자를 만나러 간다는 사실들을 편지로 알리고 떠난다.

소설은 이렇게 끝난다.

"석양은 해변에서도 아름다웠다. 그러나 각각으로 변하였다. 너무나 속히 황혼이 되어버리는 것이었다."

* 앞에서 읽어온 『혈의 누』나 「만세전」에서 목격했듯이 부산이 근대적 공간의 면모를 지니는 것은 근대가 유입되는 장으로서 '바다'와 이 바다가 육지에 현실화되는 '철도'가 겹쳐져 있기 때문이다. 바다로부터 온 미지의 근대가 철도를 타고 봉건적 영토를 근대시스템으로 배치하는 첨단의 공간으로 부산이 항상 위치해 있다는 것이다. 그러므로 부산에서는 고정되고 고착화되는 일 없이 언제나 유동적이고 쇄신 가능한 것만이 생존을 보장받을 수도 있다. 그런 면에서 부산은 사랑이 완성되는 일 없이 새로운 사랑이 언제나 출현하는 그런 공간인 셈이다(김만석, 「모든 것은 바다로부터」, 《여기》, 2006년 봄호 참조).

수로의 낙원호텔과 천국호텔

해운온천에서 해변 쪽으로 가지만 바다는 고층건물들에 막혀 있다. 이 중에서 팔레드시즈(해운대해변로298길)는 극동호텔 자리이기에 족보 있는 땅이라 할 수 있다. 1967년에 세워진 극동호텔은 박정희 대통령이 부산 와서 묵는 초특급 호텔로 한 시절 해운대의 상징이었다.

이주홍*의 소설 중에 「음구(陰溝)」(1972)라는 단편이 있다. 아들이 결혼하겠다고 소개한 아가씨의 집안을 알아보니 사업을 한다는 그 부친이 친일경찰 출신이다. 그것도 아버지를 고문하여 사망케 한 당사자이다. 주인공은 아들을 달래보고 설득해보지만 소용이 없다. 사업차 일본에 갔다 부산에 들른, 아들이 사귀는 처녀의 아버지는 일방적으로 만나자는 연락을 해온다. 주인공은 고민하다 약속장소인 해운대의 호텔로 간다.

> 아무렇게나 잡아탄 택시는 해안 쪽을 향해 시원스레 달리고 있었다. 미산이 동방호텔 앞에서 내린 것은 3시를 불과 15분 남겨놓은 시각이었다.

* 이주홍(1906~1987) 경남 합천 출생. 1929년 「가난과 사랑」이 조선일보 신춘에 입선한 이후 시, 희곡, 시나리오, 중국 고전소설 번역 등 여러 장르의 글을 썼다. 1947년 동래중학 교사 부임 이후 부산에서 작품활동을 했다. 『풍마』, 『아버지』 등의 작품이 있다.

잔서(殘暑)의 따가운 볕이 쨍쨍 머리를 구워댔다. 앞으로 와르르 무너져 내릴 것만 같은 16층의 맘모스 건물이 미산을 촌놈같이 위압했다. 꼭 그 옛날의 그 사람, 전투모를 쓰고, 국민복을 입고, 각반을 하고, 지까다비를 신고, 가슴에 창씨한 개패를 단 '조센징'이 왜경이 총검을 짚고 서 있는 경찰서 앞에 섰던 것같이 자기가 빈약하게 느껴졌다.

「음구」, 『한국현대문학전집』 15, 어문각, 1978, 154쪽

철거 직전 극동호텔

한 시절 해운대를 대표하던 극동호텔은 오랫동안 방치되다 헐리고 새로운 건물이 들어섰다. 철거 직전의 모습이다.

으리으리한 호텔은 과거에 묶여 있는 주인공 미산을 일제강점기 때의 경찰서 앞에 선 양 압박한다. 마음이 고달픈 땀을 흘리며 호텔에 들어섰지만 상대는 남자 집에서 반대를 하더라도 결혼을 성사시키겠다는 일방적인 메모만 남긴 채 떠나고 없다. 과거사를 정리하지 못했기에 현실은 여전히 전직 친일경찰의 편인 것이다.

지리적 정보를 좀처럼 작품에 드러내지 않는 이주홍은 이 작품에서도 건물의 위치 등을 묘사하지 않지만, 여러 정황으로 종합하건대 작품 내의 시간은 1972년쯤인데, 그렇다면 16층 건물은 소설적 규모라고 보아야 한다. 지금 우리가 보는 파라다이스 호텔이나 그 옆의 하얏트에서 메리어트로 이름이 바뀐 호텔은 1980년 후반에 세워졌기 때문이다.

맘모스 호텔 건물에 주눅 들지 않거나 그런 데에는 아예 관심도 없는 세대가 쓴 소설에 파라다이스와 메리어트 호텔이 나온다. 김설*이 쓴 『게임오버-수로바이러스』(1997)는 28세의 백수인 수로가 우연히 끼어든 조직 간의 마약범죄를 전자 미로게임으로 바꾸어 현실의 절망적 '미로'를 그린다.

> 종이 가방들을 양손에 든 수로는 낙원호텔 뒤쪽에 있는 물을 뿜지 않는 분수를 바라보았다. 잠시 멈칫했다. 수로는 나란히 서 있는 천국호텔과 낙원호텔을 이쪽저쪽 고개를 돌리며 올려다보

* 김설(1970~) 1994년 《문학정신》에 「어느 약한 짐승의 절규」로 등단했다.

왔다. 바다와 희희낙락하는 사이에 그만 어느 호텔인지 깜빡 잊고 말았다. 몇 호실인지는 기억이 났다. 1313이라 기억하고 말 것도 없이 쉽게 떠올랐는데 어느 호텔이라고 했는지 헛갈렸다. 이래 될 줄 알았으면 손바닥에다 적어놀거로, 후회가 비집고 올라왔다. 화장이 완벽해서 예뻐 보이던 여자가 말해줄 때는 단번에 익숙하게 들렸는데, 막상 까먹고 나니 천국인지, 낙원인지 그게 그거 같고, 긴가민가했다.

『게임오버-수로바이러스』, 문학과지성사, 1997, 28~29쪽

서민들에게 어차피 두 호텔은 낙원이나 천국에 지나지 않을 것이다. '모래 빛깔의 낙원호텔' 면세점 앞에는 일본인 관광객을 내려놓은 관광버스 운전사들이 잡담을 나누고 있고, 메리어트 호텔 정문에는 버스에서 일본인 관광객들이 줄지어 내리고 있다.

백사장으로 간다. 흐린 날 겨울바다는 파도소리조차 몸을 떨게 한다. 60여 년 전 「석양」의 매헌과 타옥이 달렸던 해변이다.

1930년대의 해수욕 풍경과 은빛 밤바다 위의 달

그렇지만 그들보다 더 이전에 이 바다에서 해수욕을 한 남녀가 있다. 민족차별과 유교적 전통주의자의 비극을 이야기하는 김정한의 「그러한 남편」(1939)에 나오는 하숙집 딸과 그 집에 묵는 군청 공무원이 그들이다. 옆에 사람을 두고 독백하듯 말하는 형식의 작품에서 화자인 '나'는 여학교를 막 나왔고, 서울 출신의 남자는 군청 고용원부터 시작해서 주사후보가 되었다. 어느 여름, 소학교 다니는 처녀의 동생이 가운데 들고 하여 그들은 해수욕을 가게 된다.

동해로 향하야 행복된 희망인 듯 툭 터진 신작로! 그러나 저근듯 하야 내 가슴은 다시금 우둔우둔 졸리기 시작했더랍니다.

"수영이 나을까요, 해운대가 나을까요? 해운대가 좋겠죠…!"

그이는 자문자답을 하였습니다. 차는 연방 속력을 더 내어서 장산기슭을 가비얍게 돌아 나갔습니다.

이윽고 차를 버리고서 발이 푹푹 빠져 들어가는 모래톱을 넘어서니, 철은 비록 늦었다 하더래도 의외로 해수욕장은 번잡하여, 바다에 미친 사람들이 여전히 와글와글 떠들고 있지 않겠습니까.

「그러한 남편」, 『김정한전집』 2권, 작가마을, 2008, 20쪽

두 사람은 동래(東萊)에서 차를 타고 지금의 충렬로를 지나 왔

다. 곧이어 1930년대 청춘남녀의 해수욕 풍경을 엿볼 수 있는 장면이 나온다.

> 하지만 그까짓 해수욕복쯤 입으나마나 드러날 곳은 다 드러나는 걸 뭘요. 그래서 첨에는 내 딴에는 돌아서서 어름어름했으나, 그렇게 하면 되려 그가 나를 빤히 보는 것만 같아서, 그만 마조 향해 섰지요. 그리고는 자칫하면 왼편 허벅살에 쥐가 잘 내리는 것을 잊어버린 바는 아니었지만 차마 그것까지는 할 수가 없어서 준비운동도 하지 않고 그만 앞서서 물에 풍덩 뛰어들었소 그려. 결코 무리는 할 게 아니더군요. 그러고선 저만큼 떨어져 가며 꽤 멀리까지 그이를 따라 헤었더니, 아니나 옳을까 그만 왼편 다리가 뻗질리기 시작하겠죠.
>
> 「그러한 남편」, 앞의 책, 22쪽

쥐가 난 여자를 구할 사람은 누구인가. 연애를 할 때 여자의 위기는 남자의 기회가 된다. 어쨌거나 두 사람이 가을에 결혼까지 가는 데에는 이날의 해수욕이 결정적 역할을 했으니 남녀를 맺어주는 공간으로서 해운대 해수욕장은 시간을 초월한다.

해운대 온천은 마마를 앓았던 신라 진성여왕이 여기서 목욕을 하고 나았다는 전설로 전해지기도 하지만, 일본인들이 개발하여 1920년 무렵부터 여관과 대중탕들이 들어섰다 하니 해수욕장도 그 무렵부터 알려졌을 것이다.

일제 때 그렇게 온천과 해수욕장으로 경치가 좋았을 해운대는

6·25전쟁으로 미군 부대가 주둔하면서 바닷가의 송림이 많이 베어졌다. 안수길이 부산 피난 시절을 소재로 쓴 「제3인간형」(1953)이란 소설에 "해운대의 R을 찾을까? 미군 상대로 기념품 장사를 하는 R은, 그 밖에 말하지 못할 부업도 하여 돈푼이나 쥔 모양, 석을 청하여 하루를 쉬자고 하였다."라는 구절이 나오는데 주인공인 석의 친구가 한다는 말 못할 부업이란 미군 상대의 색시장사였을 것이 틀림없다.

1960년대 중반 중고등학교 때 39번이나 40번 버스를 타고 해수욕을 오노라면 지금의 파라다이스호텔 쪽, 그 무렵은 3층짜리던가 해운대호텔(철도호텔이 전신이다)이라는 이름이었는데, 해변에는 철망을 쳐서 미군을 비롯한 유엔군과 그 가족들만 해수욕을 하게 했었다. 울긋불긋 화려한 파라솔을 모래에 깊이 박고 커다란 타월을 두른 채 의자에 누워 있는 그들은 미우면서도 부러운 구경거리였다.

높거나 낮거나 아파트와 건물들이 가득 찬 달맞이 고개 아래 위쪽은 보기에도 답답하다.

A.I.D차관을 얻어 아파트단지가 들어선 와우산에는 골프장이 있었다. 박정희 대통령이 국민들 사이의 위화감도 걱정하고 주택문제를 걱정한 것까지는 좋았지만 와우산은 해운대 해수욕장 풍광을 위해 그대로 두어야 했다. 그건 동백섬에 호텔을 짓지 말아야 했던 이치하고 똑같다.

언제 어느 시각이든 해운대 백사장에는 혼자 배회하는 사람들이 있기 마련이다.

군사 시설이 자리한 해운대와 골프장이 있었던 와우산. 오른쪽 바닷가는 미포.

"누가 수평선 저쪽에서 오기라도 하는 모양", 기다리는 모습의 남자도 더러 있다. 김성종*의 『백색인간』(1981)에 나오는 살인자 서남표도 모래밭에 그렇게 앉아 있다. 1970년대 초반의 어느 해 마지막 날 남자와 여자는 가는 방향이 같아 택시를 합승하고, 다음 날 여자는 백사장에서 그를 찾는다. 그리고 두 사람은 욕망이 지배하는 운명의 실타래에 묶여 범죄의 사각 링에 오른다.

김성종은 그의 소설에서 해운대를 적극적인 소설 공간으로 들

* 김성종(1941~) 한국일보 신춘문예와 《현대문학》 추천완료. 『최후의 증인』, 『여명의 눈동자』 『안개의 사나이』 등 많은 작품을 발표했다.

여왔다. 우리들이 그냥 경치에만 빠져 지나가는 달맞이길도 그의 타자기 앞에서는 추리의 공간으로 바뀐다. 『국제열차살인사건』(1987)에 등장하는 부부는 지은 지 오래되어 낡았지만 해운대 바다가 한눈에 들어오는 아파트에서 산다. 광복동에서 의상실을 하는 아내가 밤늦게 귀가하다 해운대에서 뺑소니 사고를 낸다. 우물쭈물 망설이다 경찰에 신고를 못한 게 부부를 엄청난 고통과 비극으로 몰아넣을 줄은 누가 알았겠는가. 목격자의 협박에 부부는 점점 범죄의 수렁에 빠져드는데 상대는 국제 마약범죄 조직이다. 처음에는 마약 운반 심부름으로부터 시작하여 살인에 살인을 거듭하며 무대도 파리와 로마로까지 넓혀진다. 그렇지만 소설은 해운대에서 시작하여 해운대에서 끝난다.*

> 그는 모래밭으로 이어진 계단에 앉아 눈을 가늘게 뜨고 수평선을 바라보았다. 수평선은 짙은 녹색이었다. 수평선 저쪽으로 흰 구름이 피어오르고 있었다. 오륙도 뒤쪽에서 큰 배가 천천히 그 모습을 드러내고 있는 것이 보였다. 갈매기 한 마리가 그가 앉아 있는 쪽으로 날아왔다 동백섬 쪽으로 날아갔다.
>
> 『국제열차살인사건』 3권, 추리문학사, 1987, 317쪽

* 근대사회가 성숙하고 근대의 시스템이 안착되면 될수록 그와 동시에 '(범)죄'도 집단화하고 더 강력한 형태를 띤다는 것은 의미심장하다. 이런 사실 때문에 추리소설의 장르적 진전이 이루어지는 것인 셈인데, 김성종의 소설 『국제열차살인사건』이 '해운대'를 주요한 공간으로 설정할 수 있었던 것도 해운대가 자본을 집중시킬 만한 입지적 조건을 갖추었기 때문일 것이다. 자세한 사정은 에른스트 만델, 이동연 옮김, 『즐거운 살인』, 이후, 2001 참조.

해수욕장에는 손인호와 조용필의 노래비가 있다.

서울 미아리에서 대학 다닐 때 학교 앞에 '밀리온'이란 다방이 있었다. 학교 가기 전이나 마친 뒤 죽치는 곳이다. 입구 계단부터 의자며 탁자, 커피 맛까지 모든 게 허름하게 낡은 다방. 전축에서 흘러나오는 음악도 다르지 않았다. 가끔씩 학생들이 집에서 레코드를 가져와 듣기도 했는데 어느 날 선배가 〈해운대 엘레지〉를 가져왔다. "언제까지나 언제까지나 헤어지지 말자고 맹세를 하고 다짐을 하던" 그 노래는 어떤 영문인지 우리들 사이에서 애창곡 1위는 물론 학과 과곡(科曲)이 되었다.

그리고 세월이 제법 지나 1970년대 말, 후배 하나가 겁도 없이 여자선배와 결혼을 했다. 뒷자리를 학교 앞의 중국집에서 가졌는데 신랑은 제 동기들과 부산 출신 선배라고 나를 부르고, 광주(光州) 출신의 신부는 주로 검사 시험에 합격했다는 자기 남동생 친구들을 불렀다. 노래가 시작되고 내 차례가 되어 신랑 신부의 고향을 의식했는지 어쩐지, 우물쭈물대다 부른 게 〈돌아와요, 부산항〉이었다. 그런데 노래가 끝난 뒤 자리가 조용해졌다. 노래를 잘하지 못하는 원죄를 알고 있어 눈치를 살피는데 신부 측의 동생 친구 하나가 들릴 듯 말 듯 "이런 자리에서 그런 노래를 하다니!"라고 중얼댔다. 축하자리에서 이별을 내용으로 하는 뽕짝을 불렀다? 그런 비난이었을까. 그 뒤로 내게 〈돌아와요, 부산항〉은 함부로 부를 용기가 나지 않는 노래가 되어버렸다.

해운대 백사장에 모래를 만들어주던 춘천(春川)의 모래톱이 쌓여 육지와 연결된, 최치원의 발자취가 남겨진 동백섬은 태평양을 사이에 두고 있는 국가 정상들의 회담장소가 되었다(2005년 APEC). 일주도로에 차가 다니지 않고부터 뛰거나 걷는 사람들의 천국이 되었다. 주말이면 마라톤 동호회 옷을 입은 사람들이 굉장히 빠른 속도로 몇 바퀴씩 뛰는 걸 볼 수 있다. 2003년 태풍 '매미'가 불었을 때 광안대교가 보이는 방향의 이곳은 아주 좋은 구경장소였다. 러시아에서 구입한 선박호텔이 넘어져 야단을 피웠고, 그 앞의 해안도로를 덮친 광풍과 해일이 주차해 있던 컨테이너들을 100미터 넘게 옮겨 놓아버렸다.

해운대 해변이 보이는 반대방향의 자갈밭으로 내려가면 해산물을 안주로 소주를 마실 수 있다. 늦은 밤이나 이른 아침에 오면 굿을 하거나 치성 드리는 이들도 볼 수 있다. "하늘이 수직의 최정상이므로 피안이 되듯이, 바다는 수평의 최극단이므로 피안"이 될 수 있기 때문이다(『한국문화상징사전』, 동아출판사, 1992, 297쪽).

> 어디선가 불현듯 북소리가 둥 둥 둥 일어났다. 나는 소리 나는 쪽으로 고개를 돌렸다. 십여 미터쯤 저쪽의 바위 위에서 누군가 북을 치고 있었다. 나는 자력에 끌려가듯 그곳으로 발걸음을 옮겼다. 하얀 한복에 흰 수건으로 머리를 질끈 동여맨 여인이 북을 치고 있었다. 그 여인 앞에 다른 두 여인이 바다를 향해 두 손을 싹싹 빌며 연신 절을 하고 있었다. 여인들 앞에는 촛불 두 자루가 밝혀져 있고 향이 피어오르고 있었다. (중략) 한 쌍의 남녀가 먹물을 덧칠해 놓은 것 같은 어두운 바다를 배경으로 춤을 추듯 작은 깃발을 흔들어 대고 있었다. 옆으로 다가가 유심히 보니 수기는 빨

해운대 해수욕장

최서해 소설에 묘사된 해운대의 모습을 담고 있는 옛 사진이다. 동백섬에서 바라본 광경인데 멀리 장산이 보인다. 사진에는 카메라의 피사체에 해운대를 담아내기가 역부족이었는지, 해송 세 그루가 흐느적 서 있다. 이는 해운대라는 자연을 카메라라고 부르는 원근법적 인식으로 장악하기 어려운 풍경이었음을 짐작할 수 있게 해준다. 최서해에게 해운대가 '옛날 한시를 읽는 맛'으로 다가왔던 것도 이 때문이다.

갛고 노랗고 파란 천으로 만든 오방기(五方旗)였다.

『바위물고기』, 문학수첩, 2003, 197~198쪽

유익서*의 「바위물고기」(2003)의 주인공은 부산 출신인데 시위 현장에서 주검으로 발견된 딸의 영혼결혼식을 위해 서울서 내려왔다. 6·25전쟁 때 고아가 된 주인공은 어릴 적에 해운대에서 인생에 대한 간절한 소원을 빌었다. 그리고 소망을 이루기 위해 열심히 사노라 땀을 흘렸지만 외동딸도 잃고 공장경영권도 넘긴 지금 장년의 나이에 해운대 바다는 차마 마주 설 수 없는 공간이다. 그렇지만 밤 바닷가에서 그는 자신처럼 절망과 고뇌에 찬 사람들의 기원하는 모습을 본다. 그러므로 그는 삼랑진 만어사에서 "무슨 환시처럼 바다로 풍덩풍덩 뛰어들어 힘차게 헤엄쳐 가는 수만 마리의 물고기떼"를 볼 수 있는 것이다.

다시 어둠이 내리는 백사장 길을 따라 임해 행정실 3층의 커피집 '블랑쉬'에서 몸을 녹인다. 밤이 왔지만 바닷가의 사람들은 그대로다. 오늘 밤에 달은 뜨지 않으려나 보다.

힘들었던 시절, 중국 간도 땅을 떠돌며 「탈출기」(1925)를 썼던 최서해**가 청사포 쪽에서 달이 뜬 이 바다를 정감 나게 묘사하고

* 유익서(1945~) 1978년 중앙일보 신춘으로 등단하였고, 『새남소리』, 『민꽃소리』, 『한산수첩』, 『고래 그림 비』 등의 작품이 있다.

** 최서해(1901~1932) 체험을 바탕으로 간도 유민의 궁핍한 삶을 비극적으로 다룬 「탈출기」, 「홍염」 등의 작품을 발표하여 초기 프로문학의 한 경향을 대표하는 작가로 불린다. 후기에는 도시 서민의 애환을 다루었는데 「누이동생을 따라」도 그런 계열의 작품이다.

있음은 다소 놀랍다.

> 저녁 뒤에 김군은 달빛을 본다고 전등을 껐다. 이층 난간에 나앉으면 바다와 산과 달 바라보는 맛은 옛날 한시를 읽는 맛이다. 서산에 넘어가는 해를 기다리고 있는 듯이 바다 저편 동쪽 산 위에 높이 솟은 달은 물 같은 빛발을 바다와 육지에 던졌다. 저녁 연기에 흐렸던 바다는 달빛에 잠겨서 전면에 은빛이 굼실거렸다. 그 위로 미끄러져 나가는 두어 개의 돛도 달지 않은 어선은 수묵을 찍은 것 같다. 두어 개의 어화가 해운대 아래 희미하였다.
>
> 「누이동생을 따라」, 『최서해전집』 하권, 문학과지성사, 1987, 164쪽

「누이동생을 따라」(1930)의 해운대는 봉건가족제도의 희생양인 남매가 한 많은 이승을 맺음 하는 장소로 선택되지만, 잔디밭이 사구로 이어진 백사장 일대와 밤바다에서 후리 당기는 모습 등은 매우 세밀하게 그려져 있다. 최서해는 1925년 10월《신민》이라는 잡지에 「해운대」라는 수필을 발표했었다. 그가 부산에 온 것은 1925년 음력 7월인데 소설은 이때의 여행을 소재로 했다고 볼 수 있다. "온천이든지 놀이처의 시설은 별로 보잘것없으나 청산과 바다소리는 시들은 마음을 살린다. 푸른 논판을 지나 백사장에 나섰다."라는 수필의 구절이 눈길을 끈다.

모래밭에 앉아 기타를 치며 노래하는 무명가수가 있다. 지나가던 길가의 사람들이 잠시잠시 멈추어 노래를 듣는다. 그의 노래를 담은 테이프와 시디가 좌판에 놓여 있다. 세월이 언제든, 달이 뜨

면 뜬 대로 비가 내리면 내리는 그대로, 해운대는 고독과 사랑이 술과 음악으로 흐르는 곳이다. 누가 해운대를 모르랴. 누군들 이 바다와 모래밭에 깊이깊이 묻어둔 기억이 없으랴. 한때 메리어트 호텔에서 미포 쪽으로 호안(護岸)도로에 포장마차가 줄지어 서 있었다. 주인은 술도 내놓고 기타를 치면서 신청곡을 받아가며 노래를 불렀다.

우리 아이들의 해운대

거북이 특별전이 열리고 있는 아쿠아리움 앞에 선다. 오른편에는 아주 오래된 대림맨션이 우중충하게 웅크리고 정면에는 맥도날드가 휘황하다. 인생의 미로를 전자게임 속에서 헤쳐가는 『게임오버-수로바이러스』의 여주인공 수로는 맥도날드 세대다. 현실의 미로를 헤쳐가는 수로의 게임은 맥도날드에서 "치즈버그를 씹으며 쟁반 위의 미로 게임"을 하는 데서 시작하여 그녀가 맥도날드의 점원으로 일하고 있는 데서 끝이 난다.*

* 이런 점에서 김성종의 소설과 김설의 소설은 묘한 대조를 이룬다. 김설의 소설이 이미지와 전자적 정보를 헤매고 다니고 있는 데에 비해 김성종의 소설은 해운대가 서사를 이끌어내고 마무리되는 핵심적인 공간으로 설정된다. 즉 김설의 소설에서 나타나는 미로 이미지는 이미 해운대가 이전과는 전혀 상이한 관계 속으로 들어가 버렸음을 의미하게 된다. 컨벤션센터와 유비쿼터스가 실현되어가고 있는 해운대의 급격한 변화는 해운대를 자연적 조건과는 무관하게 자본의 속도로 무장하게 만들고 있음은 분명

건널목을 건너 맥도날드 앞을 지나 큰길을 따라 걷는다. 나이가 들면 미로 같은 골목길은 잘 다니지 않게 된다. 더구나 밤이 아닌가. 그만그만한 식당과 술집, 그리고 그 뒤편 길의 모텔들이 뒤섞인 이곳은 해변과는 다른 활력이 감돈다. 이상섭*은 「우리는 원시시대가 그립다」(2000)에서 몸을 파는 10대 가출소녀와 스쿠터를 타고 여관에 야식을 배달하는 사내아이의 눈을 통해 시궁창 같은 욕망이 흐르는 해운대를 그려내고 있다. 걷기를 꺼리는 저 골목 어딘가에 우리 아이들의 어두운 세계가 있다.

31번 버스 종점 앞은 소고기국밥 골목으로 이름이 났다. 기차 이용객과 인근의 시내버스, 시외버스 차고지 기사분과 정비사분들이 찾았던 국밥집이 이렇게 하나둘 늘어난 것이다. 쇼핑몰 스펀지 자리는 충무동과 대신동을 오가던 39번, 40번 버스 차고지였다. 얼마 전 이곳을 지나는 2호선 전철에서 스펀지의 폐업 세일 광고를 보았다. 한때 젊은이들의 약속장소로 유명세를 탔던 그곳이 15년 역사 속으로 사라진다니 자본의 힘을 새삼 실감하지 않을 수 없다.

이제는 바다 조망권이 곧 자본이라는 것쯤은 누구나 안다. 그리고 그걸 차지하는 데에는 부정과 비리가 개입될 수 있다는 사실을 보여준 게 최근의 엘시티사건이다. 우리 아이들은 초고층

한 듯 여겨진다(폴 비릴리오, 이재원 옮김, 『속도와 정치』, 그린비, 2004 참조).

* 이상섭(1961~) 국제신문 신춘과 《창작과비평》 신인상으로 등단하였으며 작품집으로는 『그곳에는 눈물들이 모인다』 등이 있다.

빌딩들로 숨이 막혀가는 해운대 바다를 어떤 이름으로 호명하고 기억할까.

해운대구에 인구가 크게 늘어난 것은 1996년, 좌동에 신시가지가 만들어지고부터이다. 지금도 육군 53사단이 자리하고 있지만 좌동 일대는 송정까지 탄약창이 넓게 펼쳐진 군사지역이었다. 1980년대까지만 해도 수비로터리에서 지금의 장산터널 쪽 왼편 산자락의 커다란 암벽에 페인트로 써 놓은 '유격'이라는 글이 보였을 정도였다. 그렇지만 해운대의 진산이며 부산의 좌청룡인 지금의 장산이 이나마 보존된 게 군사지역으로 묶여 있었던 덕분이라고 해도 틀린 말은 아닐 것이다. 1970년 초반 군대생활을 할 때 사격연습을 하기 위해 탄약창에 온 적이 있었다. 드넓은 개활지에 군사시설(농협창고 건물로 위장한 탄약창고)과 더불어 논과 밭이 펼쳐져 있었다. 어찌 그때 내가 그 땅에 살게 될지를 알았겠는가. 날은 어둡고 바람은 찬데 구석기 시절부터 사람이 살았다는, 내가 사는 동리로 가는 버스는 좀처럼 오지를 않는다.

해운대는 공사중

해운대 바다를 둘러싸고 있는 고층건물들은 조망권이 곧 자본임을 생각하게 한다. 뿐만 아니라 해운대에 들어서고 있는 복합상가 건물과 멀티플렉스는 해운대를 인식하는 방식에 변화를 초래하고 있음을 의미한다. 유비쿼터스 등으로 대표되는 전자정보가 해운대를 곧 뒤덮을 것이라는 소식도 들려오고 있는 것을 보면, 해운대는 말 그대로 정보의 바다가 되어 실재하는 바다를 곧 뒤덮게 될 것이다.

'갯마을'의
어제와 오늘

이제 일광 바닷가로 간다. 「갯마을」의 무대를 찾아가는 일은 부산소설의 외연을 넓힌다는 즐거움이 따른다.

오영수*의 「갯마을」은 "서(西)로 멀리 기차소리를 바람결에 들으며, 어쩌면 동해 파도가 돌각담 밑을 찰싹대는 H라는 조그만 갯마을이 있다."라는 문장으로 시작된다. 작품의 서두를 따라 길을 나서기 전에 작가가 일제 말 기장군 일광면사무소에 임시직으로 근무했다는 사실을 안다면 작품의 무대가 기장군 일광임을 짐작할 수 있을 것이다. 당시 그의 부인은 일광초등학교 교사였고 오영수는 일제 말의 징용을 일광면에 정식 직원으로 근무하던 처남의 도움으로 면하면서 일광에 살았는데(일광면사무소와 일광역 사이 지금의 삼성리 쪽) 그때 보고 들은 어촌 사람들의 삶이 「갯마을」의 소재가 된 것이다.

동해바다를 끼고 있는 일광면은 여러 개의 마을로 이루어져 있지만 일광해수욕장을 둘러싸고 있는 마을은 삼성리와 이천리, 그리고 학리이다. H라는 이니셜이 학리를 쉽게 떠올리지만 "더깨 더깨 굴딱지가 붙은 모 없는 돌로 담을 쌓고, 낡은 삿갓 모양 옹기종기 엎딘 초가가 스무 집 될까 말까? 조그마한 멸치후리막이 있

* 오영수(1914~1979) 경남 울산 출생. 니혼대학 전문부 수학. 49년, 「남이와 엿장수」로 등단했다. 「메아리」, 「산호 물부리」, 「후일담」 등에 보이는 회고적 취향은 현실도피나 환멸로 끝나지 않는다. 거기에는 '생활의 고집'이 새겨져 있다.

일광

「갯마을」의 무대가 된 일광 바닷가의 모습과 이천리에 있는 문학현장비. 오영수의 아들이자 화가였던 오윤도 여기서 작업을 했다.

고, 미역으로 이름이 있으나, 이 마을 사내들은 대부분 철 따라 원양출어(遠洋出漁)에 품팔이를 나간다."라는 두 번째 문장에 오면 잠시 망설여진다. 학리는 일제 때도 소설에 설명된 마을보다는 세대수가 많았으며 무엇보다 후리를 할 수 있는 모래밭이 없기 때문이다.

결국 여러 정황들을 종합해 보면 이 작품은 일광 해수욕장을 끼고 있는 세 마을을 섞어서 집중적인 사실감을 만들어내고 있다고 보아야 할 것이다. 주인공 해순이의 모친과 같은 제주도 출신 해녀들도 그 무렵 세 마을에 흩어져 살고 있었으며, 삼성리에 멸치 후리막이 있어 1970년대까지도 후리를 했다는 사실, 세 마을의 남자들이 고등어철에는 원양조업을 나갔다는 사실들이 모두 작중 설정을 뒷받침하고 있기 때문이다.

「갯마을」의 줄거리는 단순한 편이지만 일제 말의 시대적 어둠과 갯마을 사람들의 가난하고 고달픈 삶을 생활의 힘으로 이겨내는 긍정적인 주제를 담고 있다. 남편을 바다에서 잃은 젊은 해녀 해순이는 시어머니를 모시고 살다 상수라는 남자를 따라 산골로 시집을 가지만 그마저 징용을 간 뒤 자신이 태어나고 자란 바다가 보고 싶어(작품에서는 매구 혼이 들었다는 말을 듣는다고 되어 있다) 되돌아온다. 보재기의 딸로 태어나 물질을 하며 살았던 그녀에게 갯내음은 그리움 이상의 본성인 것이다.

> 해순이와 숙이 엄마는 물기슭 모래톱으로 해서 후리막으로 달려갔다. 맨발에 추진 모래가 한결 시원하다. 벌써 후리는 시작되

었다. 굵직한 로프에는 후리꾼들이 지네발처럼 매달렸다.

―데에야 데야.

이켠과 저켠에서 이렇게 서로 주고받으면 로프는 팽팽해지면서 지그시 당겨온다. 해순이와 숙이 엄마도 아무렇게나 빈틈에 끼여 들어 줄을 잡았다. 바다 저만치서 선두가 칸델라불(호롱불)을 흔들고 고함을 지른다. 당겨 올린 줄을 뒷거둠질하는 사내들이, 데에야 데야를 선창해서 후리꾼들의 기세를 돋우고, 막 거간들이 바쁘게들 서성댄다. 가마솥에는 불이 활활 타고 물이 끓는다. 그물이 가까워올수록 이 데에야 데야는 박자가 빨라진다.

―데야 데야 데야 데야.

이때쯤은 벌써 멸치가 모래톱에 헤뜩헤뜩 뛰어오른다. 멸치가 많이 들면 수면이 부풀어오르고 그물주머니가 터지는 때도 있다. 이날 밤도 멸치는 무던히 든 모양이다. 선두는 곧장 칸델라를 흔든다. 후리꾼들도 신이 난다.

「갯마을」, 『한국현대대표소설선』 7, 창작과비평사, 1996, 401쪽

인용이 길었던 것은 멸치후리하는 장면을 제대로 묘사한 글을 소개함과 동시에 이 작품이 인물의 건강한 '노동'에 삶의 의미를 두고 있기 때문이다.

앞서 인용한 멸치후리하는 장면과 상수와 사랑을 나누는 장면 모두가 건강한 노동과 에로티시즘을 보여주면서, 이야기를 단순 담백하게 끌어가는 서술방법에서는 인간과 삶에 대한 작가의 신뢰가 깔려 있음을 짐작게 한다.

꽃샘바람이 매서운 3월 중순에 일광바다를 찾았다. 우선 일광면소재지 입구에서 아파트를 끼고 우측으로 빠지면 학리로 가는 길이 나온다. 바다를 보고 몇 걸음 가면 고산 윤선도의 시 두 편을 새긴 화강암 시비가 보인다. 이곳은 삼성대(三聖臺) 터로 윤선도는 1618년 함경도 철원에서 기장으로 유배 와 4년 7개월을 보내면서 『고산유고』에 유일하게 이 지명을 남겼다 한다. 그는 동생과 헤어지는 아쉬움을 "제일 무정한 건 이 가을 해이니 헤어지는 사람 위해 잠시도 멈추지 않네"라고 토로한다. 황사바람에다 햇살 한 줌도 없는 바닷가에서 읽는 시라 그런지 마음이 무겁다. 조금 더 걸어 오른편으로 가면 일광초등학교 학리분교가 나오는데 2006년 3월부터 폐교가 되었다.

학리는 대소형 어선 70여 척이 모여 있는 2종 어항으로 해조류 어장이나 멸치 조업보다는 주로 장어와 가자미를 많이 잡는다. 부인과 같이 장어 주낙 손질에 바쁜 권중태 씨는 6대째 이곳에 살고 있으면서 어촌계장 일을 7년이나 했는데 소설에 나오는 고등어잡이에 대해서 물어보니 그의 부친대까지는 했다고 한다. 그러면서 그는 해순의 어머니와 같은 제주도 출신의 해녀들이 나이 들어 지금도 학리는 물론 삼성, 이천에 살고 있으며, 꼭 그들이 아니더라도 학리에만 50여 명의 할머니들이 물질을 하고 있다고 덧붙인다.

그와 이야기를 나누고 있는 사이에 사진동우회 사람들이 몰려와 등대가 있는 방파제와 포구 풍경을 카메라에 담기 바쁘다.

다시 삼성리로 나와 바닷가를 따라 이천 쪽으로 간다. 일광천을 건너면 이천인데 이 동리에는 「갯마을」의 무대임을 알리는 글을 두 곳에서 볼 수 있다. 커다란 해송 몇 그루가 모여 있는 강송정 공원과 오른편으로 옛날 방파제 안쪽에 있는 제당 앞에 1997년에 기장 출신 작가들이 세운 현장비가 그것이다.

일광은 어쩔 수 없는 난개발의 상채기를 고스란히 보여주고 있다. 이미 들어선 아파트 사이의 단층집들과 또 새로 신축 중인 아파트까지, 도대체 건물의 높낮이부터 지독스런 부조화를 이루고 있어 스산하기만 하다. 흘러간 어촌의 모습을 기대하는 게 아니라 적어도 도시 외곽의 안정된 해안 마을은 기대할 수 있는 게 아닌가.

소설 속의 해순이 제가 살던 갯마을로 돌아온 날 밤에 멸치후리가 있다. 그물을 당기러 달려가는 해순이의 맨발에 밟히는 식은 모래는 그녀의 오장육부가 다 간지럽도록 시원하다. 그토록 제 몸과 마음이 편한 곳에서 흘리는 땀은 달다. 마침 달음산 마루에 초아흐레 달이 걸렸다고 하고서 작품은 끝나는데, 아직 봄이 먼 달음산은 맨몸을 드러내고 어지러운 일광 바닷가를 내려다보고 있는 듯하다. 「갯마을」을 다시 읽으면서 우리가 사는 공간이 얼마나 자연의 질서나 조화와 등을 돌리기에 한사코 애를 쓰는지 무섭기만 하다는 생각을 하게 된다. 그나마 2017년 여름 이윤택의 가마골소극장이 이곳에 들어서 복합문화공간으로 자리 잡아 가고 있음은 큰 다행이 아닐 수 없다.

곰삭은 부산,
동래와 온천장

- 손창섭의 「비 오는 날」과
이주홍, 김정한, 윤후명, 정영선의 소설

● 동래와 온천장 주변 얼개 지도

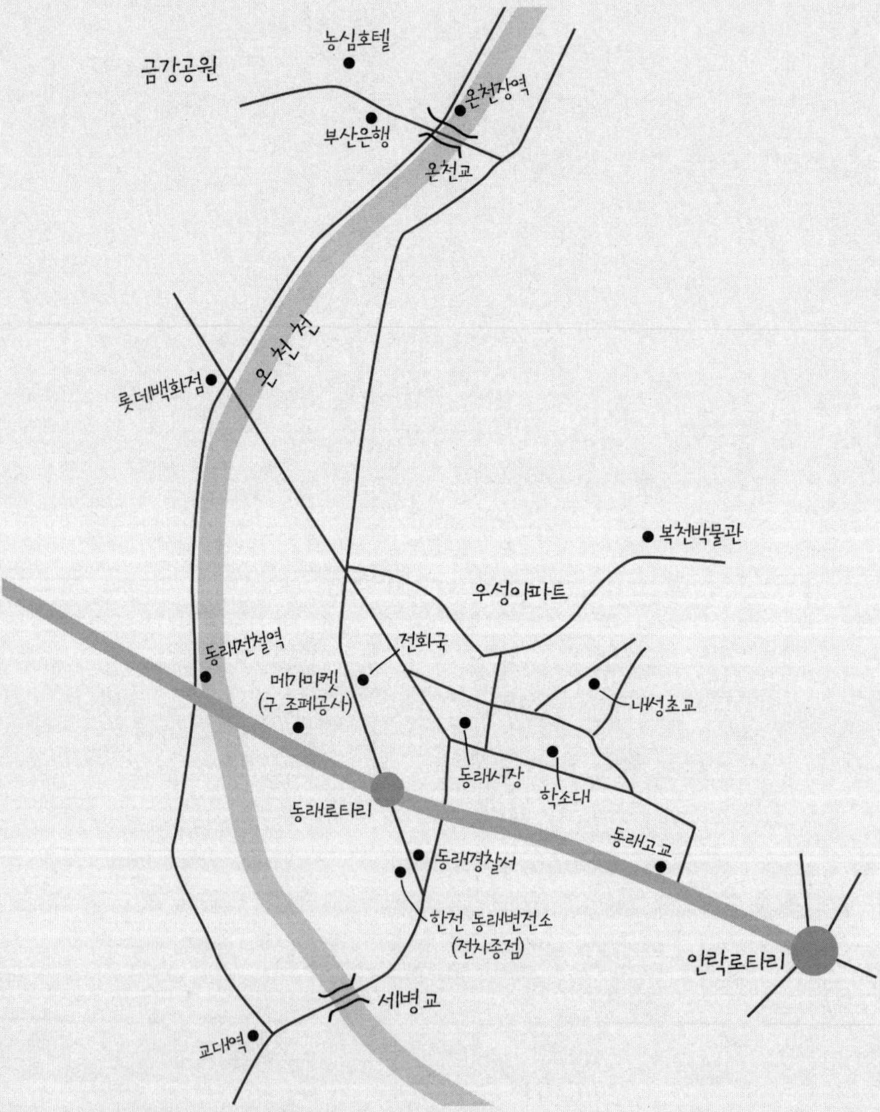

곰삭은 부산, 동래와 온천장

- 손창섭의 「비 오는 날」과

이주홍, 김정한, 윤후명, 정영선의 소설

부산을 동서로 나누면 동래는 동쪽에 위치하고 옛 도심지인 중앙동이나 광복동 등은 서쪽 편에 있다. 본래 동래가 있고 그 아래에 부산포가 있다고 한다면 동래 사람들에게 부산포가 배 닿는 곳이었을 만큼 부산의 원류는 동래가 된다. 우리 현대소설이 어쩔 수 없이 제도로서의 근대의 등장과 발걸음을 같이하다 보니 신소설의 무대부터 부두가 생기고 철도가 놓인 중구와 동구가 될 수밖에 없었던 것이다. 부산을 일제에 의해 만들어진 서쪽 편에 자꾸 중점을 두어 이야기하지 말고 동쪽에서 시작하거나 그쪽으로 확장해야 한다는 의견은 결국 부산의 맥을 동래에서 찾아야 한다는 뜻이다.

동래읍성에 살았던 이들

송정에서 출발하여 부산대학까지 가는 버스를 타고 충렬로를 달린다. 흐린 날씨에 빗방울까지 가끔 뿌리는 토요일 오전이다. 수영강에 걸치고 있는 원동교를 지나면 동래구다.

개교 100년을 훌쩍 뛰어넘은 연륜을 말해주는 나무들이 고개를 내민 동래고등학교 담을 따라 올라 왼편으로 간다. 내성초등학교를 들러 학소대(鶴素臺)를 찾기 위해서이다. 오래된 동래 사진 중에 기와지붕을 얹은 규모가 매우 큰 두 채의 동래부 객사 앞 운동장에서 학생들이 체조를 하는 모습이 있다. 1907년에 문을 연 동래보통학교 시절인데, 동헌과 같이 객사도 남겨졌으면 좋았을 것이다.

법륜사가 자리하고 있는 학소대는 금정산 정기가 뭉쳐 내려온 지점으로 예부터 학의 기운이 어려 있는 곳에서는 여자 신선이 난다는 전설이 있다. 조용헌이 쓰고 김홍희가 사진을 찍은 『방외지사(方外之士)』에 이곳 출신의 곽종인을 소개하고 있는데 그이는 중국 화산파의 23대 장문이다. 신선 수업을 받은 여자 도인인 것이다(2권, 정신세계원, 2005, 80~107쪽 참조). 초파일을 앞두고 절 입구부터 연등이 걸려 있고 여성합창단의 노랫소리가 낭랑하다. 올라서 보니 그냥 나지막한 동산이라 범인으로서는 실감이 없다. 그런 눈치를 읽었는지 종무소 앞을 지키는 개 두 마리가 컹컹댄다.

동래여고 자리였던 복천동 우성아파트 부근에는 옥샘이라는 상호들이 더러 보인다. 일신여학교가 전신이었던 이곳에는 연못뿐 아니라 아름드리 나무도 참 많았다. 학교 동편에 북못이라는 작은 저수지도 있었는데 그 둑에서 '자신의 시대적 운명을 넘어서기 위해' 싸웠던 나혜석*이 학교 뒤 풍경을 스케치했다.**

나혜석에게 동래는 시집 동네다. 나혜석은 복천동 출신의 김우영과 1920년에 결혼했는데 총독부 관리였던 김우영은 일본 외무성에서 보내주는 장기 위로여행에 아내를 동반했다. 부산진역을 출발하여 시베리아 횡단열차를 타고 유럽을 거쳐 미국까지 장장 1년 9개월에 걸친 구미여행을 마치고 복천동 시집에 돌아온 것은 1929년 3월 12일로 기록되어 있다(이상경 편, 『나혜석전집』, 태학사, 2000, 686~692쪽 연보 참조).

* 나혜석(1896~1948) 경기도 수원의 부유한 관료의 딸로 출생하여 도쿄여자미술학교 졸업하였다. 조선미술전람회에 5회 연속 입선하였다. 1918년에 발표한 단편소설 「경희」는 '우리 근대소설이 산출한 가장 매력적인 성격의 하나'로 평가받는 우수한 작품이다. 김우영과 결혼 후 세계일주 여행 중 최린과의 연애가 문제가 되어 이혼한 후 어려운 생활을 하다 서울 자제원의 무연고자 병동에서 행려병자로 사망하였다.

** 나혜석이 해외여행을 마치고 동래에서 살 때 이웃집에 살았던 한 소년이 그녀를 회상하고 있다. "나는 꼭 두 번 여사의 야외 사생에 따라간 것을 기억한다. 일신여학교 동편에 북못이라는 작은 저수지가 있는데 그 둑에 화포를 세우고 여학교 뒤 풍경을 그렸고, 그때는 마을사람들이 많이 모여들었다. 누군가가 '꼭 같이 잘 그립니더' 하니, 가볍게 웃으면서 '그렇게 보이나요' 대꾸까지 하며 밝은 표정을 지었다." 윤현배, 「비련의 화폭」, 서정주 편 『바람도 별도 잊을 수 없는 사람들』, 230쪽. 이상경, 『인간으로 살고 싶다』, 한길사, 2000, 356쪽에서 재인용.

그녀는 귀국 후 쓴 「아아 자유의 파리가 그리워」(1932)라는 글에서 동래 시집생활을 말하고 있다.

> 조선 와서의 나의 생활은 어떠하였나. 깎았던 머리를 부리나케 기르고 깡똥한(아랫도리가 드러날 정도로 짧은) 양복을 벗고 긴 치마를 입었다. 쌀밥을 먹으니 숨이 가쁘고 우럭우럭 취하였다. 잠자리는 배기고 늘어선 것은 보기 싫었다. 부엌에 들어가 반찬을 만들고 온돌방에 앉아 바느질을 하게 되었다.
>
> 이상경 편, 『나혜석전집』, 앞의 책, 319쪽

넷째 아이를 낳은 지 얼마 되지도 않았는데도 그림에 매달려 친정인 경기도 수원에서 개인전도 여는 등 열심이었지만, 청상이 된 시누이에 두 시삼촌 가족까지 북적대어 살림은 쪼들리고, 서울 간 남편은 나 몰라라 하니 나혜석은 "송이버섯 같은 납작한 집"들이 늘어선 "동래 복천동 산골" 생활이 여간 힘이 들지 않았을 것이다. "동래가 싫어요."* 그녀는 그렇게 말했다. 결국 유럽여행 때 만났던 천도교 지도자 최린과의 불륜이 문제가 되어 마음이 먼저 떠나 있던 남편과 1930년 11월에 이혼을 했는데, 그가 동래 시가집에 머물렀던 때가 고통의 시간이었던 모양이다.

한때 집값이 대단했던 우성아파트 위쪽, 마안산 자락에 복천박

* 이 말은 나혜석이 갈등을 빚은 시누이에게 한 것이다. "나는 동래가 싫어요. 암만해도 서울 가서 살아야겠어요." 이상경 편, 『나혜석전집』, 앞의 책, 405쪽.

물관이 있다. 마을버스를 놓치고 걸어 오르려니 땀이 난다. 가야시대의 고분군에서 발굴된 유물들이 전시되어 있다. 고분공원에 서니 엷은 안개 속으로 동래 일대가 한눈에 밟힌다. 나혜석은 시집에 머무는 동안 바깥출입을 거의 하지 않았다고 하는데 그녀 눈에 산골에 지나지 않게 보이던 동래가 그래도 이곳에서 태어난 이들에게는 세계의 중심이었다. 복산동 동사무소 앞에 서면 그런 생각을 하게 된다.

여기는 이 지역 젊은이들이 예술 문화운동을 펼치던 일성관이 있던 자리다. 동래지역의 퇴직 관리들이 1846년 무렵에 만든 계 조직이 동래기영회인데 이들은 좀 더 큰 일, 임진왜란 때 돌아가신 분들의 제사를 모시고 학교를 세우는 등 고향의 역사문화를 지켜왔다. 동사무소에서 명륜초등학교로 걸어가면 동래향교가 있다. 길은 넓혀야겠지만 너무 휑하게 뚫린 길이 향교를 허하게 보이게 한다. 그래도 여기서 오래 산 이들은 이 지역이 크게 변하지 않았다고 말한다. 명륜동 길은 특히 그렇다. 명륜교차로의 국민은행 명륜동지점 자리는 소전이었다. 온천천 쪽의 집 한 채, 건물 하나 뒤가 바로 온천장 가는 전찻길이었다.

명륜로를 따라 동래시장 쪽으로 걸어간다. 이주홍의 「지저깨비들」(1966)의 지게꾼들을 만나기 위해서다.

짧아서 그늘이랄 것도 못 되는 정미소의 처마 밑에 비스듬히 기대 누워 미수터와 울박은 각기 고향에서 물싸움하던 옛이야기로 버스가 오는 것도 모르고 있었던 건데, 어느새 그것을 보았는지 그냥 옆에서 이야기를 듣고 있는 줄로만 알고 있었던 홍대추가 양산방면에서 와 천천히 정거를 하고 있는 시외버스를 향해 날아가고 있었다.

「지저깨비들」, 『정통한국문학대계』 44, 어문각, 1988, 142쪽

이 길은 양산과 울산으로 가던 국도였다. 정미소 부근이 정류소라는 소리인데 지금의 동래 전신전화국 위쪽의 로얄캐슬 건물 자리쯤에 정미소가 있었다. 1965년 여름에 이들은 이곳을 일터로 하루 80원, 100원 정도를 벌며 지저깨비, 나무 부스러기 같은 보잘것없는 삶을 산다. 홍대추는 내일 모레가 부친 소상이라 몇 푼이라도 더 벌려고 눈치 빠르게 손님을 향해 뛰어간 것인데 성미가 고약한 미수터는 그런 속사정도 모르고 짐을 가로채고, 시비가 벌어진다. 구경꾼들의 박수와 웃음 속에서 권투 자세와 씨름 자세가 다 동원되는 두 사람의 싸움은 슬픈 코미디다.

이들에 앞서 이 시장 입구의 친구 구둣방을 빌려 동아일보 동래지국 간판을 내건 전직 교사가 있었다. 김정한의 「위치」(1975)는 남해에서 교사생활을 접은 뒤 신문사 지국을 열었던 1940년 봄, 요산 자신의 이야기다. 배달 나간 아이들은 수시로 일제경찰의 앞잡이인 경방단원들에게 신문을 빼앗기고 경찰서의 배코머리 특고계장은 수시로 그를 부른다. 어느 날 밤에는 지국 간판이 없어지기도 한다.

동래시장

김정한과 이주홍의 소설에 등장하는 동래시장의 과거와 오늘의 모습이다. 대형할인점이 들어서기 시작하면서 재래시장의 운명도 거의 막바지에 이른 듯하다. 물론 재래시장을 살리기 위한 정부 대책도 마련되고 있는 형편이지만, 정부의 시책을 통해 이루어진 재래시장 활성화 방안이 해놓은 대책은 재래시장에서 느낄 수 있는 활력을 삭제시키는 방향으로 진행되고 있어 아쉬울 따름이다.

양산집을 나와서 옛날 나무전 골목을 돌아 처가댁 대문 가까이 왔을 때 나는 수채를 향해 웅크리고 앉았다. 손가락을 목구멍 깊숙이 집어넣었다. 술을 조금만 과히 해도 곧 게우는 버릇이 있었던 것이다. (중략)

"아이고마(에구머니), 우리 김서방 앙이가? 와 여게서 이라고 있노. 어서 집에 들어가자."

장모의 놀란 목소리였다. 하필 그 날에야 어딜 갔다 늦게 돌아오던 길인 모양이었다. 나는 어쩔 줄을 몰랐다. 장모는 부리나케 나를 껴안듯 해서 일으켜 세웠다.

「위치」, 『김정한전집』 4권, 232~233쪽

사무실도 빌려주고 아이들 대신 배달까지 나서는 친구와 술을 마신 날이다. 그 당시 요산은 양산 화제에서 복천동으로 이사를 온 처가에 얹혀살고 있었다. 소설은 주인공이 치안유지법 위반으로 체포되어 검사국으로 넘어가는 것으로 끝난다. 독자들을 불러 모아 걷히지 않는 신문대금을 독려한 게 죄가 된 것이다.

토요일 점심 무렵이라 그런지 시장은 붐비기 시작한다. 얼마 전에 동래시장은 재래시장 중에서 리모델링을 성공적으로 한 사례로 신문에 나기도 했다. 만세거리 쪽으로 곧바로 내려오면 수안로터리 가기 전의 사거리가 나온다. 만세거리가 시작되는 입구에 남문터 표지석이 있다. 구 대동병원 건너편이다. 동래성의 서문은 KT동래지점 자리쯤이고 동문은 동래고등학교 왼편에 있었다. 동래읍성은 미안산을 빼고 거주지로 말한다면 그렇게 넓은 바닥이 아니다. 그러므로 앞서 읽었던 김정한의 「그러한 남편」에 나오는 여주인공은 처녀라서 남자와 사귀는 데 매우 신경이 쓰인다.

> 아무리 생각해 보더라도 그렇게 된 것이 조금만치라도 바르지 못하다든가 또는 죄될 일이 아니로되, 그러나 누구라도 그렇게 바로 보지를 잘 않는 세상인 것을 차차 깨닫기 시작하던 때이었으므로, 나는 일부러 머리를 숙이고서도, 서문 안부터 동문 밖까지니깐 많이 본댔자 얼굴 알 사람이 네댓 될까 말까하는 그 네댓 사람의 눈이 그리도 두려웠던지, 쭉 했자 이삼 분밖에 더 걸리지 않았을 그 사이의 시간이 그때의 내게는 지극히 지리하고 거북하였던 것입니다.
>
> 「그러한 남편」, 『김정한전집』 2권, 19쪽

여학교를 나온 처녀는 자기 집에 하숙을 하는 총각과 자동차를 타고 해운대로 해수욕을 가려 한다. 군청에 나가는 총각이니 신랑감으로도 괜찮다. 읍내에 대한 묘사는 별로 없지만 토박이의 눈으로 동래가 보이는 최초의 소설이라 할 수 있다. 조선 후기의 전형적인 관아 건축양식이라는 동헌은 지금 어수선한 시장 속에 묻혀 있다.

동래읍성을 다시 불러낸 장편소설로 정영선의 『실로 만든 달』이 있다. 돈에 맞춰 셋집을 구하다 보니 좁은 골목을 다 차지한 팽나무가 집과 붙어 있다. 주인공 정원이 짐을 옮긴 첫날 골목을 잘못 찾아 헤매는데 그 길이 아니고 이 길이라는 목소리가 들린다. 팽나무 안에 사는 귀신 관옥이다. 좋은 세상으로 가지 않고 왜 나무에 사느냐고 정원이 묻자 그녀는 자기뿐만 아니라 임진왜란 때 조총에 죽은 사람과 동래민란 때 죽은 사람 등 수십 명이 산다고 말한다. 대부분은 미련 때문에 이승을 떠나지 못한 사람들이다. 정원은 관옥의 영매가 되고 두 사람의 눈은 하나가 된다.

"농협 앞에 붉은 벽돌이 보였고 담 위로 물매가 가파른 기와집이 보였다. 모자를 눌러쓴 것처럼 낮은 지붕 때문에 현관이 잘 보이지 않았지만 어디에선가 본 듯한 집이었다. 그런 집을 기억하고 있는 자신에게 놀라 정원은 걸음을 멈추고 지붕 밑으로 눈을 밀어 넣었다. 동래부 동헌이었다."*

삼일운동 때 희생된 처녀 관옥의 영혼을 다시 불러내어 남성중심 사회를 헤쳐 나가는 다양한 여성들의 삶을 농밀하게 보여주는 이 작품에서 장소성은 소설적 실감에 크게 이바지한다. 고목을 베어내다 급사하는 일을 두고 귀신이 살아 그렇다고 말은 하면서도 기어이 큰길을 내고 마는 장면은 묵은 동네와 잘 어울린다.

1910년에 부산과 동래를 잇는 신작로가 생겼다. 양정1동파출소 자리가 두 곳을 잇는 길목이었다. 그때까지 부산포는 동래사람들에게 '배 닿는 자리'였다. 1915년에 그 신작로를 따라 전찻길이 놓였는데(부산진에서 온천장까지 경편철도가 먼저 운행된 다음이다) 거제리

* 『실로 만든 달』, 문학수첩, 2007, 29쪽. 정영선(1963~)은 《문예중앙》으로 등단, 『평행의 아름다움』, 『물의 시간』 등을 썼다.

조선견직(거제동 경남아파트가 그 일부다)을 가로질러 교육대학 앞에서 세병교로 이어졌다. 그러니까 세병교는 부산에서 동래로 들어오는 입구가 되고 동래사람들이 부산진으로 나가는 '부산다리'가 된다. 세병교를 가운데 두고 온천천 위로 전차다리와 동해남부선 철교가 나란히 있었다. 전차를 타고 금강원으로 소풍을 오면 연밭과 미나리밭이 보이고 그러면 아, 동래에 왔구나 싶었다. 1959년 사라호 태풍 불 때 동래역 옆에 살았다는 친구는 넓은 연잎이 지붕처럼 덮은 그늘 속에서 주인 몰래 연밥을 따 먹고 수초 사이에서 붕어 잡던 이야기를 하곤 했다.

윤후명*은 단편 「동래시집(東萊詩集)」(1982)에서 1960년 4 · 19 때 동래에서 목격한 연뿌리 캐는 걸 묘사하고 그걸 「모든 별들은 음악소리를 낸다」(1983)에서 중편으로 다시 변주하고 있다.

> 그때의 광경을 떠올리며, 학춤을 추는 것도 아니라면 무슨 일들을 하고 있는 것일까 하고 다가갔더니 바로 연뿌리를 캐고 있는 것이었다.
>
> 나는 꽤 오랫동안 그 광경을 바라보고 있었다. 감탕을 뒤질 때마다 통통하고 흰 살집을 가진 의족들이 생명을 얻어 되살아나는 것 같은 느낌이 들었다. 아니 그것들은 마디마디마다 짚을 친친 동여맨 살아 있는 제웅들이었다. 그들은 팔다리에서 붉은 피를 흘

* 윤후명(1946~) 한국일보 신춘. 『돈황의 사랑』, 『누란』 등의 작품이 있다. 그의 작품 세계는 '시의 몸에 아로새긴 산문의 무늬'라는 지적처럼 독특한 분위기를 보여준다.

세병교

세병교의 어제와 오늘의 모습이다. 예전의 동래사람들에게 세병교는 '배 닿는 자리'인 부산포로 가는 부산다리였다. 세병교를 가운데 두고 온천천 위로 전차다리와 동해남부선 철교가 나란히 있었다.

리는 대신에 흰 피를 흘리고 있을 뿐이었다. 그제서야 나는 낮에 보았던 빠알간 귓불의 피를 떠올렸다. 내가 동래까지 온 것은 단순히 그것 때문이었는지 몰랐다.

「모든 별들은 음악 소리를 낸다」, 『귤』, 문학과지성사, 1996, 189쪽

중학교 2학년인 주인공은 서면로터리에서 벌어진 데모를 구경하고 있다. 경찰이 쏜 총에 귓불을 맞은 젊은이 하나가 피를 흘리며 허둥지둥 달린다. 그 뒤 경찰서는 불타고 군중들은 양정고개를 넘어 동래 쪽으로 행진한다. '나'도 그 속에 끼였다. 그런데 동래까지 오는 동안 군중들은 어디론가 다 흩어지고 없다. 그런 내가 겸연쩍은 몸짓으로 큰길을 벗어나 연뿌리 캐는 걸 보고 있는 것이다. 다시 걸어서 집으로 돌아오는 길에 소년은 삶이 나만의 외로움이며 고행이라는 것을 깨닫는다. 그로부터 소년은 항시 시인이 될 꿈을 버리지 않는다. 부산에서 초등학교 6학년과 중학교 시절을 보낸 작가의 자전적인 요소가 짙게 깔린 작품이다.

동래로터리에서 세병교로 나가는 수안동 쪽으로 오래전부터 관공서 두 곳이 있었다. 동래경찰서는 그 자리에 건물을 새로 지었지만 나팔같이 생긴 사이렌을 매단 망루가 솟아 있던 동래소방서는 터가 좁아서인지 수안119안전센터로 바뀌었다. 사실 이 일대는 동일고무벨트공장 자리로 더 잘 알려져 있기도 했는데 온천천을 양쪽에 끼고 송월타올과 미원 등 크고 작은 공장들이 모여 있던 시절이 있었다.

이 중에서 동래경찰서는 앞서의 「위치」에 이어 김정한의 소설에

서 다시 한 번 등장한다. 그는 1928년 울산 대현보통학교에 부임했다가 동료교사들에게 〈조선인교육연맹〉 같은 조직이라도 만들어 차별대우에 맞서보자는 편지를 썼다가 '고향의 경찰서'로 연행되었는데 「어둠 속에서」(1970)는 그때의 경험을 소재로 하고 있다. 유치장의 다른 방에 들어온 일본인 술집여자들이 만주로 밀입국하려다 잡혀왔다는 얘기는 당대 사회사를 엿볼 수 있는 보너스로 보인다.

비의 장막 너머로 사라진 청춘을 찾아

경찰서 건너편은 한국전력 동래변전소인데 큼직한 변압기들이 모여 있는 곳 같지 않게 건물 외벽의 허리 아래를 유리로 가리고 나무 세 그루를 장식해서 깔끔해 보인다. 여기가 동래전차종점이었다. 손창섭*의 「비 오는 날」(1953)의 정원구가 친구인 동욱 남매의 집에 가기 위해 1953년 휴전 직전의 그 여름 장마 속에 몇 번이고 내린 곳이다.

* 손창섭(1922~2010) 평양에서 태어나 가난한 편모슬하에서 자랐다. 도쿄와 교토에서 고학으로 몇 군데 중학을 옮겨 다니고, 니혼대학에서 수학하였다. 1946년 귀국하여 1948년 월남하였으며, 1953년 《문예》로 등단하였다. 「잉여인간」, 「신의 희작」 등 전후의 고단한 삶을 인간의 본성적인 측면에서 그려낸 그의 작품세계는 전후문학의 대표적 작가로 평가받게 했다. 1973년 일본인 부인과 같이 일본으로 건너가 살다 이국땅에서 눈을 감았다.

동래전차종점

「비 오는 날」의 원구가 동욱 남매를 찾아가기 위해 내린 동래전차종점.
지금의 동래경찰서 맞은편의 한전 동래변전소 자리이다.

동래(東萊) 종점에서 전차를 내리자, 동욱이가 쪽지에 그려 준 약도를 몇 번이나 펴보며 진득진득 걷기 말쨈 비탈길을 원구는 조심히 걸어 올라갔다. 비는 여전히 줄기차게 내리고 있었다. 우산을 받기는 했으나 비가 후려치고 흙탕물이 뛰고 해서 정강이 밑으로는 말이 아니었다. 동욱이가 들어 있는 집은 인가에서 뚝 떨어져 외따로이 서 있었다. 낡은 목조건물이었다.

「비 오는 날」, 『한국현대대표소설선』 8, 창작과비평사, 1996, 370쪽

원구가 처음 동욱의 집을 찾는 장면이다. 힘들게 집은 찾았지만 친구는 없고 한쪽 다리가 불구인 여동생은 차갑게 그를 대한다. "호박덩굴 우거진 철둑길을 걸어" 되돌아가다 다행이도 찬거리를 사가지고 오는 동욱을 만나게 된다.

나는 이 작품을 읽을 때마다 동욱남매가 세 들어 사는 "왜정 때는 무슨 요양원으로" 사용되어온 "폐가와 같은 집"이 어디쯤일까 하고 궁금했다. 동래에 오래 살았다는 어떤 이는 그 시절에 동래고등학교 뒤편에는 그런 일본식 집이 없었다며 복천동 쪽은 아니다, 요양원이 있었다는 소리는 못 들었지만 일본식 집을 주목한다면 예전 동일고무벨트 부근이다, 라고 말한다. 또 어떤 이는 언덕이라는 것과 밭둑길, 도랑이 넘쳐 건너지 못한 것에 주목하여 예전 부산제철 자리(동래고 앞의 한양아파트) 뒤편을 지목하기도 한다. 또 어떤 이는 교육대학 앞과 송월타월 공장 일대가 '똥골'이라고 불린 야산으로 전쟁 때 판자촌이 들어섰다면서 그쪽일 확률이 높다고 말한다. 물론 요양원으로 사용되었다는 말만 주목한다면야 일제 때 그런 시설이 일찍 들어선 온천장을 생각해야 하지만 그렇게 되면 동래종점을 온천장종점으로, 철둑길을 전찻길로 바꾸어 읽어야 하는 무리가 따른다.

경찰서 뒤편에서 농주산1길을 걸어가니 철도 건널목이 나온다. 거기서 동래역 오른편의 언덕을 보았다. 거기에 가기 위해서는 한양아파트에서 안락로터리로 가는 사이에 있는 안락교차로2길을 찾아야 한다. 비탈길을 올라가 보았다. 놀랍게도 철길을 내려다보며 일제 때 철도관사가 두어 집 남아 있다. 이전에 이 일대의 구릉

지대는 지금보다 훨씬 넓게 자리했을지도 모른다. 여기서 오십 년을 살았다는 할머니는 동래전차종점에서 이곳까지 오는 길을 앞서 내가 가보았던 농주산길로 해서 철길을 따라오거나, 차 두 대가 겨우 다닐 만했던 충렬로로 걸어왔다고 했다. 여길까. 원구는 종점에서 내려 농주산1길로 나와 철길과 밭둑길을 따라 이 언덕 어디 외따로이 있었던 동욱남매의 셋집을 찾았을까. 전쟁 속의 그 여름, 비의 장막 저쪽에서 우울하고 불안하게 산 이들의 자취는 더운 봄날 발걸음을 무겁게 한다.

붐비던 시절, 온천장과 금강원의 모습들

이제 온천장으로 가야 한다. 수안로터리(동래로터리)는 증권회사와 투자회사 건물들이 빙 둘러서 있다.

대한투자신탁 건물은 동래극장 자리이다. 메가마트에서 동래전철역까지는 언제나 사람들로 붐빈다. 메가마트 뒤편에 〈한국조폐공사 옛터〉라는 표지석이 보인다. 「비오는 날」에 동욱이가 여동생에게 "이년아, 이만환이면 구화로 얼만 줄 아니, 이백만환이다, 이백만환이야."라고 나무라는 장면이 있다. 주인집 노파에게 돈을 빌려주었다가 떼였기 때문인데, 정부는 전쟁 중인 1953년 2월에 통화개혁을 단행하여 100대 1로 인하했었다. 조폐공사가 창립된 터인 동래에 동욱이 남매의 집이 있고 작품에서 통화개혁 이야기

온천교

온천교의 어제와 오늘의 모습이다. 벚꽃나무 아래 일본 옷을 입은 여자가 서 있느냐 없느냐에 관계없이 다리 모습이 얼마나 비조형적으로 바뀌었나를 생각하게 한다. 오늘날 온천교는 거의 '교량'의 느낌을 주지 않고 있다. 하물며 이 다리를 통해 역사적 기억들이 새어나올지도 의문스럽다. 역사적 기억들은 점점 제 공간을 지니지 못하고 소멸하고 있다.

가 나온다는 것도 재미있는 대목이다.

온천천 쪽의 동래전철역 앞은 항시 붐비는 곳이다. 마을버스 몇 개 노선이 여기를 종점으로 하고 그만그만한 먹거리 집들이 대동병원까지 진을 치고 있다. 역 앞에 온천천으로 내려가는 계단이 있다. 내를 따라 걷기로 한다. 물은 맑은 편이지만 수량이 생각보다 너무 적다. 배드민턴 치는 곳도 있고 인라인스케이트를 타는 구간도 있다. 운동시설도 좋지만 우선은 자연형 하천이 되어야 하지 않을까. 온천교에 올라선다. 새로 다리를 놓으며 만든 호랑인지 사잔지도 구분이 잘 안 가는 석조 조형물이 크게 버티고 있다. 온천장을 알리는 상징물에 대해 전혀 고민하지 않았던 모양이다.

건널목을 건넌다. 녹십자병원은 사라지고 초고층 빌딩이 들어서고 있다. 그 옆의 스파쇼핑 건물은 설렁하게 서 있는데 이 터는 예전에 동운각이었고 해방 직후 〈경남건국준비위원회〉의 발족모임이 열린 역사적 장소이다. 바로 건너편 금강공원로13-1 부산은행 자리 일대가 온천장 전차종점이었다. 여기서 전차를 내려 벚꽃나무 아래를 걸어 금강원으로 소풍을 가곤 했는데 2본 동시상영까지 해가며 그토록 오래 버티던 온천극장이 울긋불긋하게 리모델링되어 성인오락실과 콜라텍 간판을 달고 있다.

동래온천에 대한 기록은 신라 신문왕 때부터 나오는데 지금의 모양새를 갖춘 건 해운대처럼 역시 일본인들에 의해서이다. 1907년에 들어선 최초의 여관온천인 봉래관을 찍은 사진을 보면 그 앞의 호수에서 뱃놀이를 하고 있다. 지금의 농심호텔과 허심청 앞이 호수였다는 소리다. 그다음 잘 알려진 여관이 철도호텔과 대성관이다.

1960년대 초쯤에 재종누님 한 분이 결혼식을 할 때 단층짜리 일본식 기와 건물이 길게 늘어선 철도호텔에 와보았다. 이곳에 철도호텔을 지은 것은 만주침략의 첨병 노릇을 한 거대한 만주철도 주식회사(약칭 만철)가 1922년에 온천사업 경영권 일체를 쥐었기 때문이다. 노송 몇 그루가 지나간 시간을 껴안고 있던 동일호텔 자리엔 동래온천관광호텔이 신축 중이다.

대성관은 금강로179에 있다. 6 · 25 때 이 일대의 여관과 요정건물들은 징발되어 미군 정보부대(재크)의 사무실과 숙소로 사용되었는데 부두노동을 거쳐 초장동 제면소에서 일하던 이호철이 미군복에 카빈총을 메고 여기서 보초를 섰다. 밤낮 세 시간씩 여섯 시간 근무하면서 하루도 거르지 않고 온천목욕을 하였다니 습작하기에는 딱 좋은 일터였을 것이다. 미군부대에서 야간경비 서는 이야기를 통해 전후 젊은이들의 불안의식을 그린 「파열구」(1959)에 이때의 체험이 녹아 있다.

소설에서 동래온천이란 지명이 처음 나오는 건 앞서 소개한 최서해의 「누이동생을 따라」(1930)이지만 그래도 이곳을 본격적으로 그린 이들은 이 지역에 살던 김정한과 이주홍이다. 일반명사로서 온천장이란 무엇인가. 결국은 숙박시설과 술집(요정), 그리고 기생이다. 명륜동에 있던 기생조합이 일본식인 권번으로 바뀌어 온천장으로 옮겨온 게 1940년 초이다. 「설국(雪國)」을 쓴 가와바타 야스나리 소설을 온천문학이라고 부르는 이도 있지만 두 사람의 소설은 거기에까지 이르지는 않는다. 다만, 이주홍의 「동래금강원」

봉래관 지금의 농심호텔 자리에 있던 봉래관의 모습이다.
금정산이 시원스레 한눈에 잡힌다.

(1969)은 온천장의 한 풍속을 정확히 전하고는 있다. 1980년대 초까지만 해도 '송도 갈매기', '온천장 토끼'라는 은어가 통했었는데 그곳에서 일하는 아가씨들, 매매춘에 종사하는 아가씨들을 일컫던 말이다.

그 여관에 든 다음 날 밤, 술을 취토록 마신 두 사람은 정말로 토끼탕을 실천해 보자는 데까지 이야기가 발전되어, 각각 다른 욕탕으로 들어가 물 안에 몸을 담그고 있으면서 여관사환에게 부탁해 놓은 토끼가 오기를 기다리고 있었다. 얼마를 있으니까, 옷을 벗은 젊은 여자가 조심해 문을 열고 들어오는데 김에 가려서 타월로 아랫도리를 감추고 있는 것만 보일 뿐 얼굴은 잘 보이지를 않았다.

"등을 밀어드릴까요?"

「동래금강원」, 『풍마』, 을유문화사, 1973, 184쪽

1958년 초여름, 작가인 주인공 다운은 서울서 연재소설을 쓰기 위해 작심하고 이곳에 일 년여를 머문다. 그가 묵은 곳이 "작기는 하지만 조용해서 좋은 곳"인 봉래관이니 일제 때 날리던 그곳도 그 무렵에는 그쯤 후퇴해 있었던 모양이다. 소설은 바로 그 '토끼'가 다운이 10여 년 전 C시에서 교편을 잡았을 때 문학에 소질을 보이던 제자라는 것, 그리고 그를 다시 만난 뒤 다가갈 수 없는 사랑과 자신에 대한 회한으로 '토끼'가 자살을 한다는 그런 이야기이다.

한동안 이 지역에서 아가씨들이 숙식하며 일 나가던 업소로 규모가 있었던 곳이 경주옥과 울산옥이었다. 녹천탕은 그 자리에 호텔을 짓고 맞은편으로 크게 지어 옮겼고, 대성관에서 천일탕 가는 골목길에는 여전히 꼼장어 집들이 늘비하다. 그리고 이곳에서 장사하던 친구 덕에 몇 번 갔던 초밥집 백경은 횟집으로 바뀌었다. 약국들만이 간판 그대로 그 자리에 있어 지리적 친근감을 주고 있지만, 온천장 상권이 예전만 못하다는 얘기는 제법 오래전부터 있었다. 금정산 등산과 금강공원 놀이, 그리고 목욕, 이 세 가지가 잘 어우러져야 하는데 무언가 부족하거나 어긋난 것이다. 근본적인 이유는 금강공원에 사람들이 예전처럼 몰려들지 않기 때문이

다. 정확하게 말하자면 "금강원에 치마 줏으러 가자"는 농담을 할 때가 온천장의 전성기였다는 소리다.

김정한의 「굴살이」(1969)나 이주홍의 「선도원일지」(1975)를 보면 "그리 늦게들 간 것도 아닌데 일요일이라 그런지 공원 안은 벌써 인산인해를 이루고 있었다."라거나 "행락객들이 강물처럼 밀려올라" 간다는 표현이 나온다. 일본인들에 의해 개발된 금강공원은 1960, 70년대까지만 해도 부산 최대의 유원지였다. 금강공원에는 한동안 동물원도 있었다. 「굴살이」는 바로 그 동물원이 들어서는 바람에 굴에서 쫓겨나는 젖먹이 딸린 젊은 여자의 이야기이다. 친구들과 산에 올랐다가 주인공 혼자 공원장사 아줌마들을 따라 내려오게 된다. 약사암 부근을 내려오다 바위 위에서 부처처럼 꿈적 않고 서 있는 사람 때문에 굴 이야기를 하게 된다. 아줌마는 "이 골짜기에는 굴이 많아요. 저런 사람도 살고, 그 밖에 병을 고치려고 사는 사람, 그리고 의지가지없는 사람과 거지들도 더러 있지요."라고 말한다. '저런 사람'이란 고시 공부하는 이다. 한 시대의 풍속이다.

한편, 이주홍은 「선도원일지」에서 1970년대, 금강공원 입구에 늘비했던 뺑뺑이돌리기, 물방개놀음, 산갈치나 머리 두 개 달린 뱀, 기형 송아지 구경 등, 지금은 잘 볼 수 없는 허술한 장사업종들을 아주 정확하게 묘사하고 있다.

일요일을 택해서 와 보았는데도 금강공원은 한가한 편이고, 식물원 쪽에 세워진 해양자연사박물관은 뭔가 좀 어색한 느낌이다. 일본식 목조건물의 원형이 그대로 유지되고 있는 '동래별장' 정원

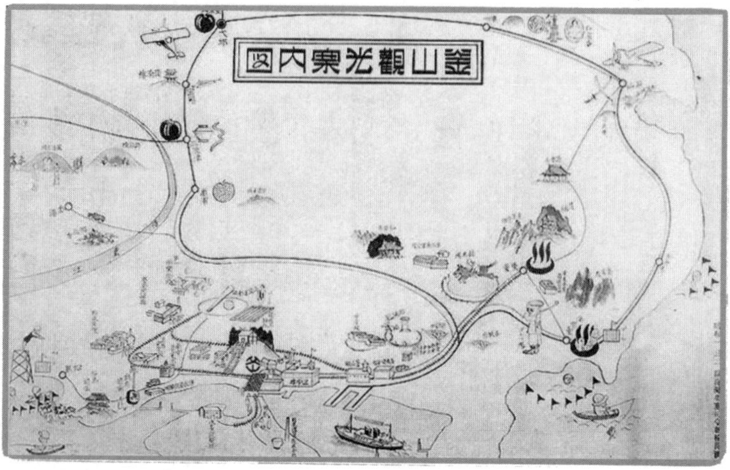

일제시대 부산관광안내도

의 꽃나무는 봄이 한창이다. 1920년대 말에 지었다는 일본인 하자마 후사타로(迫間房太郎)의 별장이 미군정 시절에는 동래, 양산, 밀양, 울산 지역 군정청, 그 뒤에는 동래별장이라는 이름의 요정으로, 지금은 한식당과 연회장이 되었다.

이주홍 선생은 온천장에 오래 사셨는데(1971~1987) 두 번인가 찾아뵙던 옛날 집 부근은 모텔 등으로 어지럽고 부산전자공고 앞의 차밭골길 20에 아담한 문학관이 새로 자리하고 있다.

이제 어딜 가나. 아무래도 온천시장과 한독직업학교 앞 온천소방서 삼거리까지는 가봐야겠다. 그 삼거리에서 내려 식물원이나 산성으로도 가고 내려와서는 온천시장 입구의 돼지고기 구이집에서 소주도 한잔씩 하지 않았는가. 그렇지만 이곳은 변했다. 무엇보다 한독직업학교 터에 무섭도록 높은 빌딩이 올라선 데다 온천소방서까지도 없어져버렸기 때문이다. 침(針)을 던지듯 꽂는다거나 간첩침쟁이라는 소문이 나기도 했던 덕은침술원은 새로 지은 건물 뒤채로 물러나 앉아 있다. 이북서 월남한 원장 영감님은 보이지 않고 환자들만 침방에 누워 있다.

아무래도 술 한잔은 마셔야겠는데 온천장보다는 요산이나 향파의 소설 주인공들이 힘들게 부대끼며 오갔던 동래시장이 낫겠다. 개장국 골목 뒤에는 온갖 안주가 푸짐하고 가격도 저렴한 막걸리 집들이 늘어서 있다. 손님이 원하는 안주는 시장에서 사다가도 해준다. 동래시장 부근은 어쩐지 서민적이고 안정된 느낌을 준다. 부산의 낯익은 옛 얼굴, 곰삭은 '부산'임에 틀림이 없다.

해풍에 씻긴 근대 한국과 부산의 축소판, 영도

- 방인근의 『마도의 향불』과
김은국, 조해일, 고금란, 천운영, 정우련의 소설들

● 영도 얼개 지도

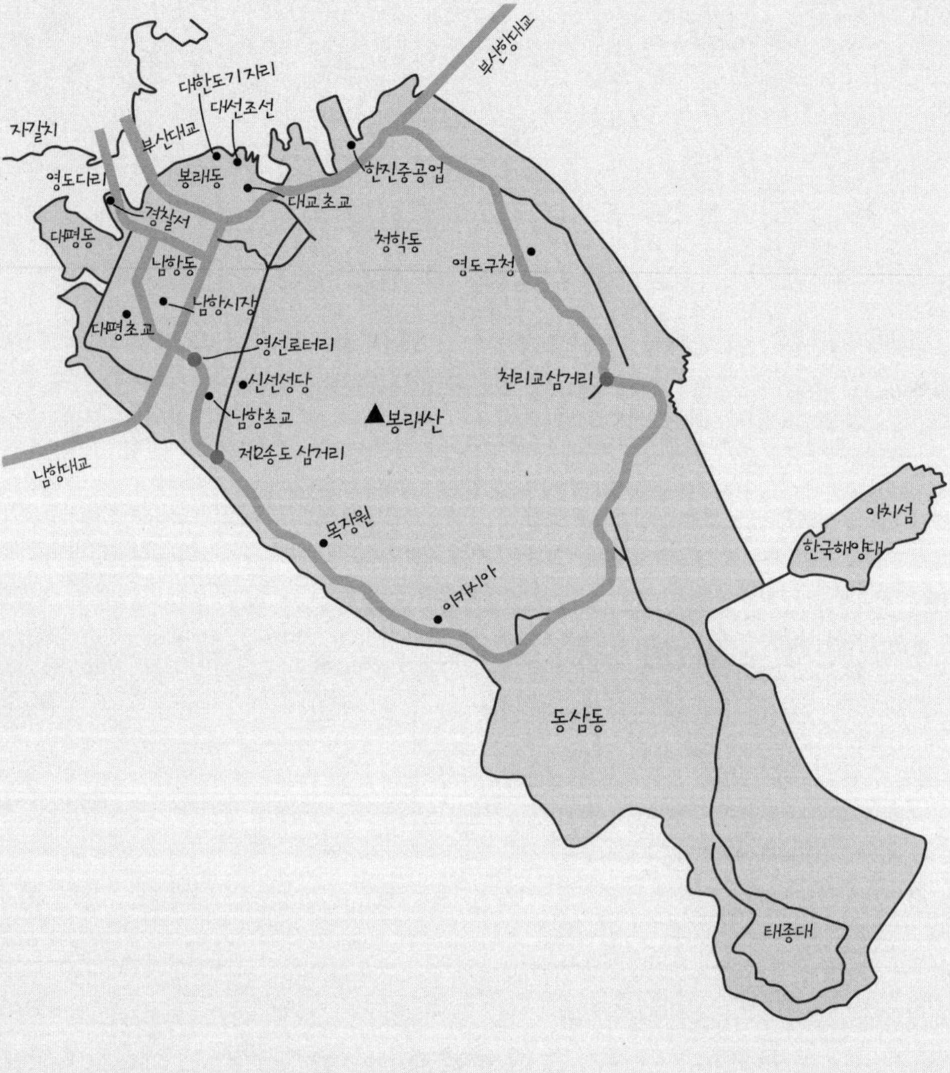
부산항대교
대한도기자리
대선조선
자갈치
부산대교
봉래동
영도다리
한진중공업
대교초교
경찰서
다평동
청학동
남항동
영도구청
남항시장
다평초교
영선로터리
천리교삼거리
신선성당
남항초교
봉래산
제2송도 삼거리
남항대교
이치섬
목장원
한국해양대
아카시아
동삼동
태종대

해풍에 씻긴 근대 한국과 부산의 축소판, 영도

- 방인근의 『마도의 향불』과 김은국, 조해일, 고금란, 천운영, 정우련의 소설들

그림자가 보이지 않을 만큼 빨리 달리는 말들을 키우던 곳. 견훤이 왕건에게 그런 말을 선물했다가 후백제가 망한다는 얘기를 듣고 되돌려 받았다는 기록이 남아 있을 정도의 명마의 산지. 그런데 그런 말들을 잡아먹기 위해 뭍의 호랑이들이 바다를 헤엄쳐 건넌다.* 사람들 눈에 띄지 않게 꾀를 내어 해초를 머리에 이고 헤엄을 치지만 조류를 따라 흐르는 해초더미와는 무언가 다를 수밖에 없다. 그걸 눈여겨보고 있던 포수들이 활을 쏜

* 박원표의 『부산변천기』(태화출판사, 1970) 34쪽에 나오는 이야기인데, 개항 한 해 전인 1875년에 부산왜관의 관수가 부하 셋을 데리고 호랑이 두 마리를 잡아 한 마리는 대마도로 보내고 한 마리는 회식을 했다는 기록이 『일선통사』라는 책에 나온다. 지금의 동구 범내골 시장 안에 있는 호천석교비는 범일6동에서 흘러내리는 계곡에 호랑이가 많이 나왔다는 사실을 증명한다.

영도

근대 초기 지금의 중구청 쪽에서 바라본 영도와 오늘날 부산항만공사 쪽에서 바라본 영도의 모습이다.

다. 그렇게 잡은 호랑이 고기를 부산사람들은 자주 먹었다. 영도에 대한 전설 중의 하나다.

그리고 세월이 흘러 푸른 목장(목도라는 영도의 다른 이름은 여기서 유래했다)의 섬은 최초의 근대식 목선과 철선을 만들어 이 나라 조선업의 문을 연 곳이 된다. 아울러 정유시설과 도자기공장을 시작으로 오복간장, 신한라면, 합동사이다, 통조림공장인 한일식품, 하물며 잠자리표 삽공장까지, 크든 적든 공장이란 공장은 다 몰려 있던 섬으로 변했다.

대평동으로 가는 뚝딱선

그런 영도를 부산사람들은 섬이라는 생각을 하고 살지는 않는다. 영도는 육지와 너무나 가깝게 있다. 실제로 옛 시청 뒤 해변에서 봉래동까지는 170미터밖에 되지 않았다. 그러나 자갈치에서 대평동으로 가는 통통배를 타노라면 영도가 파도치는 바다 건너에 있는 섬이라는 실감을 하게 된다. 하기야 남항동까지 전차가 다닐 때, 마침 영도다리를 들 시간과 맞물리기라도 하면 아, 이곳이 섬이구나, 라는 생각도 들었겠지만 말이다.

다리가 놓이기 전에는 배를 타고 영도를 드나들었다. 1918년 지도를 보면 지금의 롯데백화점(옛 시청) 뒤에서 건너편 봉래동과 대평동으로 가는 항로가 선으로 그어져 있다. 그 뒤 자갈치-대평동

노선이 생기고 영도다리가 놓였다.

이 책을 처음 낼 때는 배를 타고 대평동으로 건너갔다. 그때 충무동에서 대평동을 오가는 또 하나의 노선인 '충무도선장'에는 휴업계(2005년 4월 1일부터 12월 31일)와 도선장을 인수할 사람을 찾는 방이 내걸려 있었다. 대중교통이 좋아지고 남항대교가 놓이면서 자갈치노선까지 결국 두 개 노선 모두 역사 속으로 사라진 것이다. 물론 여름 한철 자갈치에서 송도해수욕장으로 가던 배편과 복작대는 남항을 구경할 수 있었던 통선은 훨씬 전에 없어졌다. 대평동 2가의 자갈치행 통선자리 일대는 절영도왜관이 있던 곳이다.* 대평동과 남항동 해변은 철 냄새가 난다. 조선소가 아니라 조선철공소라는 간판을 달았으니 중소형 선박을 수리하는 곳들이다. 전기, 냉동, 엔진, 스크류, 페인트 상가들이 골목을 잇고 있다. 여기저기 공장에서 용접불꽃이 파랗게 일며 길바닥은 쇠똥이 씻기지 않아 불그레하다. 샐비지라고 불리는, 선박인양 일을 하는 회사도 있다.

영도의 근대는 일본인들이 어항으로서 그리고 군사산업기지로서 개발하면서부터 시작되었다. 일본인들이 영도에 들어와 처음 모여 살았던 곳이 이주 어촌**으로 시작된 대평동임을 알려주는 사

* 절영도왜관에 대해서는 김재승이 자세한 연구를 했다. 그는 절영도왜관의 존속기간을 1601년 6월부터 1607년 3, 4월로 보는 한편 왜관 자리를 밝혔다(김재승, 『그림자섬(영도)의 숨은 이야기』, 전망, 2005, 149~191쪽).

** 일제의 식민지 지배는 생업약탈적인 지배형태였다. 일본정부가 침략정책의 일환으로 장려한 이민형 이주 형태 중 부산은 당연히 어민들의 정착지가 되었다. 1910년 1

절영도 해수탕

대평동에 있었던 일본인들의 해수탕 모습이다. 멀리 봉래산이 흐리게 보인다. 일제는 부산 땅값이 오르면서 동래 방면으로 도시를 확장하지 않고 영도 쪽으로 도시를 확장했다고 한다.

진이 있다. 흐릿한 봉래산을 뒤로하고 일본식 이층집 두 채 앞에 일본 사람들이 서 있는 사진인데 그냥 주택이 아니라 1910년 초 대평동 1가에 있었다는 바닷물을 데워 목욕을 하던 해수탕이다. 시간이 지나면서 어선들이 모이고 조선소들이 들어서고 공장과

월에 실시된 부산지방 일본어업자 이주 어촌 통계를 보면 영도에는 227호수에 862명이 살아 용당포나 다대포, 하단에 비해 월등히 높은 수치를 보인다. 일본은 1888년에 부산어민의 정치어장 근처에서 저인망 어업을 시작하여 정치업자들을 도산에 몰아넣으면서 분쟁을 일으켰는데, 당시 그네들이 조사한 부산지역의 어장은 130여 곳이며 종사자는 2천여 명이었다(박구병, 「어업권을 빼앗긴 어민의 몸부림」, 『부산』, 부산일보사, 1976, 126~130쪽 참조).

창고가 들어섰다. 배가 드나들면 창고가 필요한데 지금도 대평동과 봉래동 일대에는 보세창고들이 많다. 그 창고들 중에서 규모가 컸던 게 승리창고다. 나이 든 영도사람들이라면 다 기억할 정도로 대평동 '승리창고 조청 빼먹던 이야기'는 꽤나 유명하다. 지금 대동아파트 자리이다.

영도 찾기를 대평동에서부터 시작하는 건 바람을 피해 어선이 모였던 작은 포구(待風浦)를 매립하여 오늘날의 영도 모습을 갖추기 시작한 땅이기 때문이다. 대풍포는 토박이들에게 대평동보다 더 입에 익은 말인데, 깡깡이 마을이라고 불리기도 했다. 선박수리와 도장을 위해서는 먼저 배에 붙은 조개류와 녹을 떼내야 한다. 지금이야 연삭기로 하겠지만 망치로 쳐서 떼내던 시절이 있었다. "깡깡깡" 하루종일 동네가 울렸다. 고단했던 시절의 이곳을 고금란이 소설로 썼다. 나무 비계에 매달려 깡깡이 일을 하는 어머니와 배를 타다 내린 뒤 간장공장과 양조장 등을 전전하는 아버지는 세상에 없어도 다나카조선소는 에스엔케이라인조선소로, 아버지가 잠시 일했던 석유회사는 포구 앞의 대동대교맨션으로 남아 있다. 주인공은 별반 달라지지 않은 동네를 반가움과 소외의 양가감정으로 보지만,* 최근 이곳에서는 대동대교맨션 벽면에 깡깡이 일을 하던 어머니를 초대형 벽화로 그려 넣는 등 예술마을사업이

* 고금란 「영도다리 난간 위에서」 이 단편은 대평동 외 영도의 여러 공간을 이야기 속에 잘 녹여내고 있어 스토리텔링 소설의 한 전범으로 보인다. 고금란은 1994년 《문단》으로 등단했다. 소설집 『바다표범은 왜 시추선으로 올라갔는가』, 『빛이 강하면 그늘도 깊다』가 있다.

시작되고 있다.*

영도가 한국 원양수산의 중심지였던 것은 남태평양 사모아섬에 참치잡이 기지를 세우고 북태평양 명태잡이 어장을 개척한 국립수산진흥원이 남항동에 있었기 때문이다. 수산진흥원이 기장군으로 옮겨간 뒤에도 남항동 계류장 일대에는 동해어업지도사무소, 부산어업정보통신국, 선박검사기술협회 등 수산관계 관공서들이 자리하고 있었지만 지금은 어업정보통신국만이 홀로 제자리를 지키고 있다.

양지가 있으면 음지도 있는 법. 영도는 수산과 조선산업의 중심이면서 밀수와 밀항의 본거지이기도 했다. 1958년을 배경으로 한 윤정규**의 장편 『마지막 황제』(1976)에는 밀수의 큰손이 이 동네에 사는 것으로 설정하고 있다. 실제로 1975년에는 청학동 일대의 '해녀특공대'와 세관원들이 바다 밑에서 격투까지 벌이기도 했었다.

남항을 끼고 쇳내 나는 철공단지를 한 바퀴 돌고는 대평초등학교로 간다. 큰길로 나가면서 보았던 제주도홍보관과 제주도민회

* 이 사업을 두고 이정임은 "자신의 외부만 치장하는 것이 아니라 자신이 성장하면서 만들어낸 자신의 그림자까지 들여다보는 일"이라고 했다. 소설의 주인공같이 힘들게 살았던 시절의 동리를 다시 찾은 사람들의 이중적 심리도 이 말 속에 들어 있는 듯하다(「그림자가 일어선다」, 《오늘의문예비평》, 2017년 봄호, 173쪽).

** 윤정규(1937~2002) 일본 나고야 출생. 한양대 수학. 1963년 《현대문학》 추천완료. 「오욕의 강물」, 「신양반전」, 『얼굴 없는 전쟁』 등 줄곧 부산에서 활동하면서 현실비판적인 경향의 작품을 썼다.

한국근대조선발상유적지

우리나라 근대 조선산업은 영도에서 시작되었다. 대평초등학교 교정에 이를 알리는 유적지 기념비가 있다. 담장 뒷길은 조선수리소와 철공단지로 이어진다.

제2회관이 간판을 내렸다. 그래도 대교동의 도민회관이 말해주듯 영도에는 이전부터 제주도 출신 사람들이 많이 살고 있다. 그다음으로 많이 사는 이들은 포항 사람들이라는데 두 곳 모두 바다에서 시작한 생계를 여기서도 잇기가 쉬웠기 때문일 것이다.

대평초등학교에는 〈한국근대조선발상유적지〉 기념비가 세워져 있다. 비록 목선에 일본인들이 만들기는 했지만—다나카조선소—그래도 1887년에 근대식 선박을 처음 만든 곳이 이 부근이다.

남항동 전차종점에서

〈영도전차종점〉 표지석은 남항동 사거리, 남항시장 입구에 있다. 예나 지금이나 대교 교차로와 더불어 영도의 중심지인 여기까지 구덕운동장과 서면에서 전차가 다녔다(1935~1967년).

대양공고, 남고, 남여상, 해동고등학교, 연세대분교 등 학교가 많이 몰려 있던 곳이라 전차에서 내린 학생들이 삼삼오오 줄지어 가던 모습도 하나의 풍경이었다. 문현동으로 옮겨간 대양공고 교사는 영도도서관으로 바뀌었다. 아래 영선교차로에 서니 낯익은 건물이 보인다. 명보극장이 있던 곳이다. 부산은행 간판이 걸렸고, 도색만 바꾸었을 뿐 건물 뒤에 솟은 붉은 벽돌의 굴뚝까지 그대로다. 대교동의 남도극장과 영도시네마, 봉래동의 대양극장, 지나온 전차종점 부근의 항도극장이 1970년대 초까지 영도에 자리한 영화관들이었는데 지금은 하나도 남아 있지 않다.

영도에서 처음으로 행정명이 생긴 곳이 영선동인데 사람들이 모여 살던 첫 동네라는 소리다. 고조부의 주소가 영선2가 150번지로 등재된, 지금도 이 동네에서 냉면과 숯불구이 집을 하는 김영조 씨는 근대식 주소지가 만들어진 이후로만 볼 때는 오래된 이곳 토박이인 셈이다. 영선동은 전쟁 전후로 고신대 복음병원과 침례병원이 시작된 곳이기도 하다.

너무나 좁아서 차라리 아담하다는 기분이 드는 윗 영선로터리는 복잡하다. 고등학교에 다니던 1967년 2월 중순 어느 날 이곳에서 청마 유치환의 운구행렬을 본 적이 있다. 그때 청마는 지금은 영상예술학교로 이름을 바꾼 남여상 교장으로 재직하고 있었기에 영결식이 학교에서 열린 것이다. 교정에는 청마시비가 서 있다. 괴정동으로 옮겨간 해동고등학교 자리에는 아파트단지가 들어섰고, 1953년부터 1966년까지 연희대, 연세대부산초급대학, 연세대 가정대학 등의 이름을 달았던 곳에 있던 영도여상은 보건고등학교로 교명을 바꾸었다. 연세대 건물을 빌려 1959년 12월 말에 기독교부산방송이 첫 목소리를 내보낸 곳이 이곳이니 제2송도 언덕의 영선동은 한 시절 그래도 부산 교육 문화의 현장이었다.

남항초등학교와 신선성당이 그래도 예전 모습을 보인다. 특히 배 모습을 하고 있다는 느낌도 주는 신선성당은 줄곧 순백색 옷을 입고 있어 시간의 흐름을 별로 느끼지 못하게 한다. 영선동과 신선동을 맞물고 있는 이 지역이 시간을 묶어두고 있는 듯함은 무엇보다 좁은 골목을 두고 다닥다닥 붙은 오래된 집들 때문이다. 피난시절 건너편 남부민동에 자리했던 용산중학 임시 교사에서 안수길은 이곳을 보며 "밋밋한 영도섬의 단조로운 선이, 그것보다도 기슭에 볼품 사납게 다가붙어 있는 제2송도의 판잣집들이, 오후의 넘어가는 늦은 겨울 해를 맞받아 벌집(蜂巢)같이 환히 건너다보였다."(「제삼인간형」, 1953)라고 묘사했다.

건너편 서구 암남동에서 영선동으로 들어오는 남항대교가 한가하다. 몇 년 전에 동료 작가들과 바다 위를 걸어 송도까지 가면서 부산에 사는 맛을 제대로 느껴보았다. 부산항대교와 더불어 영도가 구릿빛 튼튼한 양 팔을 힘껏 뻗친 모양새가 되었다.

접시꽃이 환하게 핀 가파른 언덕을 타고 제2송도로 내려간다. 반도보라아파트 초입에 바다를 끼고 산책로가 가꾸어져 있다. 매립을 하고 방파제까지 새로 만들어 모습은 낯설지만 이 일대에 대왕제분이 있었다. 바로 옆에는 제일스레트와 신한라면공장도 있었다. '닭표라면'으로 기억되는데 이름이 좀 촌스러워 보이지만 라면 스프에 신경을 많이 썼다고 봐주면 될 것이다.

산책로 입구에 배 모양의 관리사무소를 두고 '꿈과 낭만의 아름다운 해변도시 영도'라는 현수막까지 걸어둔 걸 보니 구청에서 상당히 신경을 쓴 길인 모양이다. 바다에는 대형 선박들이 바람 따라 똑같은 모양으로 줄을 서서 쉬고 있다. 끊일 듯 이어지는 산책로는 동삼동으로 이어진다. 목이 말라 '아카시아집'으로 올라온다. 중리까지 비포장 작전도로만 겨우 나 있던 1963년에 시작한 집인데 퀀셋 매점은 이전 그대로이다. 아름드리 느티나무 아래에서 맥주 한 병을 마시며 나무섬을 보노라니 흘러간 가요들이 흘러나온다. 교통편이 좋지 않았을 때 이곳은 그런대로 이름난 데이트코스였는데 지금은 오히려 좋아진 도로 때문에 사람들이 그냥 지나쳐 가버리는 게 아닌가 싶다.

영화 〈변호인〉으로 유명세를 탄 흰여울마을을 두고 다시 도로를 따라 이송도 삼거리로 내려온다. 경사가 심한 언덕길에 교차로가 있어 버스정류소도 기울어져 서 있다. 노선버스들이 다니는 길은 산복도로이고 그 길 위의 좀 더 좁은 도로를 중복도로라고 하니 영도는 어쩔 수 없이 봉래산의 허리를 이리 파헤치고 저리 둘러 길을 내고 집을 지을 수밖에 없는 땅이다. 청학동도 그렇지만 특히 이곳 신선동의 집들은 모두가 바다를 보고 비탈에 가파르게 자리하고 있다.

> 부산시 영도구 신선동. 신선이 살았다고 믿기에는 너무 낡고 더러운 곳이다. 옹색한 집들로 향하는 좁은 골목마다 아침부터 저녁까지 집요한 악다구니가 이어지고, 악다구니가 끝나면 사내아이들이 모여 담배를 피우거나 벌거벗은 여자들의 사진을 돌려보고, 아이들이 사라지면 쥐들의 차지가 되는 동네.
>
> 천운영, 「눈보라콘」, 《창작과비평》, 2001년 여름호, 196쪽

천운영*의 「눈보라콘」(2001)에 나오는 신선동에서 나서 자란 중학생의 말이다. 서울에서 올림픽이 열리기로 결정된 해라니 1980년 정도의 이야기겠다. 아이의 홀어머니는 도크 위에 올려진 배 밑의 녹을 떼어내는 깡깡이 일을 하고 일당 3800원을 받는다.

나는 중편 「은경동 86번지」(1984)에서 주인공 친구의 여동생이 세 들어 사는 곳을 이곳으로 정했었다. 남포동이나 광복동이 잘나갈 때 술집 아가씨들이 이 동리에 많이 살았다는 점과 작품의 주 무대인 동구의 산비탈 동네와 분위기가 비슷했기 때문이다. 가팔막을 올라 신선초등학교에 들어서니 산 밑에 자리한 학교가 편안해 보인다. 학교 뒤로는 영도에서 가장 오래되었다는 복천사가 있다. 영도에 자리한 사찰 중에서도 많은 절이 신선2동에 모여 있

* 천운영(1971~) 2000년 동아일보 신춘. 『비늘』, 『명랑』 등의 작품이 있다.

는 건 금정산에서 백양산-수정산-엄광산-구봉산-보수산으로 남하하던 산맥이 옛 시청 뒤 용미산에서 잠시 잠룡했다 봉래산(蓬萊山)으로 솟구친 지점이 여기라는 사실과 관계될 것이다.* 영도의 풍수형국을 학맥설(鶴脈說)로 본다면 봉래산에는 신선의 기상이 서려 있다. 당연히 신선동, 영선동, 봉래동, 청학동은 풍수 발복에서 나온 지명들이며 나머지 평지의 대평, 대교, 남항동은 지리적 이유로 붙여진 싱거운 이름들이다.

바다 건너 천마산이 가깝고 그 위로 지는 해가 제 몸을 마음껏 발그레한 색깔로 풀어놓고 있다. 비탈길에 퍼질고 앉아 낙조를 보는 맛이 괜찮다.

영도다리에서 다이빙하던 '내 친구 해적'

이번에는 영도다리를 걸어서 영도를 건너가 보자.

준공식 날(1934년 11월 23일) 5만 인파가 몰려와 구경했다는 이 다리는 오래되었다는 것과 교통량 문제 등으로 철거논쟁에 자주 휘말려왔다.

* 최진양 편저, 《한빛뫼오름》 제16집, 한빛산악회, 1999, 239~252쪽 참조. 이 책에서 산과 관련된 내용은 꼼꼼한 산행기록과 풍부한 자료들이 모인 《한빛뫼오름》에 힘입었다.

영도다리가 특별한 구경거리가 된 것은 하루에 몇 차례 들었다 내렸다 하는 도개교이기 때문일 텐데 시인이자 비평가로 이름을 날린 임화*는 「상륙」(1938)이라는 시에서 "벌렸다 다물고 다물었다 벌리는/ 강철 도개교 입발 새에/ 낡은 浦口(포구)의 이야기와 꿈은/ 이미 깨어진 지 오래"라고 서글픈 심사를 토로한다. 그리고 "牧島(목도) 앞뒤엔 黎明(여명)이 활개를 치고 일어나는 고동소리"** 라고 했는데 그가 목격한 곳은 남포동에서 바라보는 영도, 대평동과 봉래동일 것이다.

그리고 세월이 흘러 이 다리에서 다이빙을 하는 젊은이가 있다. 조해일***의 「내 친구 해적」(1973)은 작가 자신의 6·25 때 부산 피난살이 체험(1951년부터 1954년까지)에 살을 붙인 소설이다. 화자인 '나'의 친구는 뛰어난 수영과 잠수 실력뿐 아니라 해산물이 풍부한 바다에서 해조류와 패류를 따서 팔아 생계에 보탠다는 점에서 '해적'이라고 불린다(어장에도 주인이 있으니까). 그 친구가 영도다리에서 다이빙을 하는 것이다.

* 임화(1910~1953) 서울 출생. 본명은 인식. 보성중학 중퇴. 「우리 오빠와 화로」 등을 발표하는 등 시인으로 활동하다 평론활동을 하였다. 1932년 〈카프〉 서기장으로 1930년대 문학계에서 조직과 창작방법론에서 강력한 영향력을 발휘하였으며, 해방 후 〈조선문학건설본부〉 결성을 주도하였다. 월북 후 남로당 계열 숙청 시 '미제스파이' 혐의로 처형당하였다.

** 임화, 『현해탄』, 기민사, 1987, 210~217쪽.

*** 조해일(1941~) 중앙일보 신춘으로 등단. 「아메리카」, 『겨울여자』 등의 작품을 발표하였다. 조선작, 한수산, 최인호 등과 같이 이른바 1970년대 소설의 대중적 기반을 마련한 작가 중의 한 명으로 꼽힌다.

영도다리

역사적인 건축물이 거의 다 사라진 부산에서 영도다리는 가장 기념비적인 것이다. 영도다리의 어제와 오늘의 모습이다.

그는 피부빛이 담배빛 같은 갈색이고 광대뼈가 약간 튀어나온 숙성한 얼굴에 두 눈이 조금 가로 째어진 듯한 인상을 주는 것이 특징이었고 무엇보다 잠수(潛水)를 해녀보다도 오래 견디는 것이 특기였다. 높은 곳에서 바닷물로 뛰어들기(그와 함께 자란 다른 아이들로부터 그가 아홉 살 때 이미, 어른들도 겁을 집어먹고 뛰어 내리기를 두려워하는 그 항구도시의 두 섬을 연결하는 높은 다리에서 바닷물로 뛰어 내렸다는 얘기를 나는 들었고 그를 사귀고 난 뒤, 나는 실제로 그가 그 다리에서 3차 회전을 하며 바닷물로 뛰어드는 아름다운 모습을 본 적도 있다), 멀리 헤엄치기는 말할 것도 없거니와 그의 잠수는 실로 초인적인 그것이라 할만했다.

「내 친구 해적」, 『아메리카』, 민음사, 1974, 81~82쪽

'두 섬을 잇는'이라는 문장에서 조금 헷갈리기도 하지만, 침례병원에서 서양인 의사에게 급성맹장수술을 받는다는 점이나 피난 내려왔다가 서울로 올라갈 기회를 놓치고 대학까지 항구도시에서 다니게 된다는, 소설 내의 여러 정황들로 보아 다이빙을 하는 곳이 영도다리임은 확실하다.

조해일의 초기소설 인물들이 지적으로 세련된 문명인들이 아니라 튼튼한 육체에 장인기질의 공작인(호모 파베르)이라는 점에서 이 소설의 주인공도 예외는 아니다. 더불어 같이 사는 세상, 공동체에 대한 희망을 지켜가는 인물에 대한 이야기인 이 소설에서 그러한 믿음과 실천이 별스러운 이론에서가 아니라 "바다의 생태

에 따르다 보니" 그렇게 되었다고 주인공은 말한다. 그런 면에서 작품에 등장하는 주인공은 부산사람의 기질을 딱 갖추고 있기도 하다.

한편 천운영은 앞의 소설에서 영도다리를 받치고 있는 게 팔뚝만 한 담치라는, 재미나는 이야기를 하고 있다. 잠수부가 다리의 안전 검사를 하러 바다에 들어가 기둥 가운데 틈을 들여다보니 팔뚝만 한 담치가 붙어 있더라는 것이다. "첨에는 어떻게 빼볼까도 했는데, 그랬다가는 다리가 무너지게 안 생겼나. 그래서 새끼 치고 살라고 내버려뒀다 아이가. 진짜다. 대교다리 지은 거 보믄 모르겠나? 담치가 죽어뿌믄 다리 무너질까 봐, 그래서 대교다리 지은 거라 이 말이다." 아버지가 영도다리 부양장치 기사로 일했다는 걸 자랑으로 여기는 아이에게 이 다리는 절대적인 우상이다. 그런 점을 감안한다면 이 정도 허풍이야 떨 만도 하겠다.

그런데 부산데파트 쪽에서 보는 영도다리가 갑갑하다. 백화점은 물론 영도경찰서 옆에 고층건물이 들어섰기 때문이다.

남포동 쪽의 다리 입구에는 점집과 약초상들이 많이 모여 있었는데 지금은 초재상 몇 곳만 명맥을 잇고 있다. 영도다리 밑에 점집들이 많았던 것은 6·25와 관계된다. 그 시절 다른 지역 사람들에게 영도다리는 부산에서 가장 잘 알려진 장소였으니 피난 중에 헤어지더라도 거기서 만나자는 말이 절로 나왔을 것이다. 이런 사연을 앞에서 읽은 고금란의 소설이 잘 보여준다. 이북에서 피난 온 동네 친구의 어머니는 대평동에서 생선을 받아 자갈치시장 모

점 보는 여인들

통이에서 파는데 빠르고 편리한 통선을 타지 않고 꼭 다리를 건너 다닌다. 뱃삯이 무서워서가 아니라 다리 난간에 붙여놓은 남편을 찾는 쪽지에 다녀간 흔적을 찾기 위해서다. 그렇게 시간이 지나도 소식이 없다면, 찾을 곳이 어디겠는가.

『방외지사』를 쓴 조용헌은 부산을 한국 역술계의 메카라고 부르고, 그 책에서 그가 만난 역술가 박청화는 부산이 한국 역술계의 이종격투장이라고 했다. 역술계의 온갖 문파들이 활동을 벌이고 있는 부산에서 자기 실력을 검증 받아야만 제대로 된 고수 소리를 들을 수 있을 정도로 부산은 역술업이 발전한 곳이다. 그렇게 된 이유로 조용헌은 역동성과 변화가 많은 항구도시라는 점, 불교 인구가 많다는 점, 거기에다 전쟁 전후로 이북에서 활동하던 고수들이 부산에 자리했다는 세 가지를 꼽는다(1권, 185~188쪽 참조).

영도다리는 그렇게 6·25와 관련된 기념비적인 공간이자 건축물이다.

전쟁 때 부산이 모두 피난민들로 넘쳐났다는 점에서 영도도 예외는 아니었다. 어쩌면 이북에서 내려온 이들이 더 많이 몰려든 곳이기도 했다. 영어로 쓰였지만 그냥 우리 소설로 읽는 김은국*의 『순교자』(1964)는 소설의 끝을 부산, 영도로 하고 있다.

> 퇴원을 며칠 앞둔 어느 일요일 오후 느지막이, 나는 나룻배를 타고 천막촌으로 고 목사를 만나러 갔다. 평퍼짐한 섬 황무지에 암록색 천막들이 줄줄이 늘어섰고, 북한 피난민 아이들이 이글거리는 남한의 햇살 아래 먼지를 풀썩이며 맨발로 뛰놀고 있었다. (중략) 점차 공기가 선선해지는 것 같더니 천막 그림자들이 우리가 앉은 쪽으로 길게 기어 오기 시작했다. 나룻배들이 일을 끝낸 난민들을 부산 쪽에서 실어 나르고 있었다. 떠들썩한 말소리와 발자욱 소리, 거기다 아이들의 외침 소리가 뚜뚜하는 나룻배의 경적과 발동기 소리에 뒤섞였다. 사람들이 사방에서 나타나더니 아까 우리가 앉았던 바위 쪽으로 가서 몸들을 씻었다. 부두 밖에 정박해 있는 구축함의 어두컴컴한 모습이 눈에 들어왔다.
>
> 『순교자』, 도정일 역, 시사영어사, 1978, 333~337쪽

* 김은국(1932~2009) 리처드 김. 황해도 황주 출생. 전쟁 중 서울대를 중퇴하고 통역장교로 복무하였다. 미국으로 건너가 학업을 마치고 영어로 소설을 썼다. 5·16을 배경으로 한 『죄 없는 사람』, 일제시대를 배경으로 한 『빼앗긴 이름들』을 발표하였다.

육군정치정보국 소속 장교로 평양에 머물면서 공산군에게 학살당한 12명의 목사와 살아남은 2명의 목사를 둘러싼 진실을 파헤치던 이 대위는 일선부대 복귀 후 부상을 입고 부산으로 후송되었다. 그리고 평양에서 만났던 군목을 찾아 영도로 간다. 퇴역한 그는 이북 각지에서 몰려든 신자들을 모아 천막교회에서 예배를 본다.

"화물선 한 척이 항구 밖으로 빠져나가고 있었고 등 뒤로 부산 쪽에서는 자동차 소리와 하역 중인 기중기들의 덜컹거리는 소리가" 들려오는 곳이라면 천막촌은 봉래동이나 청학동 쪽에 자리했다고 볼 수 있다. 국군의 평양점령과 후퇴를 전후하여 시작된 신의 부재와 인간의 원죄에 대한 고민을 씻는 공간으로 김은국은 이곳 바닷가를 택한 것이다.

다리가 끝나는 지점에는 〈굳세어라 금순아〉를 부른 현인의 노래비와 도개교 영도대교 기념비가 마주 보고 서 있다. 기념비 쪽에서 봉래동 계류장으로 계단을 타고 내려갈 수가 있다. 오래된 창고가 빙 둘러선 봉래나루길에 낚시꾼들도 더러 보이지만 한가하다. 1960년 말까지 이곳에는 난전이 들어서기도 했는데 그중에는 책전도 있었다. 두텁고 진한 밤색 커버에 비닐까지 씌워진 동아출판사판 세계문학전집을 호주머니가 허락하는 대로 한 권씩 두 권씩 사 모았던 기억이 난다.

육교 같은 계단으로 부산대교에 오를 수 있다. 인도도 있지만 보행자는 거의 없다. 부산항만공사로 이어지는 건너편이나 이곳이나 한가한 곳이기 때문이다. 봉래동 쪽 해안으로 늘어선 창고들과 조선소 크레인이 영도의 본래 모습을 보여주고 있다.

우리 근대소설에 영도라는 지명이 처음 등장하는 것은 이인직의 『혈의 누』(1907)에서다. 이인직은 영도를 부산포 안에서 보는 게 아니라 외국에서 들어오는 화륜선의 눈으로 바라본다. 개항장으로서의 부산을 생각하면 밖에서 보는 시선이 타당할 법도 하다.

> 부산 절영도 밖에 하늘 밑까지 툭 터진 듯한 망망대해에 시커먼 연기를 무럭무럭 일으키며 부산항을 향하고 살같이 들어닫는 것은 화륜선이다. 오륙도, 절영도 두 틈으로 두 좁은 어구로 들어오는데…
>
> 『혈의 누』, 『한국소설문학대계』 1, 두산동아, 1995, 66쪽

절영도(絶影島)가 영도로 불린 게 해방 후부터라고들 하지만 소설을 읽어보면 꼭 그렇지만도 않다. 대중소설로 인기를 끌었던 방인근*의 장편 『마도의 향불』(1932~1933)에서 이미 절 자를 떼고 그냥 영도로 쓰고 있기 때문이다. 충남 예산 출신인 그로서는 부산 사람들이 영도라고 부른다는 걸 알고 소설에 그대로 썼을 뿐일 것이다.

* 방인근(1899~1975) 충남 예산 출생. 배재고보 및 주오대학 수학. 1924년 사재를 내어 순문예지 《조선문단》을 창간하였다. 이후 1930년대에 이르러 『방랑의 가인』, 『인생극장』 등 대중소설을 발표했다.

애희는 문득 바다 건너편을 바라보니 거기에는 커다란 섬이 보였다. 옳지 저 섬으로 가면 조용할 것이다. 거기 가서 죽는 것이 좋겠다… 이렇게 생각하고 애희는 지나가는 사람에게 "저 섬으로 가려면 어떻게 갑니까." 하고 물었다.

"영도로 가시겠소." 하고 경상도 사투리로 말하였다.

"네."

"그럼 조금 더 가시면 영도로 가는 똑딱선이 있소."

애희는 걸음을 빨리하여 그가 말하는 영도(影島)로 가는 똑딱선을 탔다. 잠깐 사이에 부산 맞은편 영도에 도착하여 애희는 여러 사람과 함께 내리었다.

돌부처

사창가에서 일하던 아가씨들이 더 나은 내일을 기원하던 돌부처가 지금도 봉래동 태종로 73번길 33에 있다. 여간해서는 눈에 잘 띄지 않는 작은 돌부처이지만 사라진 이 골목의 사연을 고스란히 직시했다는 사실을 생각한다면 예사롭지 않다.

내리고 보니 거기도 번화한 동네이었다. 애희는 동네를 지나 산 밑 해변으로 가려고 외딴길로 들어섰다.*

『마도의 향불』, 동아일보, 1933년 4월 12일

탐욕의 제물이 되어 절망 끝에 부산을 찾은 여자전문학생인 애희는 지금의 롯데백화점(구 부산시청) 쪽에서 봉래동으로 건너온 것으로 보인다. 소설 이야기는 잠시 미루고 우선 돌부처 하나부터 찾아보자.

봉래동 1가 일부지역은 완월동과 더불어 일제 때부터 공창으로 시작한 사창가였다. 1960년에 500여 명 정도의 아가씨들이 있었다는 통계가 있으니 규모도 매우 컸다고 할 수 있다. 좁아터진 골목과 일본식 집 흔적이 묻어 있는 집들은 그대로이고 길가에 세워진 키 작은 돌부처도 그 자리를 지키고 있다. 어쩌다 이곳으로 흘러든 아가씨는 첫날밤을 눈물로 새우고 다음 날 고참의 손에 끌려 이 부처 앞에 선다. 무사히 잘 지내다 목돈을 쥐고 이곳을 떠날 수 있게 해달라, 사연은 달라도 소원은 하나였을 것이다. 돌부처는 일제 때부터 있었다고 한다.

대한도기를 찾아가다 보면 봉래시장을 만나고 요즘 잘나가는

* 신문연재본과 단행본(민중도서, 1980, 279~281쪽)은 내용에서 차이가 나는데, 연재본을 축약한 민중도서판에서는 애희가 영도로 건너가는 장면이 빠져 있다. 한편, 1930년대 우리 소설사의 한 특징을 드러내는 통속 대중소설의 등장은 장편소설이 연재될 수 있는 유일한 매체인 일간신문의 상업성과, 1920년대 중반 이래 우리 문학의 중심이념이었던 마르크시즘에 대한 탄압이라는 외부적 여건 변화 때문이었다.

삼진어묵 본사도 만난다. 어묵역사관과 체험관을 찾은 할머니들이 버스를 기다리는지 길가에 모여 있다.

『마도의 향불』을 다시 읽어보자. 방인근은 작품에서 실재했던 두 회사를 말하면서 영도가 공장지대였다는 사실을 보여준다.

> 따뜻한 날 애희는 복례에게 손목을 끌리어 뒷산으로 해변으로 산보를 하였다. 봄의 따뜻한 햇볕과 바람은 바다를 달래어 맑고 잔잔하게 하였다. 이 섬 안에 있는 석유회사, 사기회사 그리고 여러 공장의 남녀 직공, 사원들이 점심시간에 해변으로 쏟아져 나왔다.
>
> 『마도의 향불』, 동아일보, 1933년 4월 14일

소설에서 말하는 석유회사는 당시 영도에 있었던 스탠다드(Standard) 석유회사 저유소와 라이징선(Rising Sun) 석유회사 저장소를 가리키며* '사기회사'는 조선경질도자기회사를 말한다. 해방 뒤 대한도기로 이름을 바꾼 조선경질은 조선방직과 더불어 1917년에 일본자본으로 세워진 대규모 공장으로 봉래1동에 자리했다. 부산대교 입구와 대선조선 가는 길 사이에 있는 미광마린타워 아파트단지 일대이다.

* 〈굳세어라 금순아〉를 불러 우리들에게 피난시절의 영도다리를 기억하게 한 가수 현인(본명 현정주)의 부친이 1921년 스탠다드석유 저장소의 직원으로 근무했다는 사실은(김재승, 『그림자섬(영도)의 숨은 이야기』, 앞의 책, 57쪽) 소설 속에 단 한마디 언급된 공간에도 우리 삶의 실재가 담겨 있다는 생각을 하게 한다.

조선경질도자기회사

방인근의 소설이 영도가 공장 지대임을 알려주고 있다. 소설의 '사기회사'는 조선경질회사를 말하는데 공장 담벼락은 남아 있다. 골목길 너머로 부산타워가 보인다. (2006년)

마침 점심시간이라 대선조선에서 나온 기름 묻은 작업복 차림의 직원들이 인근의 식당을 찾고 있는데 아주 좁은 골목 담에 '도자기길'이라는 표지가 보인다. 아파트 단지와 골목 사이의 공터를 따라 낡아 곧 무너질 것 같은 담이 아주 길게 이어져 있다. 이 골목에 사는 할머니들 말로는 도자기공장이 있을 때 담 그대로란다. (2017년 3월에 다시 갔을 때 담은 찻길로 다 사라지고 어른 양팔 길이의 붉은 벽돌담만 위태로이 남아 있었다. 도자기길이라는 더없이 정확하고 아름다운 길 이름이 사라진 것과 더불어 아쉽고도 아쉽다.)

대교초등학교 옆의 골목으로 나가면 '기동대'라는 말이 더 익숙한 경찰청 교통순찰대가 있다. '할리(할리데이비슨)'라고 부르던 멋진 오토바이를 타고 교통단속을 하던 경찰 사이카 부대였다. 그 전인 1962년부터 1966년까지 부산에도 기마경찰이 있었는데 동삼동에 자리했다. 말 목장이었던 영도에 어울리는 배치였다.

자 이제는 청학동이다. 확장된 도로가 한진중공업 쪽으로 시원하게 뚫려 있다. 1937년에 세워져 이듬해에 한국 최초의 철강화물선을 만든 한진중공업을 부산사람들은 그냥 조선공사로 불러왔다. 대한조선공사가 입에 오래 익었기 때문이다. 회사 앞에는 봉학초등학교가 있는데 그 뒤 언덕 동네가 일본군 해군 저탄창고로 쓰던 곳이다. 대한제국 시절에 일본이 이 땅을 빌리자 러시아해군이 군함을 동원하여 청학동 앞 바다에서 시위를 했다.

청학동은 별로 변하지 않았다. 청학시장은 아주 한가하고 집들도 그만그만하다. 지금은 달라졌겠지만 1960대까지만 해도 제주도 출신의 해녀들이 많이 살기도 했는데, 김정한의 「액년」(1957)은 청학동 산비탈에 사는 그런 이들 중의 하나인 차돌할머니를 주인공으로 등장시켜 그녀의 회갑날 동네 해녀들이 바다에서 잡아 올린 싱싱한 해물과 막걸리로 잔치를 벌이며 이어도를 부르게 한다. 그녀는 남편과 아들까지도 바다에 잃고 손자를 키우며 외롭게 산다. 영선동이나 남항동과 더불어 이곳 청학동은 선원들이 많이 살던 동네이다. 어떤 사람들은 영도에 절과 교회가 많은 편이라고 하는데 배를 타는 사람들이 많이 사는 지역의 특성과도 관련이 있을 것이다.

1970년대 말 어느 봄날 밤 이곳을 거니는 청춘 남녀가 있다. 여자상업고등학교를 나와 철강소에서 경리를 보는 아가씨와 대학휴학 중인 노동자다. 회사의 차별대우에 항의하다 잘린 뒤 청학2동 89번 버스종점 부근의 독서실에서 실장으로 지내는 남자를 아가씨가 찾아왔다. 아가씨는 일본식 집들이 많이 남아 있는 대평동에 살고 있다. 둘은 멀리 아치섬이 보이는 방파제에서 앉았는데 달빛과 별빛이 축복처럼 쏟아진다. 남자는 큰 바위의 갈매기섬을 가리키며 독서실에 나오는 재수생이 자기 아버지 배를 타고 가서 갈매기 알 한 소쿠리를 훔쳐 와서 삶아 먹었다는 이야기를 하고 스무 살 여자는 날아보지도 못하고 사라진 생명에 가슴이 아프다. 남자는 함석헌 선생 시집을 여자에게 선물하고 둘은 얼마 뒤 부산 기독사회관에서 열린 함 선생의 강연을 듣는다.

그날은 5월 8일 어버이날이라 함 선생은 흰 두루마기에 빨간 카네이션을 달았다. 강연을 주선한 이들과 어울려 태종대까지 따라

간 아가씨는 남자친구가 포함된 그 일행들이 숲을 걸으며 나직이 부르는 "우리 승리하리라. 우리 승리하리라. 우리 승리하리라, 오- 늘도. 나는 믿네. 우리 승리하리라."*를 듣는다. 같은 가사를 네 번씩이나 깨물어야 할 만큼 절박한 유신독재시절이다.

가족사의 상처를 간직한 두 젊은이가 치열하게 사랑하고 상처받으며 청춘과 암울한 시간을 통과하는 이 소설은 영도 외 부산의 여러 공간들이 제대로 힘을 발휘하면서 이야기를 옹골지게 만들고 있다.

버스를 타고 영도구청 앞에 내린다. 구청 뜰에서 보면 부산항이 한눈에 다 들어온다. 바다를 보며 동삼동 쪽으로 간다. 이 일대 산자락은 조내기고구마가 나던 곳인데 통신사 조엄이 대마도에서 보낸 종자를 처음 심은 곳이라 그렇게 불렀다.

천리교가 일찍 자리 잡은 곳이 영도이기도 한데 기와집으로 지은 원남성교회가 보이고 그 아래 도로 이름은 천리교삼거리이다. 이 일대 주민들의 일터였던 경희어망은 사라지고 일동미라주라는 이름의 아파트가 들어서 있다. 동삼동 상리는 아주 번화하다. 1881년부터 1895년까지 절영도에 진을 설치하여 일본을 경계했는데 동헌이 이곳 중리에 있었다. 들고 나며 첨사들은 두 번 울었다고 전하는데 부임해서는 수목만 울창하고 파도소리밖에 들리지 않는 절해고도라는 심사에 울고, 떠날 때는 막대한 어장수입이 아

* 정우련(1958~) 「숲에서 나오니 숲이 보이네」, 『빈집』, 하늘연못, 2003, 205쪽. 정우련은 1996년 국제신문 신춘으로 등단했다.

까워서 또 울었다는 말이 전해올 만큼 동삼동 일대는 천혜의 황금어장이었다. 그렇지만 세월이 한참 지나 6·25전쟁 때는 국민보도연맹 가입자들을 이 바다에 수장시키기도 했다.

해안길로 내려가면 동삼초등학교가 있다. 교문 앞에는 이 동리 출신으로 학습강습소를 세워 1942년에 목도소학교 동삼분교를 열게 한 박진두 선생의 송덕비가 서 있다. 1960년대 초에 거제도에서 교편을 잡던 재종형님이 부산으로 옮겨와 첫 발령지가 이 학교였다. 바다가 바로 앞이었고 목조건물 하나였던 기억인데 엄청 달라졌다. 옆으로 누운 운동장의 곰솔들만이 그대로일까. 길 건너 새로운 매립지에는 국제여객선터미널과 해양박물관, 해양수산개발원 등이 들어서 영도의 얼굴을 바꾸고 있다. 그렇지만 바다를 메우는 일은 조심스럽게 할 일이다. 1955년에 동삼동에 자리한 한국해양대학이 아치섬에 들어선 건 1974년인데 아치섬을 섬으로 그냥 두지 않은 건 잘못이 아닐까. 1만여 명의 항해사와 기관사를 배출한 이 대학의 실습선인 한바다호가 30년 만에 퇴역한다는 기사에 이 배를 두고 '항도부산을 대표하던 또 하나의 아이콘'이라는 말을 쓰고 있는데, 아치섬은 그 자체가 오륙도와 같이 부산항의 첫 얼굴이기 때문이다.

신석기시대부터 이곳에 사람이 살았다는 증거가 동삼동 패총인데 아치섬 입구에서 태종대 가는 길에 발견되었다. 이곳에 큰 마을이 있었다는 것은 빙하시대 때 영도가 섬이 아니었다는 증거가 되기도 하는데 해양대학 들어가는 입구에 아담한 전시관이 자리하고 있다.

태종대공원 입구 못 미쳐 순직선원위령탑이 높이 서 있지만 길에서 너무 멀리 떨어져 있어 발길이 쉽지가 않다. 날이 흐려서인지 태종대는 한가하다. 동삼동 중리 뒷산이 중리산인데 미군이 미사일기지를 만들면서 1956년에 비행기로 발목지뢰를 뿌려 한동안 그 제거문제로 골치를 썩였다. 청학동 산복도로 버스노선에 포부대라는 정류장이 아직도 남아 있을 만큼 이 일대에는 일제 때부터 군사 시설이 많았다.

중리에는 학교가 많다. 고신대학교를 필두로 예전 해양대 자리의 남고와 체육고, 영도여고, 광명고, 해사고 들이다. 다시 501번을 탄다. 노선이 중리-구청-중리이다. 그러니까 영도를 한 바퀴 도는 것이다. 함지골을 지나 영선동과 남항동으로 다시 간다.

봉래산은 어디서든 오를 수 있지만 그래도 등산 맛이 제대로 나는 코스는 물이 넉넉한 함지골 기점이다. 날씨가 좋은 날이면 봉래산 정상에서 부산을 한눈에 품을 수 있다. 394.6미터의 이 산을 일본인들이 고갈산(枯渴山)으로 험하게 고쳐 부르면서(영도는 뛰어난 목장이자 벌목장이기도 했다) 영도에 대한 여러 가지 좋지 못한 속설을 만들기도 했지만 지금은 모두들 민족의 발복을 꺾으려던 식민지풍수라는 걸 알고 있다.

영도에 오래 산 이들은 시청이 떠나고 남포동이 시들해진 데다 어업협정으로 어선들까지 대폭 준 후부터 영도가 한풀 꺾였다고 말한다. 실제로 부산에서 월평균 소득이 가장 낮은 자치구가 영도구라는 통계조사도 있다. 슬럼화되어가는 좁은 골목의 주택들과 산 중턱까지 차오른 고층아파트가 공존하고, 소규모 철공장들과 세계 10대 조선소가 같이 있는, 바다를 메워 해안선을 지우면서도 아름다운 해변도시를 꿈꾸는 영도는 부산의 또 다른 고민을 고스란히 안고 있어 보인다.

송도와 남부민동, 그리고 완월동 언덕배기

– 서정인의 「물결이 높던 날」과
최인훈의 『하늘의 다리』, 안수길, 이호철의 소설들

● 송도와 남부민동 주변 얼개 지도

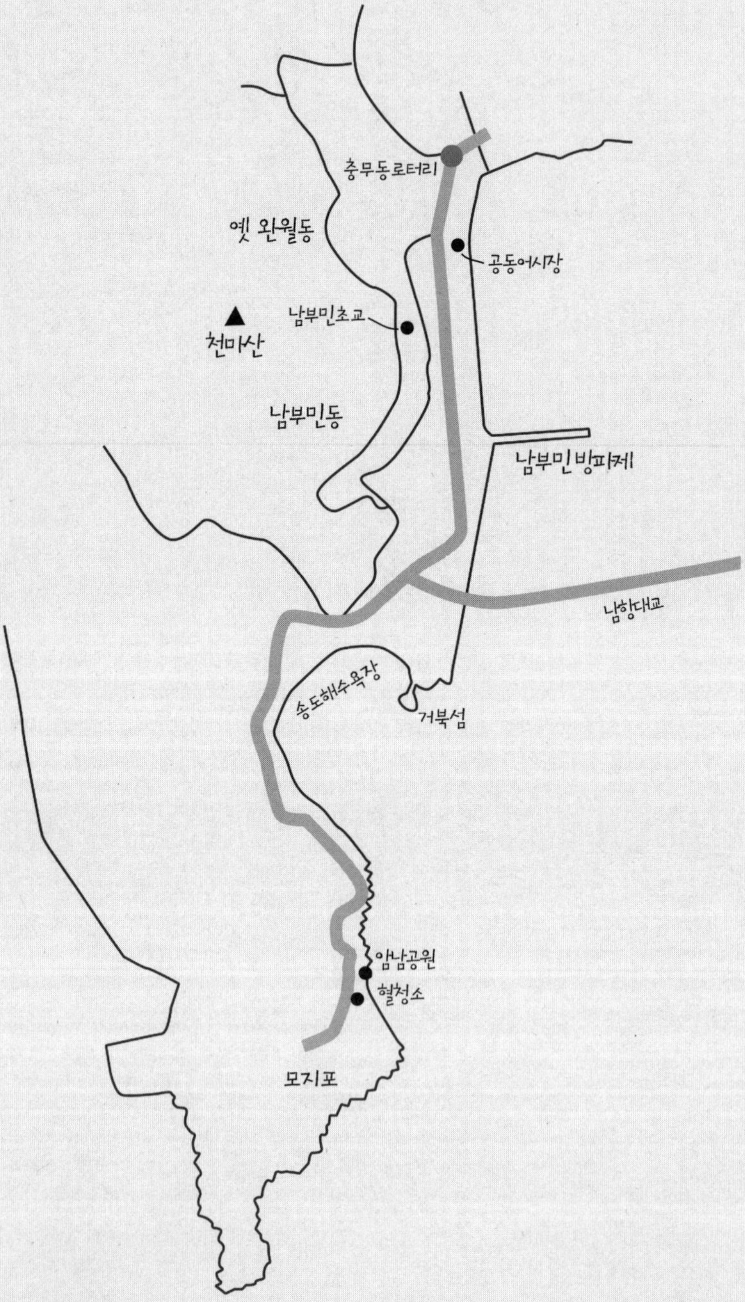

송도와 남부민동, 그리고 완월동 언덕배기

- 서정인의 「물결이 높던 날」과
최인훈의 『하늘의 다리』, 안수길, 이호철의 소설들

소설가 이주홍, 안수길과 서정인, 최인훈, 이호철이 같이 만나는 공간이 있다. 한 시절 부산을 대표하는 유원지로 이름을 낸 송도해변과 송도가 등에 지고 있는 천마산 아랫동네 남부민동과 완월동이 그곳이다. (완월동은 충무동과 초장동으로 흡수되어 사라졌지만 옛 이름 그대로 부르기로 한다. 시간의 실감이 장소의 이름에서 나온다는 생각에서다.)

장군반도의 끄트머리에 자리한 송도는 우리나라에서 최초로 개장된 공설해수욕장이다. 지금의 자갈치-남포동 앞 바다에서 해수욕을 하던 일본인들이 그곳을 매립하게 되자 도심지에서 가까운 송도 바닷가를 1913년 무렵에 해수욕장으로 개발한 것이다. 지금이야 관광지나 해수욕장으로의 명성을 크게 잃었지만 1970년대까지만 해도 이곳은 "여름 한철 송도다"라는 구절이 유행가 가사에 나올 만큼 이름난 유원지였다.

송도엘 가기 위해 충무동로터리에서 버스를 내린다. 먼저 들러야 할 곳이 있기 때문이다. 로터리에서 공동어시장을 지나 충무로 31에 위치한 대림수산 건물 뒤의 바다 쪽으로 걸어가면 남부민방파제가 나온다. 영도 쪽의 남항동방파제와 같이 남항을 에워싸고 있다. 이주홍의 단편 「해변」(1967)에 나오는 "송도 입구의 방파제"가 이곳이다.

「해변」은 부패한 정치인 가족의 갈등을 1967년 제7대 국회의원 선거 직후를 시간적 배경으로 하는 소설이다. 여당의 공천을 받고도 낙선한 부패 정치인 윤주필은 이제 재산까지 다 날릴 판이다. 고시공부에 시달린 큰아들은 폐인에 가깝고 가족 중 대학 다니는 둘째 아들만이 타락한 현실을 바로 직시한다. 부정선거 규탄데모에 앞장서기도 한 그는 부친의 생일날 낙심한 아버지를 위해 형과 같이 낚시를 간다. 그곳은 어릴 때부터 아버지와 같이 낚시를 다니던 곳이다.

통영 여수 방면으로 가는 배들이 심심찮을 만큼 이어가고, 낚싯줄을 던져 넣은 지 오 분도 못 되는 새에 볼락 한 마리가 물려 올라온다. 잠시 뒤에는 무지갯빛을 내는 손바닥 길이만 한 큰 노래미도 문다. 한 마리도 잡지 못한 부친에게 작은아들은 "이걸 좀 보시란 말이에요. 아버진 아무것도 아니잖아요."라고 외친다. 아버지는 웃으면서 아들의 말을 받아들이고 삼부자는 소주를 나누어 마신다. 남부민방파제를 가족의 화해의 공간으로 하고 있는 것이다.

예전에는 낚시를 하거나 소주 한잔을 하면서 남항과 영도 쪽을

송도해수욕장의 어제

자갈치를 매립하면서 개발된 송도는 1970년대까지 시내에서 가까운 해수욕장으로 많은 사람들이 찾았다. 바다 위의 케이블카만 보아도 송도가 한때 잘나가던 유원지였음을 알 수 있다.

구경하는 재미가 있었는데 근접성이 떨어져서인지 찾는 이가 거의 없다. 요즘 이곳을 찾는 낚시꾼들은 충무동 새벽시장 부근에서 통선을 타고 남항 한가운데에 파도를 막기 위해 만든 일자형의 제방을 더 자주 찾는다(연근해 어선들이 많이 정박하고 있어 자갈치 쪽에서는 육안으로 잘 보이지 않지만 이곳은 남항 일대와 용두산공원, 천마산, 그리고 영도를 바라보는, 부산 조망의 한 포인트가 된다).

방파제에서 다시 도로로 나와 조금 걸으면 대림아파트가 보인다. 이전에 해양고등학교가 있던 자리인데 1950년 전쟁 때는 서울의 용산중학교가 이곳에서 피난학교를 열었고, 안수길*은 이 학교의 교사였다. 전쟁 속에서 삶의 가치지향의 몇 가지 유형을 주제로 하는 「제삼인간형」(1953)은 여기서 시작된다.

교무실 창밖으로는 "거울 같은 해면을 여수 항로의 맵시 좋은 여객선이 바다를 밭갈이하면서 내왕하는 것"은 물론 "활짝 갠 날이면 멀리 남쪽 수평선 위에 대마도가 자줏빛 안개 속에 시야에" 들어온다고 작품의 서두에 묘사하고 있다. 여수뱃머리라 부르던 중앙동 연안여객선터미널(지금의 부산항만공사)에서 떠난 배는 영도다리가 들리는 시간에 맞춰 남항으로 들어와 가덕도를 지나 거제도와 통영으로 갔다. 그렇지만 그 남항도 지금은 냉장회사 건물들로 전망이 많이 닫히고 바다에는 남항대교가 놓였다.

* 안수길(1911~1977) 함경남도 함흥 출생. 와세다대학 고등사범부 수학. 귀국 후 간도에 있는 소학교에서 교편을 잡으며 문학수업을 하였으며, 1935년 문단에 나온 후 함경도와 간도지역을 우리나라 근대사의 주요 공간으로 편입시킨 『북간도』, 『성천강』 등의 장편을 썼다.

바다 앞에 서는 몇 가지 방법

원래 송도는 지금 거북섬이라 불리는 섬에 소나무들이 자생하고 있었기 때문에 붙여진 이름인데 일본인들이 거기에 휴게소를 지으면서 바위섬이 되고 말았다. APEC 개최 축하 불꽃놀이로 떠들썩하던 다음 날 송도 해변은 적막했다. 바람은 차지만 파도도 크게 일지 않았다. 4 · 19혁명이 일어난 그해 겨울, 실연의 아픔을 안고 한 젊은이가 이 해변을 걸어갔다. 그에게는 가슴의 상처를 쓸어 갈 노호하는 바다가 필요하다.

바다에는 수평선이 없었다. 거대한 파도들이 깊은 물이랑을 뒤로 끌면서 말 위에 높이 앉듯 흉흉하게 솟구치고 있었다. 하얀 포말들이 말갈기처럼 그 위에서 부숴졌다. 바다는 참을 수 없다는 듯이 방파제를 넘어다보면서 사납게 출렁거렸다. 바람이 세찼다. 하늘은 낮고 무거웠다. 하늘과 바다의 심한 요철과의 사이에는 농축된 대기가 가득 차 있었다. 공기는 투명체가 아니었다. 탁한 그 젓빛 공기를 뚫고 용솟음친 물결은 문득 정지하여 정상을 이루면서 적을 찾다가 밑이 무너지는 바람에 못다 한 미련을 가슴 속에 간직한 채 내부로부터 붕괴되어 소리를 내면서 허물어졌다. 두 개가 서로 만나면 소낙비 같은 물방울을 하얗게 내뿜으며 맞붙어 싸웠다.

「물결이 높던 날」, 『강』, 문학과지성사, 1976, 48~49쪽

서정인*의 「물결이 높던 날」(1963)은 폭풍 부는 송도 바다에 대한 묘사로 시작된다. 한 달 전에 전역한 현수는 휴양 삼아 형님이 사는 부산에 내려왔다가 우연히 들른 공작다방에서 '밝은 아들'이라고 자기 이름을 소개한 다방 아가씨 명자에게 한눈에 빠지고 만다. 사랑에는 순서나 단계가 없다. 그리고 헤어짐도 오해와 어긋남이 끼어들면서 그렇게 한꺼번에 온다. 마침 폭풍까지 부는 날이다.**

현수가 송도를 찾은 것은 어긋난 사랑의 아픈 마음을 달래기 위해서이다. 그리고 송도에는 그의 친구가 살고 있다. 두 사람은 군대에서 만나 친구가 되었는데 전역 후 소식을 모르고 지내다 남포동 골목에서 우연히 다시 만났다.

이북이 고향인 석호는 고아이면서 전쟁 후유증으로 심리적 외상을 앓고 있다. 그는 휴전 후 장교로 임관되어 부산의 군수기지창에 근무한 적이 있다. 그가 부산을 생활터전으로 한 것은 그때 알고 지내던 민간업자들의 도움을 받을까 해서이지만 결국 고향

* 서정인(1936~) 1962년 《사상계》로 등단. 「강」, 「원무」, 「사촌들」, 『달궁』 등 창작 기법적인 면에서 독특한 모습의 작품을 썼다.

** 바람과 폭풍은 모두 가볍고 움직이고 속력 있는 것들의 본령인 공기의 다른 모습이다. 인생에 있어서 열려진 열광적 감정을 나타내는 바람은 『전도서』 1장의 불안정성이나 '숨쉬기'와 더불어 정신을 나타내는 『창세기』 2장의 종교적인 상징에서, 폴 발레리의 "바람이 인다! … 살려고 해야 한다!"(「해변의 묘지」)나 셸리의 "오, 파괴자 그리고 활기를 불어넣는 자여. … 나도 격렬한 바람이고 싶구나"(『서풍에 대한 시』)의 문학에 이르기까지 원천적 상징이 되고 있다(아지자 外, 『문학의 상징 · 주제사전』, 청하, 1989, 19~24쪽 참조).

사람들의 도움으로 남포동 골목에서 넥타이 노점을 하게 된다. 동향인들과 자주 찾는 술집이 '삼학정'이고 그 집 마담 집에 세 들어 산다.

송도 끝, 혈청소로 가는 오르막 언덕길이 끝나는 지점에 주위의 집들과 떨어져 있는 자그마하나 아담한 일본식 집이 석호가 세 든 집이다. 그 집에서는 출렁이는 바다를 한눈에 내려다볼 수 있다. 그러니까 송도의 서쪽 끝 모지포로 가는 길 언덕에 석호 집이 있다.

그러나 현수는 석호를 만나지 못한다. 석호는 집에서 조금 떨어진 바닷가 언덕에서 삼학정 마담의 목을 조르고 있다.

잠자리가 불안정한 석호의 딱한 사정을 듣고 마담이 먼저 자기 집에 있기를 청했지만 두 사람은 뭔가 맞지 않는다. 간섭과 무관심이 오가면서 사사건건 충돌이다. 사랑과 증오라는 운명의 밧줄이 두 남녀를 칭칭 감고 있다. 석호는 아침부터 술을 마시고는 마담과 마지막 대결을 벌인다. 마주 보는 두 사람의 눈에는 저주와 비난, 멸시와 분노가 타오르고 있다. 마담이 석호를 병신자식이라고 쏘아붙이자 석호는 죽일 듯이 마담을 옴켜잡은 채 한 걸음 낭떠러지를 향하여 뒷걸음질친다. 마담은 버티지 않고 고스란히 받아들인다. 파도소리가 높아지고 바람소리 위로 파도소리가 거칠게 귓전을 때리면서 덮쳐온다. 거친 바람이 마담의 분홍 양단 치맛자락을 휩쓸고 파도는 낭떠러지 밑에서 하얗게 부서지고 있다. 달이 차면 바다의 마음이 그리로 쏠리고 육지에는 광기가 가득 찬다는 서두의 경구적 표현처럼 두 사람은 폭풍 부는 날 광기의 폭발점에 도달하는 것이다. 그러나 폭풍 뒤에는 정화가 있다. 본질의 발견이다.

증오는 사랑의 또 다른 이름이다. 석호는 여자의 눈물 속에서 잃었던 '어머니'를 발견하고 두 사람은 깊이 포옹한다. 그때 정오를 알리는 오포가 울린다. 송도해수욕장의 서쪽 끝, 모지포로 넘어가는 언덕길의 낭떠러지는 죽음처럼 깊은 사랑이 확인되는 공간이다.

한편 그 시각 현수는 석호를 만나지 못하고 백사장을 빠져나간다. 삶에는 꼭 들어맞는 톱니바퀴가 없다는 생각으로 그는 명자와의 이별을 받아들인다. 그가 돌아보는 송도는 젖빛 대기로 뒤덮여 있고 바다에는 물결이 높다.

서정인의 바다가 젊은이의 눈으로 그려진 사실적이면서도 역동적인 그것이라면 최인훈의 바다는 주관적이고 관념적으로 그려진다.

『하늘의 다리』(1970)는 고향을 떠난 사람들의 '뿌리' 문제를 다룬 소설이다. 김준구는 혼자 북에서 피난 내려온 화가이자 삽화가이다. 그는 스스로를 끊임없이 피난민의식에 묶어두면서 고립된 삶을 산다. 어느 날 스승으로부터 가출한 자신의 고명딸이 서울에 있다는 소식을 들었으니 설득하여 부산으로 데려다 달라는 부탁의 편지를 받는다. 김준구가 이북에서 학교를 다닐 때 자신의 재질을 발견하고 화가로 이끌어준 스승이다. 맥주홀의 여급이 된 스승의 딸 성희를 만나 타이르지만 어느 날 성희는 종적을 감추고 곧이어 스승의 부음을 받는다. 그즈음 그는 자주 환시에 시달리는데 그 장면은 이렇게 그려지고 있다. "갠 하늘에 여자의 다리 하나가 오늘도 걸려 있다. 허벅다리 아래만 뚝 잘린 다리다. 쇼윈도에 양말을 신겨 거꾸로 세워놓은 마네킹의 다리가 하늘 한가운데 애드벌룬처럼 떠 있는 것이다." 그리고 이러한 환시 증상은 성희의 실종 이후 더욱 심해진다.

부산에 내려와 스승의 장례를 치르는 동안 김준구는 뱃고동소리를 들으며 지금 스승이 타는 LST(상륙정)는 어느 국적일까를 생각하고 지구 자체를 잔인한 배라고도 단정해 본다.

전쟁 때 원산에서 LST를 타고 부산에 내린 체험은 최인훈으로 하여금 한 도시의 껍질을 면도칼로 싹 잘라가지고 통째로 옮겨놓았다는 생각을 하게 한다. 그러므로 그의 소설 속의 인물은 자신의 삶이 서울 하늘에 걸린, 허벅다리 아래만 뚝 잘린 다리를 보고 사는, 그런 뿌리 없는 삶이라는 생각에 시달리는 것이다.

얼마 뒤 김준구는 자신의 뿌리를 통째로 뽑아 처음 옮겨놓은 부산으로 내려와 바다 앞에 선다. 송도와 해운대, 그리고 부두에서 그는 자기를 데려온 바다를 보며 친구에게 편지를 쓴다. 친구에게 편지를 쓰는 것은 소설가인 그 친구가 자기의 얘기를 듣고는 그걸 작품화했기 때문이다. 친구는 김준구 자신과 성희가 동거생활로 들어가고 거기서 문제가 전개된다는 식으로 썼다. 자신으로서는 여전히 자기를 고향에서 떠나게 한 '메시아 없는 LST, 그 요나적 체험'이 무엇인지를 몰라 하늘에 걸린 다리를 캔버스에 옮기지 못하고 있는데, 친구 너는 '약간의 사회학적 상상력으로' 소설에서 그렇게 자신 있게 말할 수 있느냐고 묻기 위해서이다.

> 나는 지금 이 바다에서 금방 나온 사람처럼 생소하네. 이 마을이. LST에서 걸어 나온 피난민은 헛되이 바다 앞에 섰네. 이 무지한 바다 앞에. 백치와 같은 푸른 짐승 앞에. 그리고 이 바다에서 LST를 내린 한 식구들이 종적 없이 사라진 이 실종의 책임자가 누군지 모르는 채로 말일세. 여보게 내게 좀 가르쳐 주게.
>
> 「하늘의 다리」, 『최인훈문학전집』 7, 문학과지성사, 1978, 136쪽

김준구는 생명을 처음 탄생시킨 바다를 보며 백치 같은 순결성의 그 탯줄로 돌아가고자 한다. 바다는 조상이 바로 자기라는 걸 알지만, 미군 수송선을 타고 이 땅(남한)에 내린 인간은 자기가 걸어 나온 고향과는 다른 무엇이 되었다는 안타까움으로 그는 송도 바다 앞에 서 있는 것이다.

태풍 '매미' 이후 서구청은 송도해수욕장을 새로 단장했다. 벤치에 앉아 담배를 한 대 피우며 성급하고 적극적인 석호가 소설세계 밖으로 걸어 나와 부산사람이 되었으리라는 것, 그리고 구두 끝에 튕긴 물방울을 통해 바다를 사색하는, '한국적 요나의 체험'의 의미를 찾으려다 실패한 화가를 생각한다. 눈앞의 바다에는 닻을 내린 선박들이 미동도 없이 깊은 휴식에 빠져 있다.

지금은 모두들 까마득히 잊고 말았지만 한때 영도와 송도 사이의 바다에 인공섬을 만든다고 떠들썩했던 적이 있었다. 여의도의 세 배에 해당하는 면적에 컨테이너부두와 화물선 계류장을 건

설하고 상주인구 3만, 활동인구 19만의 해상신시가지를 만든다는 계획은 1990년 10월에 정부의 승인까지 받았다. 결국 사업수지에 대한 불확실성으로 인해 재원조달 방안이 없다는 이유로 백지화가 되고 말았지만, 그때 반대 입장 중에는 환경파괴 외에 부산항의 피항능력 문제도 있었다. 북항이 피항능력을 거의 갖추지 못하고 있는 상태에서 남항 앞바다를 매립해버리면 부산은 비(非)안전항이 되어 항구도시로서 생명이 끝난다는 의견이었다.*

1965년 무렵 송도에는 여관과 요정 등 유흥업소가 38개 등록되어 있다는 기록이 있다. 50년 전이라는 걸 감안한다면 상당히 흥청거렸다는 소리다. 이 무렵만 해도 고급 여관들은 대부분 일본식 건물이었다. 지금 우리가 만날 수 있는 그 시절의 유일한 여관인 덕성관도 본래는 기와집이었지만 1959년 사라호 태풍을 이기지 못하고 콘크리트 건물로 바뀐 뒤 개축을 하면서 오늘의 모습이 되었다. 덕성관은 1960년 1월 지금의 부산시청 자리의 군수기지사령부 사령관으로 부임했던 박정희 전 대통령이 자주 찾은 집으로 알려져 있다. 여관에서 술도 마시던 그 시절, 대구사범학교

* '안전'은 실질적으로 존재론적인 문제라고 할 수 있다. 빠올로 비르노에 의하면 공포 때문에 안전을 추구하는 게 아니라 안전이 공포를 생산한다는 독특한 주장을 한다. 도시의 문제에서 보자면 더 완벽한 안전을 구성하기 위해서 공포를 구성하고 있다는 말이 되는데, 도시위기론과 같은 담론들도 도시를 유지하기 위해 공포를 생산하는 담론으로 쉽사리 전이될 수 있게 된다. 예컨대 경제적 위기가 지속적으로 부산시민의 심리적 위축을 불러일으킴으로써 '부산성'을 지속시키는 방편이 되는 셈이다. 더구나 부산처럼 바다를 끼고 있는 대도시의 경우 안전에 대한 문제는 태풍을 비롯한 수많은 공포를 생산해 냄으로써 도시를 유지하고 도시의 경계를 강화한다(빠올로 비르노, 김상운 옮김, 『다중』, 갈무리, 2004 참조).

동기인 황용주(1918~2001) 당시 부산일보 주필과 초량에서 병원을 개업하고 있던 조증출이 만나는 자리에 소설가로 아직 이름을 내기 전인 이병주 국제신문 주필이 이따금씩 어울렸다. 일본 술이 귀하던 때 박정희는 안주인에게 꼭 "일주(日酒)가 있느냐?" 물었는데 이병주가 옆에서 보기에 그 물음은 그 술을 꼭 즐겨서가 아니라 자기에 대한 대접 정도를 알기 위해서 하는 것처럼 여겨지기도 했단다.

그리고 모인 사람들의 기억은 조금씩 다르지만 이 자리에서 쿠데타와 남북통일에 대한 이야기가 오갔다고 한다. 대화내용은 물론 장소에 대한 기억도 다르다. 이병주는 덕성관이 아닌 대송관이라고 하는데 부산시 서구청에서 2013년에 펴낸 『송도 100년』에 소개하는 여러 여관 중에 소나무 송(松) 자 들어가는 곳은 몇 있지만 대송관 이름만은 없다.*

시간이 흐른 뒤 네 사람 중, 이 송도 바다를 가슴 깊이 새긴 이는 황용주와 이병주였을 것이다. 두 사람 모두 이듬해 5월에 일어난 박정희의 쿠데타 이후 잡지에 쓴 그들의 통일론이 반공법에 걸려 영어의 몸이 되었기 때문이다.

일본식 여관 건물이 남아 있고 대나무로 엮은 커다란 원통형 붕장어 통발들이 이 거북섬 앞 방파제에 쌓여 있던 송도는 포장 유선이라고도 부르던 놀잇배가 있었다는 점에서 다른 해수욕장들

* 안경환, 『황용주, 그와 박정희시대』, 까치, 2013, 320~328쪽. 이 책에서는 덕승관이라고 잘못 쓰고 있다. 이병주, 「대통령의 초상」(《월간조선》, 1991년 7월호), 조갑제, 『박정희』 1(까치, 1992), 267~275쪽에서 재인용.

모습과 또 달랐다. 차양을 친 전마선에 술과 안주를 싣고 거기다 기생까지 태워 바다를 한 바퀴 돌고 오는 것인데 일제 때부터의 놀이문화가 이어져온 모습이었을 것이다. 사실 일본 통신사들이 자기네 나라로 돌아가기 전에 반드시 경관 좋은 이곳 송도에서 뱃놀이를 즐겼다는 기록이 전해오기도 한다.

나는 송도에서 보트를 처음 타보고 다이빙도 해보았다. 이 동네 사는 학교친구들이 있었기 때문이었는데 혈청소까지는 걸어서도 금방이었다. 송도는 내게 해운대나 광안리 바다하고는 다른 감회로 자리 잡았던 모양으로 『누구나 평행선 너머의 사랑을 꿈꾼다』(세계사, 2003)에서 남부민동과 같이 배경으로 들여놓기도 했다.

횟집들이 즐비한 서쪽 해안 끝에서 도로로 나와 모지포로 가는 버스를 탄다. 바다를 바로 발밑에 두고 있는 이 길은 전망이 아주 좋다. 암남공원 입구에 혈청소가 있다. 일제 때 소의 피를 뽑아 전염병 백신을 만들던 곳이라 혈청소라 불렸는데 우리나라 최초의 국립동물검역소가 되었다. 감천바다를 앞에 둔, 모짓개라고도 불리는 모지포는 오래된 자연부락인데 지금은 옛 모습이 거의 사라졌다. 서구청은 송도의 옛 영화를 되살리려고 여러 노력들을 해왔다. 암남공원에서 송림공원까지 바다 위를 가로지르는 케이블카 운행은 그 대표적 사업이다.

천마산 언덕에 살았던 사람들

이제 충무동 로터리에서 송도 윗길(천마로)을 따라 남부민동 쪽으로 가보자. 천마산 아랫동네 남부민동과 행정 동명으로는 사라진 완월동은 송도와 언제나 같이 묶여 있는 공간이다. 언젠가 토성동 뒤의 아미산에서 천마산까지 등산을 한 적이 있었는데 일제시대 때의 일인들의 공동묘지 조성과 6·25전쟁 무렵 어지러운 판자촌이 들어선 이후에도, 고압선 철탑, 방송 송신탑, 급조한 체육공원으로 해서 도심 산자락을 할퀸 생채기를 생생하게 목격할 수 있었다.

남부민초등학교 가기 전에 몇 개의 골목길을 더듬어 올라본다. 예전과 별반 달라진 게 없는 모습이다. 목욕탕 간판도 눈에 익었고, 음향이 쩌렁쩌렁한 일제 전축이 있었던 친구 집도 쉽게 짐작할 수 있게 한다. 고도제한 때문에 재개발은 불가능하겠지만 남항과 영도가 보이고 남포동과 국제시장이 가까운 남부민동은 그래도 오래 묵은 동리이다. 이런 동네에 사는 토박이가 세를 낼 때 할 수 있는 집 자랑은 교통 편리하고 바다가 한눈에 쏙 들어온다는 말일 것이다. 나는 송도 바닷가에서 잠시 얘기한 『누구나 평행선 너머의 사랑을 꿈꾼다』를 그렇게 시작했다. 세를 든 서울 새댁은 NHK 나가사키 FM방송에서 적성국가인 소련과 동유럽 교향악단의 연주를 맑고 깨끗하게 들을 수 있다는 게 신기하고 반갑다.

"이건 소니라는 일제인데 수출용이 아닌 자기들이 사용하는 국

남부민동과 남항

남항에서 바라본 천마산 아래 남부민동과 반대로 남부민동에서 내려다본 남항 모습

내용이라 자기나라 방송 사이클로 맞추어놓았거든. 그러니 여기서는 방향이 아주 좋으니까 그대로 잡히는 거야. 어머니가 이 집만큼 전망 좋은 집도 드물다고 하셨는데 정말이야. 앞이 바로 바다니까 전파가 방해받지를 않는 거야."(142쪽) 1960~70년대 부산의 고지대에 사는 '호사' 중에 그런 호사도 있었다. 주인집 고등학생은 그녀에게서 클래식음악을 알게 되고 사랑에 빠지지만, 그 사랑은 평행선 너머의 도달할 수 없는 사랑이다.*

남부민초등학교 앞에는 천신장군보살 등 붉은색 간판을 달고 있는 점집들이 유난히 많다. 천마산 정상에는 방추형 돌탑이 있고 그 정수리에 〈천마산영신(天馬山靈神)〉이라는 표지석을 박아두어 지리산 노고단이나 태백산 천제단을 흉내내고 있다. 그리고 산자락에는 대원사와 용암사 등 크고 작은 절들이 많은 것으로 보면 이곳이 뭔가 신령스런 힘이 미치는 땅일 수도 있겠다 싶다. 노을에 잠기기 전의 천마산이 마지막 푸른빛을 내뿜으며 서늘하게 얼굴을 내밀고 있다.

> 우리는 어느새 바다가 내려다보이는 언덕에 나란히 앉아 있었다. 송도해수욕장이 저 밑에 내려다보였다. 나는 어느새 그녀의 치마폭 위에 두 손을 얹어놓고 있었다. 그러나 마음은 말할 수 없이 청결해 있었다. 그녀도 청결한 솜씨로 내 두 손을 조용히 쓰다

* 최학림은 제목이 하나의 명제라면서 "우리 허약한 삶의 불온한 진실과 원천적인 아이러니를 말하고 있다."고 근사하게 해석해주었다(『문학을 탐하다』, 산지니, 2013, 119쪽).

듣어 주었다.

어느새 나는 또 울고 있었다. 그녀는 또 말없이 내 눈물을 닦아 주었다.

『소시민』, 신구문화사, 1968, 23쪽

앞서 읽었던 이호철의 『소시민』에 나오는 장면이다. 송도해수욕장이 내려다보이는 언덕이란 천마산에서 장군봉에 이르는 어느 산자락, 지금의 송도탑스빌아파트나 복음병원 가까이쯤 될 것이다. 이북에서 단독으로 피난 온 '나'와 천안댁은 지금의 토성동에 자리한 제면소에서 일한다. 거기서 송도 윗길을 따라 여기까지 걸어온 것이다. 하기야 『소시민』은 인물들이 잠시도 쉬지 않고 움직이는 소설이니 여기까지 걸어오는 것쯤이야 힘든 일이 아니었을 것이다.

전쟁은 누구도 본래의 자기를 지키지 못하게 한다. 죽음과 더불어 성의 타락은 전쟁의 또 다른 질병이다. 그렇지만 위의 인용에서처럼 천안댁과 바다를 보며 나란히 앉았을 때 '나'는 누님 앞의 동생처럼 편안하고 정결해진다. 전쟁으로 해서 삶은 남루하고 피곤하지만 산은 그래도 신성한 공간인 것이다. 작품에는 주인공이 몇 번이나 송도바다가 내려다보이는 언덕을 찾는 장면이 있는데 그것은 타락한 어른의 세계로 가는 그에게 정화공간이 필요했기 때문일 것이다.

이호철과 최인훈은 전쟁 통에 월남한, 실향의식을 바탕으로 한 작가지만 작품의 모습은 다르다. 이호철이 『소시민』에서처럼 새로운 이 사회에 발을 붙이고 살아가는 과정 자체에 주목한다면 최인훈은 『하늘의 다리』에서 확인할 수 있었듯이 '뿌리'의 본질적 문제를 묻고 있다.

전쟁 중에 최인훈은 부두노동과 국수공장에서 일한 이호철과는 다른 모습으로 부산에서 살았다. 그의 본격적인 부산생활은 피난 내려온 서울대학에 입학한 뒤에 시작된다. 가족과 동떨어져 혼자 생활해야 하는 장남을 위해 그의 부친은 완월동 산 언덕배기에다 단독 바라크를 지어주었다. 고향인 함경북도 회령에서 목재소를 경영한 부친이니 집 짓는 일은 쉬웠을 것이다. 회고에 의하면 그 집은 당시의 주택사정을 생각한다면 호화로웠다고 한다. 창밖으로 자갈치시장 너머의 남항이 내려다보이는 이 집에서 최인훈은 처녀작인 『두만강』(1970)을 썼다. 맏자식에 대한 기대를 가지고 피난민 처지에서 이북에서 온 이후 곧장 고등학교에 취학시키고, 단절기간 없이 대학에 보내준 부친의 성의를 생각하면 법학공부 대신 소설 쓰는 일이 죄송했겠지만 최인훈은 행복했다. "나는 내 속에서 흘러간 시간을 따라가면서 한 세계를 만들어내는 즐거움에 빠져 있었다."*

그로서는 회령에서 원산, 다시 부산과 목포, 다시 부산으로 옮겨 다닌 지리적 낯섦이나 통과의례를 정신적 통과의례로 이겨내고 싶었을 것이다. 그러기 위해 그는 한반도의 남쪽 끝 완월동 바

* 김종회, 「문학적 연대기」, 《작가세계》 4호, 1990년 봄, 25쪽. 직접인용의 원문은 최인훈, 산문 「원시인이 되기 위한 문명한 의식」.

라크 집에서 한반도의 최북단 회령, 유년의 고향이야기를 써야 했던 것이다.

완월동 가까이로 내려오면 '샛디길'이라는 길 이름이 보인다. 천마산 언덕배기로 오르는 골목길들인데 샛디는 새띠라고도 부르는 억새풀과 띠풀을 말한다. 그러니까 이곳은 억새풀이 우거진 비탈이었다는 뜻이고 예전에는 충무동로터리에서 송도 윗길을 '새띠고개'라고 불렀다. 그렇지만 억새풀 초원은 부민동에서부터 용두산 일대까지 펼쳐져 있었으니 이를 두고 부산을 샛디, 초량(草梁)으로 부르기도 했다.

길은 이제 내리막길이고 어스름이 내리기 시작한다. 옛 완월동 사창가로 올라간다. 그런데 골목은 스산하고 어둑하다. 전기를 끊었는지 몇 집에는 촛불이 켜져 있다. 4, 5층 높이의 건물들로 둘러싸인 골목들은 인기척도 없이 흡사 유령의 거리, 그대로다. 한때 동양 최대 규모로 알려졌던 이곳도 세월 앞에서는 초라하게 사라져가야 하는 모양이다.*

* 2004년 9월 성매매방지법이 발효된 직후 완월동 분위기가 그랬다. 2017년 4월에 다시 갔을 때도 한적하기는 마찬가지였지만 입구에 연립주택들이 늘고 가로수가 줄지어 심겨져 있었다. 다음 두 장의 사진으로 설명하자면 1920년대 사진의 가로수를 아래 사진의 꼭 그 위치로 옮겨 심은 기분을 주었다. 우리나라의 경우 적어도 조선시대까지 매매춘은 공식화되지 않았고 따로 관리체계가 있지도 않았다. 일본인 거류지에서 시작된 매매춘은 강화도 조약과 청일전쟁, 노일전쟁을 거치면서 확대되다 공창제가 실시되었다(권보드래, 『한국근대소설의 기원』, 소명출판사, 2000, 280~282쪽). 부산에서는 일본 부산영사관이 1900년 일본인 전관거류지에 바로 붙은 부평동 속칭 지옥골목 일대를 중심으로 영업을 허가했다가 자리가 협소해지자 1907년 완월동으

완월동

'법'은 완월동 사창가를 만들고 또 폐쇄시켰다. 뒤편에 천마산이 흐리게 보이는 1920년대의 완월동 모습과 오늘의 모습이다. 일인들이 많이 살았던 '부산'에서 가장 중요한 사업 가운데 하나는 '매춘'이었다. 도시 운영에 있어서 세금 부담을 가장 많이 담당했던 것도 바로 게이샤로 대표되는 매매춘 종사자였다고 한다. 처음에 이들은 일본에 유곽이 들어서는 방식 그대로 보수천 양쪽으로 들어서 있었는데, 땅값 상승과 보수천 매립 등으로 완월동으로 옮겨가게 된다. 재미있는 것은 대만에서는 현지 여성을 고용하여 영업을 했다고 하는데 조선에서는 일본여성이 직접 고용되었다는 점이다.

바쁜 걸음으로 골목을 빠져나와 충무동로터리로 내려선다. 어둠이 내리는 거리를 찬바람이 쓸어 가고 귀가길 사람들은 종종걸음을 놓고 있다. 지금이야 활기를 잃었지만 임시수도 시절 이곳은 부산에서 가장 번잡한 로터리였다. 그 무렵 안수길과 이호철, 최인훈 세 사람이 바로 이 로터리를 중심으로 직장과 거처를 마련하고 있었다는 사실이 새삼스럽다. 더구나 최인훈을 문학지에 추천한 작가가 안수길 아닌가. 해운대에서 오던 버스들이 종점으로 쓰던 정류소 옆에 남지다방이 보이고 언 몸을 녹이기 위해 삐걱대는 계단을 오른다.

로 이전하여 1911년부터 정식영업을 시작했다(강재순, 「완월동과 텍사스촌, 그리고 감전동 뽀뿌라마치」, 『시민을 위한 부산의 역사』, 늘함께, 1999, 300~307쪽 참조).

시간 너머에 공간이 있다

–부산의 원형, **동구**

● 동구 얼개 지도

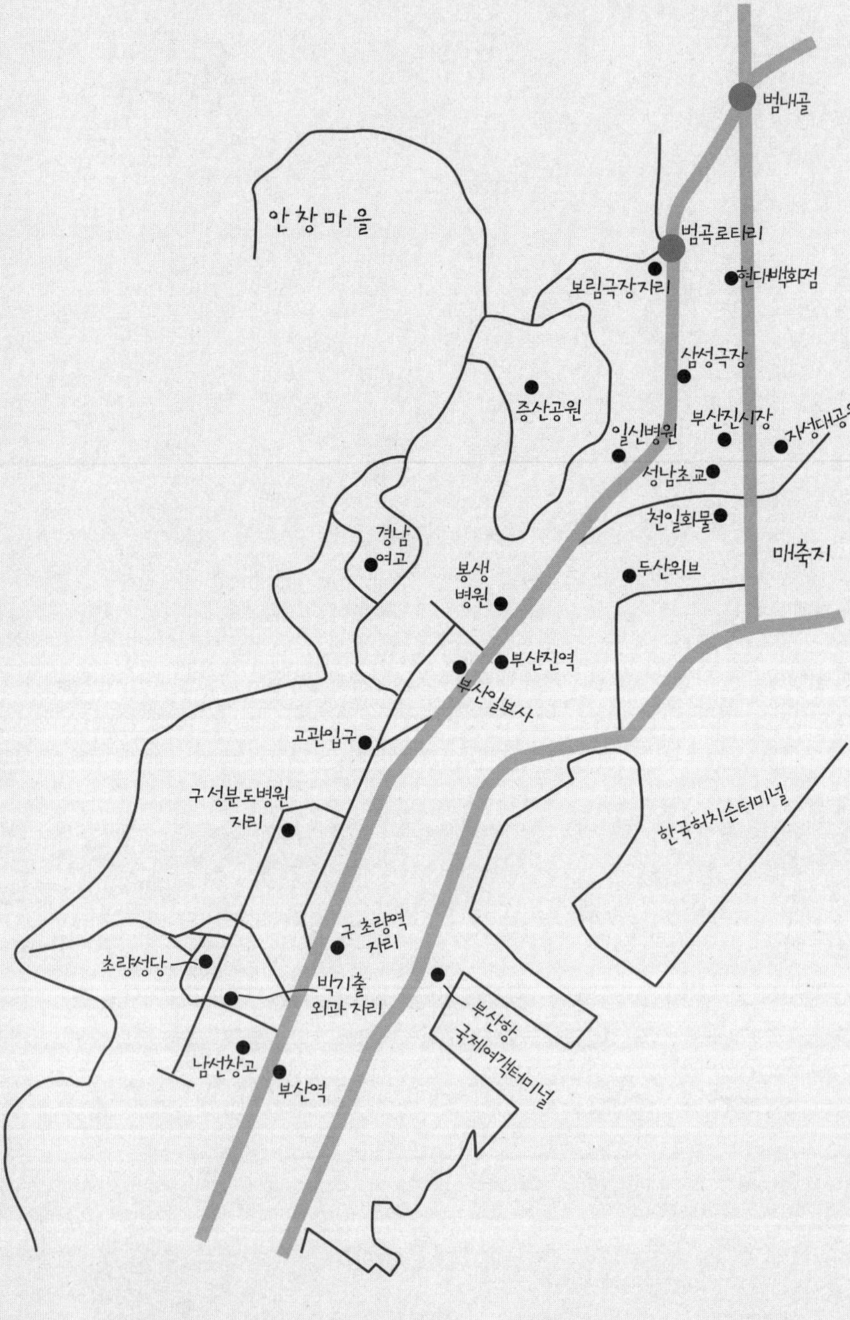
범내골
범곡로타리
안창마을
보림극장자리
현대백화점
삼성극장
증산공원
부산진시장
자성대공원
일신병원
성남초교
천일화물
경남
여고
매축지
두산위브
봉생
병원
부산진역
부산일보사
고관입구
구 성분도병원
자리
한국허치슨터미널
구 초량역
자리
초량성당
박기출
외과 자리
부산항
국제여객터미널
남선창고
부산역

시간 너머에 공간이 있다
-부산의 원형, 동구

지도를 보면 동구는 부산시의 한복판, 마치 두터운 이불을 폭 덮어쓰고 얼굴만 내민 그런 모양새로 자리하고 있다. 등 뒤로 멀리 낙동강이 흐르고 구봉산과 수정산을 머리에 이고 바다를 본다. 행정구로도 다른 구들에게 폭 둘러싸여 있다. 평지보다는 고지대가 많고 철도와 부두 때문에 앞으로 더 나갈 수도 없다. 중구 다음으로 면적은 좁지만 아파트보다는 일반주택이 더 많고, 그래서 이웃의 정을 잇는 골목이 그대로 살아 숨쉬는, 부산포 최초의 5일장이 서고 1930년대에 세워진 재래시장이 두 곳이나 있는 곳이 동구다. 지금은 직장 따라 집값 따라 다른 지역으로 옮겨 산다 해도 오래전부터 부산에 살았던 사람이라면 그들 상당수의 본적지가 이곳이라니 동구는 진정 오래 묵은 장맛 나는 그런 곳이다.

초량동, 수정동, 좌천동, 범일동. 행정 동명으로 따지면 동구를 통과하는 지하철역보다 한 군데가 차라리 적지만 이 오래된 동리를 살펴보는 일이 그렇게 만만하겠는가. 길 따라 발로 걸어 어제와 오늘의 이 동리를 살피는 일, 시간은 공간을 어떻게 바뀌게 하는가, 시간보다 공간이 더 영원한 건 아닌지, 그리고 그 시공간을 산 이들은? 그런 생각들을 하며 길을 나섰다.

좌천동, 부산의 역사가 모인 곳, 그리고 삼일극장과 삼성극장

좌천동의 제대로 된 옛 맛을 알려면 좌천동역 3번이나 5번 출구로 나와 정공단길에 서야 한다. 수정터널 입구가 되고 고관길이 시작되는 지점으로 성산로교회가 있다. 그 길 초입의 왼편에 '좌천동굴'이 있다. 일제 때 방공호를 6·25 때는 피난민 임시가옥으로, 그 뒤에는 술집으로 이용하다 새로 꾸몄다. 한여름에도 서늘했던 이곳에서 막걸리를 마시던 이들에게는 그냥 동굴집으로 기억되는 곳이다.

이 길은 정공단과 부산진일신여학교, 그리고 일신기독병원으로 해서 부산의 역사가 숨쉬는 곳이다. 우선 눈에 잘 들어오는 부산진교회를 찾는다. 1891년에 최초 설립예배를 본 오래된 교회다. 교회 맞은편의 2층짜리 붉은 벽돌건물이 호주의 장로교 선교회에서 세운 일신여학교다. 1895년 한 칸짜리 초가집으로 시작해서

동구

동구의 집들은 대부분 바다를 향해 있어 아침 일찍 해가 든다. 비슷한 위치에서 바라본 개항 초기의 모습과 오늘의 모습이다.

1905년에 지금의 2층 붉은 벽돌 교사를 지었다. 소학교로 시작하여 뒤에는 고등과를 같이 두었는데 이 고등과가 지금의 동래여고의 전신이다. 2005년 12월 복원공사를 할 때 맨살로 드러난 천장의 나무 살대를 보며 지난 일세기를 실감할 수 있었다. 내부는 손을 보았지만 석재로 쌓은 1층과 벽돌로 쌓은 2층의 외형은 그대로 유지되고 있어 건축사적 가치를 잘 보존하고 있다.

뿐만 아니라 일신여학교 학생들은 1919년 3월 11일, 손수 만든 태극기를 손에 들고 학교 아래 지금의 정공단길에서 만세를 불렀는데 군중들 수백 명이 합세한 이날의 만세 시위는 부산지역 삼일운동의 효시가 되었다.

정공단과 일신병원 사이의 가파른 길을 따라 올라가면 증산공원에 닿는다. 이 일대는 임진왜란의 첫 전투가 벌어진 부산진성이 있던 자리이다. 떡시루나 가마 모양, 산이 야트막하다 하여 시루 증 자를 쓰는 증산(甑山)과 가마 부 자를 쓰는 부산(釜山)으로 불렸는데 지금의 부산이란 지명이 유래된 터이다. 그런 자리가 공동묘지로 버려지고 동물원을 세운다며 호들갑을 떨다 지금의 공원이 되었다.

부산진성 전투에서 전사한 정발 장군을 비롯한 많은 이들을 모신 정공단과 길 하나를 두고 일신기독병원이 있다. 일신산부인과라는 이름으로 더 많이 알려진 이 병원은 한센병 치료에 심혈을 기울인 호주의 선교사 맥켄시 목사의 두 딸이 전쟁 중인 1952년에 세웠다. 맥켄시 목사의 기념비가 있는 손바닥만 한 정원에서 정공단과 부산진교회, 그리고 일신여학교 교사가 한눈에 들어온다.

일신여학교

1905년에 세워진 일신여학교 모습. 일신여학교와 정공단, 일신기독병원이 모여 있는 좌천동의 정공단 길이 부산 역사의 한 현장임을 우리는 거의 망각하고 있다.

그리고 범일동 쪽 저 언덕배기 어디쯤에 피난 내려온 소설가 주인공이 "가슴이 찡찡 울어대는" 뱃고동소리에 눈물을 흘렸던, 부산 작가 오영수의 집이 있었을 것이다[「밀다원시대」(1954)]. 진작부터 동구에 오래 살았던 작가로 치면 김말봉(1901~1962)을 먼저 얘기해야 한다. 『찔레꽃』(1937)으로 한때 낙양의 지가를 올렸던 그녀는 1928년 신접살림을 좌천동 794번지에 차렸다. 그 뒤 초량동, 수정동 등으로 이사해서 살았으며, 일신여학교까지 다녔으니 동구, 그중에서도 좌천동과의 인연은 남다르다고 봐야 할 것이다(그녀가 살았던 흔적들을 찾으려는 김경연의 노력—《여기》, 2005년 가을호—이 있었지만 성과를 얻지 못했다).

이제는 범일성당과 데레사여고를 지나 중앙대로로 내려선다. 10년 전 책에서 "그런데 길 건너편의 저 우중충한 건물 두 채는 도대체 무엇이냐."라고 물었던 삼일극장과 삼성극장은 사라지고 새 건물이 들어섰다. 2류에서 떨어질 대로 떨어져 성인영화관에다 2본 동시상영으로 버티던 이 거리의 호명 기호도 시간 앞에 결국 스러졌으니 동구가 자본의 논리에서 비껴 갔다는 2006년의 사진 설명도 '더디게 간다'로 바꾸어야겠다. 사라진 두 극장을 두고 3류극장이었다는 말이 있는데 그건 부산영화관 역사에서는 틀린 소리다. 숫자 하나 차이지만 필름 복사가 한정적이었던 지난 시절에 2류와 3류는 큰 차이였다. 동구에는 중앙극장과 이 두 곳이 시내의 제일극장, 부산극장, 국제극장, 현대극장 등을 이은 2류였고 수정, 미성, 초량, 대도, 천보 등이 자전거에 실어 오는 필름을 이어 받았다.

그리고 부근에 또 하나의 극장이 있다.

동명목재, 성창합판 같은 합판공장이 잘 돌아가고 국제고무, 진양고무 등 신발산업이 번창했을 때, 부산서 '쑈' 하면 그래도 보림극장이었다. 그 시절을 환기시켜주듯 하춘하쇼 간판을 가운데 두고 1970년대 가요계의 라이벌 나훈아와 남진이 다음 쇼를 예고하고 있다. 보림극장 건너편에는 새벽마다 노동현장을 찾는 인력들이 모여들던 일일취업안내소가 있었는데 지금은 사라졌다.

여기저기를 살피면서 보림극장 옆 골목의 할매돼지국밥을 두 번이나 지나치며 들어갈 기회를 찾았지만 1시가 한참 지났는데도 늘어선 줄이 줄어들 줄을 모른다. 예전에 친구랑 오래되고 맛있는 술집이나 음식집을 '도마 깊은 집'이라고 부르기도 했는데, 배고픈 지금의 나로선 도마 깊은 집은 그냥 세상에 알려지지 말고 숨어 있었으면 좋겠다.

이제 부산에서 산복도로라는 말을 맨 처음 쓴 망양로가 시작되는 범곡로터리다. 범천동, 범내골 등은 호랑이가 많이 살던 곳임을 말해주는 지명이며, 범일골목시장은 협소하지만 지난 시절 산동네 사람들로 흥청거리던 곳이었다.

삼성극장과 삼일극장

2006년 초에 찍은 이 사진이 마지막 모습이 되었다. 이 길을 계속 걸어가면 교통부라 불리던 거리가 나오는데 지금의 한성기린아파트 자리에 6·25 임시수도 시절에 정부의 교통부가 있었다.

바다를 본다는 망양로(望洋路)가 말해주듯 동구에 사는 대다수 사람들은 부산항을 내려다보며 동향집에서 산다. 바다를 앞에 두고 산자락에 동리가 형성되어 있기 때문이다. 부산진구에 속하는 세계일보와 통일회관 간판이 붙은 범천상가 앞은 사람들로 붐빈다. 커피를 한 잔 마시고 싶어 주위를 살피지만 다방은 보이지 않는다. 어쨌든 '안창마을'로는 가야 하니까 거기서 자판기 커피라도 뽑아 안창마을로 가는 버스를 탄다. 문선명 목사가 통일교의 싹을 피운 곳이자 도심 속의 오지로 알려진 마을이다. 산자락 사이의 협곡에 마을이 형성되어 있다. 안쪽에 자리 잡은 마을이라는 뜻일 테지만 지금은 다른 산동네와 별 다를 바 없다. 동구복지회관이 있고 뒤로는 바로 동의대 기숙사가 보인다. 새로 들어선 부산금융센터가 저 멀리 보인다. 63층 전망대에서 부산시내가 골고루 잘 보인다는 그 건물을 여기서 내려다본다. 안창마을 입구에 통일교의 '성지안내'라는 자그마한 간판이 세워져 있다. 범일전기념관, 눈물의 바위, 그 바위 등을 화살표로 가리키고 있다. 87번 버스를 타니 성북고개를 넘어 수정성당과 수정초등학교 앞에 내려준다.

고관(古館), 또는 수정동 외솔배기

수정초등학교 정문 앞의 은행나무는 아이들이 며칠 걸려야 다 쳐다볼 수 있는 하늘 높이로 서 있다. 거기서 경남여고는 몇 걸음이다. 1927년에 초량에서 문을 열어 1929년에 이곳으로 옮겨왔으니 오래된 학교다. 정문은 부산진역을 마주 보고 서 있다.

부산일보사 사옥은 광안동으로 옮겨간 동아중학이 있던 곳에 서있다. 6·25전쟁 때 이 일대에는 임시 피난민수용소가 있었다. 수정시장 오른편, 진고개식당이 있는 쪽일 확률이 높다. 동부산경찰서로 나가는 골목길에는 1960년대까지 일제 때부터 있어온 창고건물들이 많았다. 길 건너편의 부산진역은 2005년 4월부터 화물역이 되었다. 수정4동에서 오래 살았던 나는 초량역보다는 이곳에 대한 기억이 훨씬 뚜렷하다. 고향과 외가로 가는 진주행 열차를 타고 중학교 시절 단체 하계수련을 갈 때는 물론 첫 서울 나들이도 여기서 시작했다.

부산진역은 1965년 말부터 1969년 봄까지 '부산역', 또는 '부산본역'으로 사용되었는데 앞서 동래지역을 이야기할 때 우리가 만났던 나혜석이 1927년 유럽여행을 떠난 곳으로 기억해줘야 한다. 그리고 동구에서 살았던 김말봉이 1937년 신문연재소설을 쓸 때 이 역에서 열차편을 이용해 원고를 서울로 보냈다. 김동리는 피란수도 부산을 그린 「밀다원시대」의 시작을 "부산진에 들어서면

안창마을

안창마을은 대도시라는 이름으로 얼마나 다양한 형태의 공간과 삶이 존재할 수 있는가를 생각하게 한다. 재개발을 두고 주민들 사이에 갈등이 있다는 보도를 보면 벽화를 그리고 이야기만 만든다고 마을이 되살아나는 게 아니라는 생각이 든다.

서부터 기차는 바다로 미끄러지지 않기 위하여 몸을 뒤로 뻗대었다."라는 절박한 문장으로 시작한다.

근래 들어 부산진역은 맞은편 수정동시장과 세트로 묶여 김곰치*의 『엄마와 함께 칼국수를』(1999)에서 제목 그대로의 아름다운 장면으로 등장한다. 뇌종양을 앓는 어머니와 서울생활을 정리하고 부산에서 살려고 마음먹은 아들이 시장 분식점에서 칼국수를 먹는다. 아들은 언젠가 떠날 어머니가 걱정이지만 중요한 건 마주 앉아 칼국수를 먹는 현재이다. 그래서 비가 오고, 칼국수는 맛있어야 한다. 아들은 아버지가 오래 근무하기도 했던 부산진역 앞 육교를 건너면서 비 개인 하늘 뒤에 숨은 해와 달이 오늘의 자기 모자를 기억해줄 것이라 믿는다. "잊히는 것을 두려워 말라며 오래전부터 온 천지가 그렇게 존재하고 있었다." 플랫폼을 잇던 구름다리도, 모자가 오르내리던 육교도 사라지고, 콘크리트 2층 역 건물은 눈과 귀를 닫은 지 오래라는 듯 무심해 보이지만, 우리네 삶은 계속된다.

거기서 경찰서를 지나 대로를 따라가면 봉생병원이 보인다. 두 개의 기억이 있다. 장소와 사람. 미성극장과 청마 유치환. 봉생병원과 태양호텔 사이에는 수정산에서 내려온 개천이 바다로 빠지고 거기서 모래를 채취하기도 했다. 복개된 개천 옆, 그러니까 봉생병원 한 귀퉁이는 예전 극장 자리다. 〈맨발의 청춘〉(1964년작)을 여

* 김곰치(1970~)는 부산일보 신춘으로 등단하고 소설 『빛』과 르뽀산문집 『발바닥 내 방바닥』, 『지하철을 탄 개미』 등을 썼다.

기서 보았던가. 안정효의 소설 『헐리우드 키드의 생애』의 아이들처럼, 스크린에서 만나는 수많은 주인공들을 무언가에 쫓기듯 절박하면서 가난한 일상을 살아가던 우리들 자신으로 동일시하며 성장하던 시절에 보았던 영화들은 쉽게 잊히지 않는다. 해방 전에 부산에 있던 아홉 개의 영화관 중 둘이 동구에 있었는데 이곳은 태화관(大和館)이라 했다. 그리고 1967년 2월 13일 밤, 문단 후배들과 광복동에서 술을 마시고 수정동 집으로 귀가하던 유치환 선생이 차에서 내려 길을 건너다 교통사고로 돌아가신 현장이 이 부근이다.

이 일대는 모두 바다를 메운 곳이다. 자갈치와 구 시청 앞을 메운 일본인들이 잠시 쉬다 1926년 좌천동과 수정동을 메웠는데 그 사실을 알리는 공사기념비가 동부경찰서 마당 정원 사이에 묻혀 있다.

되돌아 부산일보사 뒤쪽 수정시장으로 간다. 이 시장은 동구청 입구 아래쪽에서 경남여고 아래쪽까지 뻗어 있다. 수정동과 좌천동 일부 사람들이 이 시장에서 입을 거, 먹을 거를 샀다. 인근의 초량시장과 같이 1930년대 초에 생긴 시장이니 동구가 얼마나 묵은 곳인지를 알게 해준다. 다른 한편으로 재래시장을 두고 말할 것 같으면, 전국에서 재래시장 숫자가 부산이 제일 많다는 것은 해안가와 크고 작은 산들을 둘러싸고 형성된 부산의 생활권이 얼마나 잘게 쪼개져 있는가를 생각하게도 한다. 시장통 끄트머리에 〈쌍무지개 뜨는 언덕〉(1965년작)을 보며 눈물깨나 흘렸던 수정극장이 있었다. 좌천동이나 초량도 그랬지만 수정동에는 유독 부두와 철도에서 일하는 아버지들이 많이 살았는데, 영화관 자리에 진

고관길

구 왜관이 있던 동구청 가는 입구로 수정4동과 1동의 경계지점이다. 왼편 차도는 초량으로 넘어가는 고관로인데 전차가 다니던 길이다. 수정동 언덕바지에 살던 이들에게 버스와 전차정거장이 있던 이곳은 번화가이자 광장이었다. 약국은 편의점이 되었다.

작 들어서서 퇴색해버린 상가아파트처럼 그들도 세월의 저편으로 흘러가고 있을 것이다. (이 오래된 아파트와 점포들이 헐리고 그 자리에 대형건물이 중앙대로변에 들어섰다.)

고관입구 쪽으로 간다. 수정4동과 1동을 경계짓는 길을 수정외솔로라 부르고 있다. 아주 옛날 수정4동 언덕에 있었던 큰 노송을 두고 이 일대를 '외솔배기'라고 불렀던 데서 붙여진 이름이다. 수정시장부터 구 침례병원까지를 고관(古館), 또는 구관(舊館)이라고 하는데 임진왜란 뒤인 1607년경 지금의 동구청 일대에 왜관(倭館)이 칠십여 년간 자리하다 용두산공원 쪽으로 옮겨가자 이전의 왜관 자리라 해서 그렇게 불린 것이다. 그때 이 지역의 이름은 두모포(豆毛浦)로서 수군 진지가 자리했었다. 그런 면에서 본다면 1977년에 일본국 총영사관이 이 언저리에 자리 잡은 것도 역사적 따짐이 있었다 할 것이다.

수정4동과 1동이 갈라지는 고관입구 삼거리에 있던 이소아과, 고관약국, 락은목욕탕, 고태박한의원, 비비추미장원 등은 지난 시절 이 동네사람들의 입에 자주 오르내리던 이름이었는데 지금은 성결교회만이 예전 그 자리를 지키고 있다. 이곳은 1960년대까지는 국회의원 출마자들이 가두유세를 하는 장소가 될 만큼 제법 이 일대의 광장노릇을 했었다.*

이곳은 내가 쓴 소설의 주인공들이 많이 걸어다닌 곳이기도 하다. 고관입구에서 수정외솔로 비탈로 올라가면 골목이 실핏줄처럼 퍼지면서 산복도로가 나오는데 나는 1950년 중반부터 1970년 후반까지 이 동네에서 붙박이로 살았다. 내 초기소설의 무대와 인물들이 이 동네에 살거나 살았던 나와 내 이웃일 수밖에 없게 된 것이다.

> 이윽고 계단에 이르렀다. 사실 거기서부터가 이른바 '우리동네'였다. 국민학교 다닐 때는 계단을 경계로 아랫동네 아이들과 장대와 연탄재로 자주 동네 싸움을 벌이기도 했었다. 거리상의 문

* 〈그네〉를 작곡한 금수현(1919~1992)도 1963년 늦가을, 6대 총선에 나와 그런 이들 중 한 명이 되었다. 자료를 찾아보니 수정동 546번지가 주소지이고 직업은 국제신보 고문으로 되어 있다.

> 제만이 아니라 또 다른 의미로 보더라도 서주태한의원과 장부잣집은 확실히 같은 동네 사람들이 아니었다. 계단을 오르내리고 우물물을 사용하는, 그러면서 골목이 떠나갈 듯한 어른들의 싸움 소리와 아이들 부르는 고함에 익숙한 사람들만이 '우리동네' 사람들이었다.
>
> 「은경동 86번지」, 『다시 시작하는 끝』, 산지니, 2015, 326쪽

전후와 개발독재 시절에 동구 산비탈동네로 이사 온 아버지 어머니들은 철도와 부두, 미군부대, 신발공장, 시장에서 장사를 하며 자식들을 키웠다. 그들은 신산하고 거친 도시의 삶을 이웃사촌의 정리로 해갈하면서 공동체의식까지 발휘했다.

동네의 자질구레한 일에는 이해가 엇갈렸지만 우물에 대해서는 신통하리만치 어른들의 의견이 들어맞기도 했으며 동네 어른들끼리 술 마시고 싸우다가도 "우물물 마시고 술 좀 깨고 와서 이야기해라."라는 말을 자주 했다.

> 특히 철거 때 뇌진탕으로 죽은, 윗골목에 살았던 문식이 아버지 같은 사람은 계단이나 골목이 떠나가게 고래고함을 지르곤 했지만 일단 우물가에서 물을 한 바가지 들이켠 뒤에는 술이 깼는지 어떤지 조용해지는 것으로 유명했다. 아이들끼리의 "니는 우물물 안 마시나?"라는 말은 너는 이 동네 살지 않느냐라는 뜻일 정도로 우물은 동네의 개념을 확실히 해주는 곳이었다.
>
> 「은경동 86번지」, 앞의 책, 327쪽

우물은 상수도가 들어오기까지 고지대의 식수문제를 해결하면서 부모들이 떠나온 시골공동체를 기억하는 데 더없이 좋은 공간이었을 것이다. 소설에 나오는 '철거'는 1962년부터 시작된 산복도로 공사 때 행해진 산동네 철거를 말한다.

동구 일대에는 지금도 온전하게 남아 있는 일제시대 주택들의 모습을 볼 수 있다. 수정1동사무소 오른쪽, 홍골길 195에 있는 건물이 구경할 만하다. 일본관광객들을 상대로 요릿집 정란각 간판을 오래 달고 있다. 지금은 등록문화재가 되었다. 임권택 감독의 〈장군의 아들〉(1993) 촬영 장소였던 이 집은 우리가 지나왔던 부산진 일대 바다를 매축해서 큰돈을 번 일본인 토목업자가 지은 뒤 여러 손을 거쳐 오늘까지 살아남은 것이다. 이 일대에 고위 관리들의 관사가 많았던 대표적인 예로 수정1동사무소 왼쪽의 동남아파트 자리(홍골길 183)가 철도국장 관사였다는 사실을 통해서도 알 수 있다. 또 하나 근대문화유산으로 지정된 일본가옥은 일본총영사관과 인창요양병원 길 건너 골목 안에 숨어 있는 '초량동 일식가옥'이나 '다나카 주택'으로 불리는 집이다.

초량 방면으로 걸어간다.

동구지역에서 역사가 가장 오래된 중앙국민학교(1925년 개교)와 1951년에 개원한 성분도병원은 이름을 바꾸거나 사라졌다. 붉은 벽돌건물이 아름답던 학교 옛 건물은 사라지고 정문조차 위치가 바뀌어 경남여중이 되었다. 중앙초등은 인근의 동일과 병합되어 동일중앙초등학교로 겨우 이름은 남겼지만 원도심이 그렇듯 동구의 인구도 눈에 띄게 줄고 있다. 성분도병원도 성모병원으로 이름을 바꾸어 용호동으로 옮겨갔다.

동구에서도 초량 일대에는 철도관계 시설이 집중되어 있었다. 수정1동과 초량3동 사이에 배처럼 길게 늘어서 있던 철도관사, 기차에 물을 공급하던 수원지들과, 초량역 앞의 철도병원, 영화를 상영하던 철도문화원 등이다. 지금은 낯선 이름이 되었지만 양훈, 양석천, 김희갑, 구봉서가 아들로, 이종철과 복혜숙이 아버지와 어머니로 나온 〈오부자〉(1958년)를 철도문화원에서 보았다. 철도병원은 지금의 정발장군 동상 뒤편 고관로5와 7에 위치했는데 초량역과 마주 보고 있었다.

이 일대에서 빼놓을 수 없는 건물은 일본총영사관이다. 1966년 영사관 개설 당시에는 구 시청 앞 구덕로4-1 대한생명 건물을 빌려 쓰다(지하에 음악다방 백조가 있었다) 지금의 고관로18로 옮겨왔다. 비자 받을 일이 없어진 뒤 시민들의 시선이 멀어졌었는데 중앙대로 쪽에 소녀상을 설치한 뒤 다시 발길을 모으고 있다.

초량시장 일대, 그리고 '박기출외과' 찾기

초량시장이 시작되는 중앙대로233에 해정빌딩이 있다. 은행 지점이 몇 차례 얼굴을 바꾼 이 건물이 부산에서 서너 번째 생긴 활동사진관 대생관(大生座), 중앙극장이 있던 자리다. 붉은 벽돌로 외벽을 한 러시아풍의 이층건물이었는데 영주동 사거리에 있었던 조흥은행 건물과 같이 시간의 저편을 알 수 있게 하던 건축물이었다.

시장통을 기웃거리면서 정작 찾고 싶은 곳은 박기출외과 자리이다.

동구는 장건상(1882~1974)을 비롯한 허정(1896~1989), 박순천(1898~1983), 그리고 박기출(1909~1977)과 같은 기억할 만한 정치인을 배출한 곳이다. 나라 잃었던 시절, 고려공산당 중앙의원이자 임시정부 국무의원 출신의 중도좌파였던 장건상은 1950년, 제2대 민의원 선거에 나와 지금의 동구가 포함된 부산 을구에서 당선된다. 그리고 1960년 7월에 실시된 제5대 국회의원 선거에서 박순천과 단 둘이 후보로 나와 박순천에게 패배한다(지금은 경남여중이 된 중앙국민학교에 선거유세를 구경 갔던 어린 나는 저토록 말을 못하는 영감님은 누구며 저렇게 말 잘하는 씩씩한 여장부는 누군가 했다). 박순천은 전국구로 나가기 전까지 동구에서 국회의원을 계속했다.

네 사람 중 유일하게 동구에서 태어난 이는 허정으로 개항 전후 초량을 중심으로 발달했던 물산객주업을 하는 집안 출신이다. 그는 1948년 동구가 포함된 부산 을구에서 제헌국회의원에 당선된 뒤, 서울특별시장과 한일회담 수석대표를 거쳐 4·19 직후의 어렵던 때에 내각수반을 역임했다.

규슈제국대학 의대 출신 의사인 박기출은 이곳에서 병원을 열면서 오랫동안 살았다는 점에서 앞의 세 사람과는 또 다르다. 미군정시절 경남도 보건사회국장을 지내기도 한 그는 이후 정치인

이 되어 혁신계열의 정당인 진보당 부위원장과 1956년 대선 때 진보당 준비위원회 이름으로 부통령 후보가 되기도 했다(선거 며칠 전에 야당분열을 막기 위해 사퇴). 그 뒤 1958년 소위 '진보당사건'에서 살아남아 이 지역에서 1967년 7대 국회의원에 당선되었지만, 1972년 유신독재가 시작되자 일본으로 건너갔다가 삶을 마감했다.

담쟁이가 담을 덮은 벽돌집. 기억은 있는데 찾을 수가 없다. 이 기억이 단순한 공간에 대한 기억이라면 좀 낫겠는데 그렇지 않으니 마음은 더 바쁘다. 역시 동구에는 토박이들이 많이 사는 곳이다. 오래된 '초량죽집' 건너편에서 건재약방을 하는 분이 아주 정확하게 가르쳐준다. 부산국토관리청 아래쪽 오른편 4층 건물. 중앙대로221번길 31이다.

병원 자리가 여기라면 의사의 집도 이 부근이다. 초량성당 뒤편 골목길, 초량시장 쪽에서 올려다본 녹색 성당건물과 두 팔 벌린 하얀 예수상이 있는 그 뒤편 초량상로65번길 35 골목에 원불교 초량교당

초량성당

부산역 광장에 서면 구봉산 아래 초량성당의 예수상이 보인다. 예수상은 초량시장과 그 너머 철도와 바다를 껴안듯 서 있다.

이 깨끗하고 아담하게 자리 잡고 있는데 바로 이곳이 의사의 집이었다. 장건상과 박기출은 중도좌파나 진보세력이 발을 붙이기 어려웠던 시절에 동구지역을 발판으로 고군분투했던 이들이다. 생각을 바꾸어 수월하게 잘된 이들보다 제 생각 따라 어려운 길을 간 이들에게는 외경심을 가져야 한다. 장건상 영감님의 유세를 떠올리고, 두어 번 치료를 받았던 박기출 병원을 찾고 싶었던 것은 그런 마음에서였다.

골목을 빠져나오면 소림사라는 절이 있다. 1950년, 조국에서 전쟁이 났을 때 뛰어온 재일거류민단 학도의용대가 머문 곳이다. 이곳 옛 선화여상 아래 동리는 이전에 연화동이라 불리던 곳인데, 연화1길, 2길이었던 골목길 이름을 다 지워버렸다.

남선창고, 그리고 러시아 사람들의 시나마찌, 텍사스촌, 상해거리

부산포가 개항되기 전후로 초량은 객주업의 중심지였다. 각종 물건이 배로 들고 나고 거기에다 경부선까지 놓였으니 가히 물류의 집합지가 될 수밖에 없었다. 초량 '명태고방'은 원산 서울 간의 경원선 철길이 뚫리기 전 함경도의 명태 등 수산물과 강원도의 목재를 부산으로 실어 와 전국으로 내보내던 창고를 말한다. 그때 창고건물 중에서 유일하게 남은 게 '남선창고'이다. 1900년에 세워진 이 건물의 외벽은 붉은 벽돌로 한 세기의 흔적을 고색창연하게 보여주었으며, 놀랍게도 그 건물 안에는 당시 명태를 말려 보관하기 위해 설치된 대나무 벽이 그대로 보관되어 있다는 신문 보도도 있었지만, 건물은 헐리고 담장만이 옛 시간을 안고 있다.

남선창고 바로 옆에 봉래각으로 알려진 건물이 있다. 1922년에 백제병원으로 지어져 나중에는 청요리집이 되었다. 일본군 장교숙사와 해방 후 치안대 사무실로 쓰던 이력을 간직한 곳인데 다행히 부산시 근대건조물로 지정되었다. 공간, 구체적으로 말하자면 건

2006년 남선창고의 정문 모습이다. 나는 이곳과 백제병원, 그리고 중앙극장 등을 소설에 등장시켜보았다. 1931년 초량역 구내의 철도관사에서 일어난 조선인 가정부 살해사건을 소재로 두 청춘남녀의 애틋한 사랑과 죽음을 통해 지난 시간을 복원해본 것이다. 여자 주인공은 백제병원에 불이 나고, 다이세이자로 불리던 중앙극장이 철거될 때 가슴 졸이며 명태고방의 운명을 걱정하는데 결국 현실에서도 헐리고 말았다. 「누군들 잊히지 못하는 곳이 없으랴」, 『테하차피의 달』, 산지니, 2009년.

축물은 시간의 가장 뚜렷한 실체이다.

이제 영주동 방향으로 걸어보자. 낮에도 러시아 선원들이 물건을 사러 다니고 가게나 술집 앞에는 러시아 여인들이 짙은 화장을 한 채 다리를 꼬고 앉아 있다. 뒷길의 화교소학교나 중학교라도 없다면 중국식당 몇 집 가지고는 청관이 있던 곳, 지나(支那)사람들이 많이 사는 곳이라 해서 일본사람들이 불렀다는 '시나마찌', 초량1동사무소 앞에 세워진 상해거리 안내판이 무색할 지경이다. 1896년 영도를 조차하기 위해 러시아 군함이 최초로 들른 지 1세기가 지나 이제 러시아인들은 선박수리차, 그리고 연해주지방에 한국 상품을 팔기 위해 몰려든다.

이곳은 또 텍사스촌이었다. 6·25전쟁 때 달려온 미군들을 위한 유흥가는 처음 중앙동에 몰려 있었는데 1953년 큰불로 해서 장소를 여기로 옮겨왔다. 베트남전쟁이 한창일 때는 귀국선에서 내린 배짱 좋은 장병들은 여길 찾기도 했다(귀국장병 이야기를 하고 있는 황석영의 「낙타누깔」(1972)에 이곳이 나온다). 한가한 거리를 보면서 미군헌병 지프가 수시로 드나들던 지난 시간을 떠올리니 이 좁은 길에서도 세월이 흐르고 세상이 바뀌는 걸 알겠다.

그런데 이 낡은 건물은 또 무언가. 옅은 감색의 입구 건물은 뭔가 번듯했던 듯하고 뒤는 창고 같은. 천보극장이구나. 동구의 끄트머리에서 마지막 기억을 찾았다. 〈피노키오〉를 본 곳은 여기가 아니고 대도극장인데, 의사양반 병원 찾느라고 놓쳤나 보다. 그리고 참, 대도극장 가는 길에는 초등학교 짝지 아버지가 하던 다키

치약, 모자 쓴 흑인이 흰 이를 활짝 드러내며 광고하던 치약공장도 있었다.

초량초등학교 담장과 초량교회 사잇길로 올라가면서 초량이바구길이 시작된다. 교회 안에도 역사관이 있어 시간을 쌓아두고 있다. 가파른 계단 옆에 모노레일을 놓고 전망대도 세워두었다. 시인 김민부도 만나고 장기려 박사도 만날 수 있다. 우리가 모노레일을 타고 올라선 초량 쪽 망양로는 북항바다는 물론 영도, 중구 쪽을 바라보기 좋은 위치이기도 하지만 이바구길 덕에 가장 잘나가는 산복도로가 되었다. (동구는 망양로 원도심의 중심축이다. 부산 원도심에 대한 최근의 연구서로 이수진의 『부산 원도심에서 사람을 만나다』가 실팍하다.)

이젠 역으로 갔다가 부두로 가볼 차례다. 동구는 부산역이 중앙동에 자리했던 시절(1908~1953년)을 제외하고 1905년 경부선이 개통될 때부터 지금까지 철도의 시발점이자 종착지 공간이었다. 지금 자리에 부산역이 자리한 것은 1969년부터인데 그 전에는 구 초량역(정발장군동상 인근지역)과 부산진역이 부산역의 역할을 했었다.

이 일대에서 사람이 걸어서 부두로 갈 수 있는 곳이 두 군데 있다. 옛 부산디자인고교쯤에서 충장로로 빠지는 지하도가 있고 좀 더 걸어 교총회관 앞에도 지하도가 있다. 중앙대로 뒤편의 철길과 담을 댄 이면도로를 걷는다. 이 지역은 1962년 힘 좋은 군인출신 시장이 부두지구 구획정리를 하면서 철도부지를 많이 줄여 지금의 모습을 갖추었다.

'매축지'에서 현대백화점까지

도시는 차가 아니라 걸어서라도 어디든 갈 수 있어야 한다. 그런데 두 지하도를 걸어서 지나다니는 사람들이 얼마나 되랴. 제2지하도로 들어간다. 빗물이 고여 있고 조금 어둡고 조용하다. 지하도 끄트머리쯤 오자 달리는 컨테이너 트럭들이 지축을 흔든다. 지금은 사라졌지만, 국제여객선터미널 좌우로 3부두와 4부두가 있었다.

3부두는 군전용 부두였는데 베트남전쟁 기간 동안 파월장병과 그 가족들의 애환이 서린 곳이다.

좌천3동, 지금은 범일5동으로 바뀐 동네를 향해 충장대로를 걷는다. '매축지'로 가는 것이다. 한때 항만소방서 뒤쪽 바다는 친숙했다. 동명목재에서 수입한 원목들이 학교 운동장 두세 개 합친 너비로 떠 있었고 그 위에서 꼬시래기 낚시를 하다 바다에 뛰어들기도 했다. 그 바다가 얼마나 탁해졌는지, 그리고 어떻게 변했는지 궁금하지만 걸어서는 바다 가까이 갈 수가 없다. 항구도시이면서도 '항구'가 구조적으로 시민들로부터 격리되어 있다는 것이 부산의 고민이다.

범일5동사무소 앞에는 관내도가 그려져 있는데 그걸 보면 이곳이 부산의 화물중심지역임을 말해준다. 대한통운, 컨테이너부두공단, 철도청보급사무소, 천일화물, 6부두. 어쨌거나 부산은 바다, 부두, 철도, 컨테이너로 이어진 도시다. 그러므로 컨테이너부두에서 남해고속도로와 경부고속도로를 빠르게 연결시키기 위해 수정 터널을 뚫은 것이다. 그 때문에 매축지 동리의 일부가 뜯겨 나갔다. 바다를 메운 곳이 다 매축지겠지만 이 동리를 두고 유독 '매축지'라고 부른 것은 법정 행정동을 이룰 만큼 동리가 컸기 때문일 것이다. 철길이 부두 쪽으로 드나들고 철도 보급창 말고도 부두나 철도와 관계된 일거리가 있어 해방 귀환동포들과 전쟁피난민들이 모여 산 곳이 여기다.

초량연탄과 더불어 부산을 대표했던 연탄공장이었던 보림연탄 자리에는 두산위브We've 아파트가 들어섰다. 위브라는 말에는 Have, Live, Love, Save, Solve가 들어 있다. 갖고 싶은 것 다 가질 수 없고, 사는 기쁨 다 누릴 수 없으니 그런 아파트 이름에 주소나 올려놓고 살라는 뜻일까. 아파트 부지 바로 옆에서 성남초등학교 건너편까지 이어지는 매축지1길, 2길 등의 골목 이름을 쓰는 범일5동 지역을 보면 위브라는 말이 조금은 허황하게 들린다. 보폭 하나 정도의 거리를 두고 사람 키 높이의 낮은 집들이 줄을 서 있다. 이 집에 앉아 저 집의 텔레비전 자막을 읽을 수 있을 정도다. 좁은 길 사이에 집마다 내놓은 물걸레질한 화분과 장독대, 그리고 가스통들이 삶은 그런 것이다, 라고 말해준다. 1960년대에 내가 보았던 모습 그대로인데 재개발 현수막이 여기저기서 나부끼고 있다.

걸음 따라 오다 보니 초량에서 부두길로 이곳까지 왔지만, 일반적으로 매축지 마을은 1호선 좌천역 4번 출구로 나와 굴다리길로 온다. 사촌집이 있어 나는 숱하게 그 길을 드나들었는데 철길 위에 자성대와 부산진을 잇는 자성고가로를 얹기 전에 이 길은 번듯한 도로였다. 꼬리를 문 화물열차가 가다 오다를 거듭하다 건널목을 막아서면 아이들은 물론 성질 급한 어른들도 기차 밑을 기어서 건넜다. 철길 부근에서 생겨난 '얌생이'란 말이 쓰이고, 좌천역 인근에 감초당건재약방과 삼일극장, 미성극장이 있던 시절이다.

매축지

부산의 중구와 동구의 해안가는 모두 매립된 땅이지만 유독 범일5동 일대의 동네를 두고 '매축지'라 부른다. 재개발을 기다리고 있는 매축1, 2길은 1960년대 시간에 정지되어 있다.

대양주유소를 건너에 두고 앞을 보고 계속 걸으면 철조망 친 담이 길게 이어져 있고 군데군데 초소가 세워져 있다. 전쟁이 일어난 1950년 8월부터 군수물자 보관과 수송을 위해 미군들이 사용하는 6만 6천 평 면적의 55보급창이다.

부산에서 처음 세워진 고가도로가 자성고가로인데 그 아래로 아주 긴 건널목이 있다. 성남초등학교는 양옆으로 도로를 끼고 있어 방음벽이 높게 처져 있다. 담에 심어놓은 한 줄의 대나무가 아이들에게 푸름이라도 주었으면 좋겠다. 부산진시장은 아주 예전 5일장이 설 때 '부산장'이었는데 상설시장으로 바뀌면서 부산진성(城)이 이웃해 있었다 해서 이름을 그렇게 붙였다. 포목이 주인데 1980년대 초까지 지금의 상록회관 터에 범일동 고속버스터미널이 있고 서부경남 방향의 시외버스터미널이 있을 때만 해도 결혼 예물을 사러 멀리서도 왔었다. 주차빌딩을 마련하는 등 상권을 지키려는 노력이 남다르다.

여기에 오면 한복집들과 미싱골목을 둘러봐야 한다. 한복집들이 부산진시장 둘레에 산재해 있다면 미싱사들은 시장 건너편과 자성대파출소 쪽으로 몰려 있다.

지나다니기만 하는 자성대에 오른다. 부산진성에 딸린 성이라는 뜻으로 자성(子城)이라 불렸는데 부산의 옛 지명이기도 한 부산포는 원래 범일동과 좌천동 정도를 두고 불렀던 이름이다. 조선조 태종 때 왜관의 첫머리를 이쯤에 두었고 조선통신사들이 물길을 달래기 위해 용왕님께 제사 지내던 곳이 영가대이다. 좁은 공간에 비해 볼거리가 많다.

문현동 쪽에서 부산진시장으로 들어오는 일방통행길 초입이 상당히 넓어진 느낌이다. 예전의 '범일전신전화국'이 건물을 도로 안쪽으로 조금 옮겨 지으면서 나무를 몇 그루 심고 주차장으로 만들어 트인 기분을 주기 때문이다. 그런 식으로 건물주가 좋게 땅을 활용하면 행정하는 쪽에서는 건축 시 건폐율에 도움을 조금 준다고 한다. 다른 도시에서 온 사람들은 부산의 거리들이 답답하다고 하면서 그게 도로가 좁아 그렇게 보이는 것보다는 사람 다니는 길, 인도가 아예 없거나 너무 좁아 그렇다고 하니 무슨 방법을 찾아야 할 것이다.

상록회관빌딩과 한 시절 나이트클럽으로 이름을 날렸던 '코리아시티'를 건너 국제호텔 앞에 선다(상록회관 길 건너편의 동천 부근에는 1930년에 설립된 대선주조가 1969년까지 자리했다). 예전 같지는 않지만 그래도 이 일대에는 여전히 유흥업소들이 밀집해 있다. 죽을 것 같은데도 용하게 버티던 부산은행 본점은 문현동 금융단지에서 새 둥지를 틀었다.

지금도 '조방앞'이라는 이름으로 살아 있는 조선방직을 이야기하지 않고서야 동구를 말할 수 없다. 1921년에 본격적으로 생산에 들어간 노동집약적인 이 회사는 앞에서 얘기한 KT 자리에서부터 시민회관, 삼익아파트, 자유시장이 포함된 범일2동 일대에 들어선 대규모 공장이었다. 동구는 1960년 초의 부두지구 구획정비와 1968년 조선방직 구획정비로 얼굴을 크게 바꾸었는데 조방 터 일대에 지금 우리가 보는 상업지역을 조성함으로써 '산비탈 동네'에 살면서 부두와 철도에서 밥벌이를 하던 단순 경제구조를 벗어난 것이다. 그러한 동구의 변화는 부산시의 발전형편과 궤를 같이 한다고 할 수 있다.

또한 동구 고지대에 살다가 철거민 꼬리표를 달고 다른 동리로 흩어져 부산을 넓힌 것과 같이 동구는 부산의 축소판 그대로인 것이다.

지하철 범일역 6번 출구로 나오면 '기계공구골목'으로 갈 수 있다. 좁긴 하지만 서면의 비슷한 업종 구역보다 규모가 작다고 할 수 없을 정도로 총총하다. 건너편에 부산진소방서와 문화병원, 그리고 동구의 마지막 얼굴인 현대백화점이 나란히 서 있다. 그러니까 지하철 7번, 8번 출구로 나와 서면 쪽을 보고 선 사거리가 동구와 부산진구의 경계이다. 공구골목을 둘러보고 다시 지하로 내려가 반대편 백화점 앞에 선다. 이곳은 화랑염직 터이다. 밤 8시가 지나 문을 내렸지만 건너편 자유시장 쪽보다는 불도 밝고 사람들이 더 북적인다.

백화점 뒤편 공터에 의자가 보인다. 내가 앉은 건너편은 좁은 골목을 두고 범천동이고 이 골목은 철길을 넘어가는 구름다리를 통해 범곡사거리 쪽으로 연결된다. 지금도 일부가 남아 있지만, 전에 이 골목은 텔레비전골목으로 불릴 만큼 그런 업종들이 몰려 있었다. 막 부산역으로 달려가는 열차의 꽁무니 불빛을 보며 철길 위의 구름다리를 지난다. 동구를 찾아 나서면서 속으로 이 다리가 그대로 있을까 하고 염려했던 터라 오랜만에 개인 밤하늘처럼 기분이 가볍다. '영화 〈친구〉의 거리'를 알리는 안내판이 눈길을 붙든다.

구름다리를 건너 보림극장을 왼쪽으로 보며 육교를 건넌다. 옛 교통부, 범곡사거리다. 그러니까 출발지에 다시 왔다. 망양로, 산복도로를 밤에 가보고 싶은 것이다. 부산항의 야경을 가장 잘 볼 수 있는 곳이 동구 고지대 아니겠는가. 이곳 사람들은 바다에서 뜨는 해를 보고 일어나 일하고 항구의 불빛을 보며 휴식을 취하고 잠이 든다.

성북고개를 지나, 수성초등학교쯤에서 밤바다가 잠깐 보인다. 그리고는 수정4동에서부터 초량6동까지, 불빛으로 수놓은 밤의 항구가 고지대에 사는 고단한 이들의 품에 안긴다. 다만 초량6동의 거대한 성벽처럼 바다를 막고 선 '수정도시아파트'는 이 산복도로가 베푸는 부산시의 밤 자랑을 앗아가 버려 아쉽다. 길은 대청공원을 지나 대신동까지 이어져 있지만 동구에서 멈추어야 한다. 몇십 년 전의 기억을 더듬으며 내가 부지런히 걸어 다닌 동리가 저 아래에서 잠들어가고 있다.*

* 동구에 대한 글을 쓰려고 맨 처음 걸었을 때는 비가 자주 내리던 2003년 여름이었다. 그 뒤 첫 책을 내면서 2006년 겨울에 다시 걸었으며, 개정판을 준비하며 2017년 봄에 또 한 번 걸었다.

요산 김정한 소설의 현장을 찾아서

- 을숙도에서 남해 선구리까지

요산 김정한 소설의 현장을 찾아서

- 을숙도에서 남해 선구리까지

문학작품의 현장을 찾는 일은 작품을 읽는 것만큼 매력적이지 못할 수도 있다. 활자의 촘촘한 그물 속에서 그토록 힘차게 뛰놀던 인물들과 그네들이 살았던 시간과 공간은 저 멀리 사라지고, 유채꽃 핀 모래톱이나 발 닿는 골목길의 돌부리 하나에서 활자들을 되살려 가슴에 품는 일은 목소리 없는 텅 빈 화면을 보는 기분과 닮았을지도 모른다. 하지만 소설이란 게 어차피 현실에서 건져 올려 지은 또 하나의 집이라면 우리가 햇살 따가운 들 한가운데 서서 무심하게 흐르는 강을 바라보거나 어지러운 길을 걸어 낡은 집 담에 기대더라도, 거기에는 작가의 불타는 눈길이 머물러 있고 우리가 직접 만나지 못한 작중인물들의 땀내가 묻어 있다.

요산(樂山) 김정한(金廷漢, 1908~1996)은 문학현장 답사를 비교적 수월하게 할 수 있는 작가에 속한다. 그는 자신이 태어나 살았던 부산과 그 인근을 소설의 무대로 하면서 사실주의 작가답게 작품의 배경을 정확하고 꼼꼼하게 묘사할뿐더러 실제명도 자주 사용하고 있다. 이제 다섯 군데 정도로 지역을 나누어 길을 떠나보자.

생가와 문학관이 있는 남산동과 「사하촌」의 원형이 된 범어사, 「모래톱 이야기」의 을숙도, 「수라도」와 「산서동 뒷이야기」 등의 무대가 된 경남 양산 일대, 「뒷기미 나루」가 있는 삼랑진, 그리고 「월광한」과 「낙일홍」의 무대가 된 남해, 그런 순서를 밟아보자. 길을 가는 동안 요산소설의 영원한 현장인 낙동강은 을숙도와 양산, 그리고 삼랑진을 오가는 동안 우리 곁에 있다.

생애나 작품발표 순서를 따진다면 앞에 놓여야 할 남해 섬을 뒤로 한 것은 답사 공간을 묶어 여행의 편리함을 생각했기 때문이다(두 번째의 을숙도와 세 번째의 물금 · 원동, 네 번째의 삼랑진은 답사 순서를 바꿀 수도 있다. 생가와 문학관에서 가까운 곳은 세 번째, 네 번째에 등장하는 무대이다).

남산동 생가와 범어사

생가와 문학관을 찾고 그 곁의 범어사를 찾는다면 우선 초기작품의 무대가 떠오른다.

생가와 범어사를 찾기 위해 지하철을 탄다면 내려할 지점이 어딘가는 명백하다. 지하철 1호선 범어사역에 내려 1번 출구로 나오면 전봇대에 생가를 알리는 화살표 모양의 안내판이 보인다. 청룡초등학교 정문을 따라 난 요산문학로를 곧장 걸어 올라가면 된다. 이 학교는 요산이 다녔던 사립 명정학교의 후신이다. 자동차가 두 대쯤 비껴 갈 만한 길을 곧장 따라가면 개천이 있는 네거리가 나온다. 그의 부친이 설두를 해서 동네사람들과 놓았다는 유석교(維石橋)는 새겨진 글자만큼 흐릿하게 퇴색된 채 우리가 건너는 개천의 오른편 30미터 정도 위쪽에 따로 있는데 그의 부친(김기수) 이름이 땅에 반쯤 묻힌 돌에 새겨져 있다. 유석교 건너 남산예전길이 남산동 본동 사람들이 다니던 길인데 그 길로 올라도 생가와 문학관을 만날 수 있다.

요산 김정한
문학관

그렇게 언덕길을 오르다 보면 왼편에 세진빌라가 있는 사거리가 다시 나오는데 오른쪽 막다른 골목을 찾으면 된다. 금정구 남산동 661-4번지 일대, 요산의 생가와 문학관이 나란히 있다.

생가 위에는 구서역에서 범어사로 가는 금샘길(남산고등학교 가는 길 산복도로)이 있으니 그쪽에서 오는 이들은 금샘로754나 김해 김씨 삼현파 제실인 남산제(南山齊)를 찾아 내려오면 된다.

안내문에는 "이 고장의 작가들과 뜻있는 인사들의 성원에 힘입고 부산광역시의 예산지원을 받아 2002년 12월부터 퇴락한 집을 헐고 원형 그대로 복원하는 공사를 시작하여 2003년 6월에 완공하였다. 부산의 진산인 금정산을 뒤로하고 오륜대를 앞으로 바라보고 있는 생가는 팔작지붕에 일자형의 전통 한옥"이라고 생가를 소개하고 있다(이 집은 1914년에 지은 사랑채로서 요산이 태어난 곳은 아래쪽 인근의 조부집이었다. 요산이 출생할 당시 이 일대에는 25호 정도의 집안이 모여 살았다).

이곳은 당시 북면 남산리였는데 그의 소설 중에서 잘 알려지지 않은 『농촌세시기』(1955~1956)에 어린 시절의 이 동리 풍경—서당공부, 세시풍속, 신구문화의 충돌—이 1922년 설날을 전후하여 그려져 있다.

그의 동리에서 화엄십찰(華嚴十刹) 중의 하나인 범어사(梵魚寺)는 멀지 않다. 그 절에서 1906년에 세운 사립 명정학교(明正學校)를 다녔다는 사실 외에도 종조부 중의 한 분이 그곳에 승려로 있었다는 것으로도 보통 인연이 넘는 곳이다. 더 중요한 사실은 범어사가 오랜 역사를 자랑하는 대찰이라는 점에서 수많은 이야기들

복원된 요산생가의 모습이다. 그가 태어났을 당시 남산동 생가 일대는 김씨 집성촌이었으며 그의 집은 부농으로 요산을 비롯한 형제들 모두 고등교육을 받을 수 있었다. 부친과 같이한 어린 시절과 일본유학 시절의 요산.

생가와 이웃해 있는 범어사의 모습이다. 범어사는 요산이 부설 명정학교를 다녔다는 인연뿐 아니라 「사하촌」과 「추산당과 곁 사람들」 등의 작품에 일정한 영향을 끼쳤다는 점에서 요산소설을 이해하는 데 중요한 공간이다.

의 원형을 간직한 곳이면서 그 일대 사람들의 삶에 직간접적인 영향을 미쳤을 것이라는 점이다.

그런 점들을 염두에 두고 사찰이 배경으로 등장하는 요산의 초기 작품들을 읽는 독자라면 범어사를 떠올리지 않을 수 없을 것이다. 물론 「사하촌」은 보광사로, 「옥심이」는 백암사로, 「추산당과 곁 사람들」은 백련암으로, 「묵은 자장가」에서는 청운사로 나오지만, 범어사를 둘러싼 수많은 이야기들의 변형이라고 보아야 할 것이다. 일제라는 시절 탓이겠지만, 요산이 자라면서 보아온 절과 중들은 어쩐지 그의 마음에 차지 않았다.

나는 이 절 학교에 이태 동안 다니면서 소위 신학문이란 걸 배운 이외에 그 당시의 불교라기 보다 절이나 중들에 대한 일들을 직접 눈으로 많이 보았다. 소위 강원이란 데서 불경 공부를 하는 아주 젊은 중들은 몰라도 대부분의 늙은 스님들은 수도를 하는 것 같지도 않고 그저 뜰에 난 풀이나 뽑고 밥 때가 되면 밥이나 받아먹는 것 같이 보였다.

『낙동강의 파숫군』, 한길사, 1978, 80쪽

「사하촌」(1936)은 제목이 가리키듯 절 논을 부치는 가난한 소작인들의 이야기이다.

"천여 년의 역사를 가지고 무려 백여 명의 노소승(老少僧)이 우글거리는 선찰 대본산 보광사." 절 논을 부치는 소작인들을 관리하는 농사조합을 둘 정도였으니 보광사의 재산 규모를 짐작할 수 있다. 소설에서의 보광사를 통해 우리는 일제강점기에서의 타락한 불교의 재산규모와 그 세도를 알 수 있다. 당시의 중들은 지주를 겸한 특권계급이었다.

보광사 소작인들은 해마다 소작료와 또 소작료 매석에 대해서 너 되씩이나 되는 조합비와 비료 대금과 그것에 따른 이자를 바쳐야만 되었다. 그리고 비료 대금은 갚는 기한이 해마다 호세와 같았다.

「사하촌」, 『김정한전집』 1권, 작가마을, 2008, 68쪽

가뭄으로 농사를 망친 소작인들이 조합을 찾아, 봄에 빌린 농사자금 지불연기를 요청할 때 "그런 귀치 않은 논은 부치지 않는 게 어때요?"라는 소리를 할 정도로 당대 불교는 중생들로부터 등을 돌리고 있었다. 자기 땅이 없어 절 논을 부치는 농민들에게 빚을 갚을 형편이 안 되면 농사를 내놓으라는 소리를 태연히 하고, 기한 내에 빚을 갚지 못하는 소작인들의 논에 심어져 있는 벼를 차압하는 사찰. 중생 구원은 멀리 있고 치부와 '천황폐하 성수만세'의 깃발만 요란한 게 당대의 불교현실이었다. 요산은 사하촌 농민들의 빈궁한 삶과 사찰의 횡포, 그리고 거기에 맞서는 농민들의 저항을 통해 실상 식민지 체제를 비판하고 있는 것이다.

앞에서 말했듯 「사하촌」의 보광사가 범어사 자체는 아니다. 요산은 이 작품을 남해에서 썼는데 보통학교 교사로 재직하던 남해시절, 그는 그곳의 화방사와 용문사를 찾을 기회가 있었으며 규모는 달라도 비슷한 처지의 소작 농민들의 고달픈 삶은 그가 고향에서 보아온 사실들을 객관화할 수 있는 계기가 되었을 것이다. 따라서 작품에서 보여지는 농민들의 형편은 식민지 농민들의 보편적 현상이었다. 그러나 요산은 "작품 속에 나오는 몇몇 장면이 내 고향에 있는 절 또는 거기서 일어났던 일과 비슷한 데가 있었기 때문"에 범어사 주지의 의붓자식의 사주로 테러를 당하게 된다. 치료비로 신춘문예 상금이 모자랄 정도였다니 「사하촌」이란 소설에 대한 범어사 측의 반감이 어느 정도였는지를 짐작하게 한다.

요산은 연이어 「옥심이」(1936), 「추산당과 곁 사람들」(1940), 「묵은 자장가」(1941) 등을 발표했는데 하나같이 절을 배경으로 하면서 불교에 비판적이지 않은 게 없다는 것은 그의 작품에서 불교가 당대 현실의 알레고리임을 알 수 있게 한다.

> 그들은 모두 부역을 나온 백암사 소작인들의 아내와 어머니들이었다. 역사가 길고, 돈 많고 산수 좋기로 유명한 백암사에서는, 자동차의 통래가 자유롭도록 봄 들자 이 공사를 시작했다. 그래서 소작인들에게 무리한 부역을 통고하고 똥개란 별명을 가진 거머무트름한 청부업자에게 일을 맡겼던 것이다. 청부업자 측에서는 삯전 안 드는 이 순쩍백성들을 혹독한 몰매로써 눈도 못 뜨게 뒤볶아댔다.
>
> 「옥심이」, 앞의 책, 73쪽

「옥심이」의 서두는 백암사라는 절의 넉넉한 형편과 더불어 바쁜 농사철임에도 부역을 나오게 하는 절의 횡포와 노동에 휘둘리는 소작인들의 모습을 단숨에 보여주고 있다. 「추산당과 곁 사람들」은 여기서 한걸음 더 나아가 죽음 앞에서도 토지대장을 손에서 놓지 않는 노승의 모습을 통해 속화될 대로 속화된 당대 불교의 어두운 얼굴을 보여준다.

모든 작가에게 고향땅은 더할 수 없는 문학적 바탕이 된다. 특히나 그 땅을 특징 지을 수 있는 대상이 있다면 창작에서의 자극과 수용은 더욱 확대될 수 있을 것이다. 요산에게 범어사는 바로 그런 곳이었다.

의상대사가 문무왕 18년, 678년에 세웠다는 범어사는 빼어난 자연경관으로 해서 남도 3대 사찰 절경에 드는 절이다. 특히 두 개의 기둥으로 지붕을 받친 다른 문들과는 달리 배흘림기둥을 한 돌기둥 넷을 한 줄로 세워 지붕을 얹은 일주문과, 천연기념물 176호로 지정된 경내의 등나무 군락이 볼 만하다.

범어사는 만해 한용운 선생이 자주 드나들면서 불교의 친일화를 도모하기 위한 조선총독부의 사찰령에 반대하는 승려궐기대회를 열고 조선 임제종 총무원을 두면서 1913년 『불교대전』을 발행했다는 사실, 그리고 1938년 만당(卍黨)사건과 1942년 조선어학회사건으로 옥고를 치른 파리대학 철학과 출신의 김법린이 이곳에서 중이 되고 명정학교 교사로 있으면서 3·1운동을 이끌었다는 사실, 그리고 입학하던 그해 어린 요산이 절 밑 길 어름에서 다른 하급생들과 만세를 불렀다는 사실들은 기억해둘 필요가 있을 것이다.

문화의 거리로 이름 지어진 범어사 입구에서 순환도로로 내려오다 상마마을과 사자암으로 빠지는 길목 못 미쳐 오른편 산자락에 그의 문학비가 있다. 초읍의 어린이대공원에 있는 문학비에 이은 두 번째 것이다. 차편이 여의치 않다면 절 밑 주차장에서 걸어 내려가도 얼마 되지 않는 거리이다. 그곳에서 잠시 쉬는 것으로 생가와 범어사 찾는 일을 끝낼 수 있다.

● 찾아가는 길

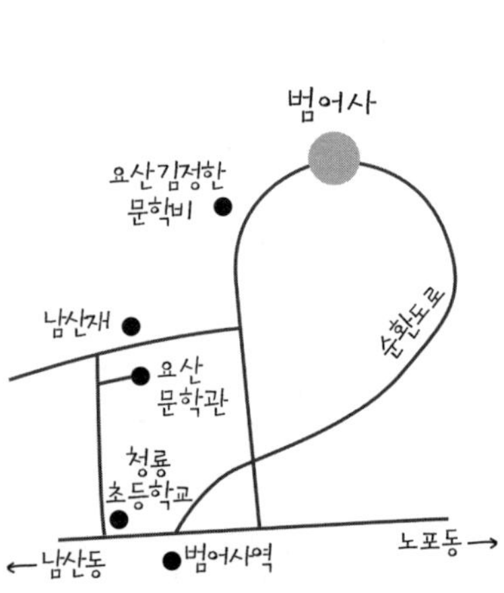

「모래톱 이야기」와 을숙도, 그리고 낙동강

범어사를 안고 있는 금정산에 오르면 낙동강이 한눈에 들어온다. 낙동강은 저 멀리 강원도 함백산에서 시작되어 영남지방의 중심을 휘둘러 바다로 간다. 『동국여지승람』에는 낙수(洛水)로, 『택리지』에는 낙동강으로 나타나 있는 이 강은 본래 '가락의 동쪽'이라는 데서 유래되었다. 기차를 타고 가다 낙동강을 보노라면 어쩐지 가슴이 절로 설렌다. 강이 역사와 삶, 그리고 영원성과 동의어이기 때문일 것이다. 요산은 어린 시절 집 뒤의 금정산에서 바라본 낙동강에 대한 기억을 이렇게 적고 있다.

> 그러다가 1920년 여름 낙동강 주변 7천여 호의 집들이 물에 잠기고 떠내려오고, 천 명 이상의 사람들이 홍수에 휩쓸려 물귀신이 되어가던 때 열두 살 소년이던 나는 산 위에 올라가서 사람과 닭 · 개들이 집채에 매달려 떠내려가던 광경을 보곤 이번엔 '센치'가 아닌 공포와 어떤 울분을 느꼈다. 홍수가 끝나면 사람들은 생활을 찾아 다시 하구의 모래톱으로 철새처럼 되돌아 왔다. 언제 또 큰물이 덮칠지도 모르는 강가에서 가난을 이어간다. 그곳이 그들의 유일한 생활의 보금자리였기 때문이다. 홍수의 위협과 찰가난 속에서도 그들은 애를 낳고 정과 한을 되씹었다.
>
> 『낙동강의 파숫군』, 앞의 책, 193쪽

낙동강

무성한 갈대와 물을 차고 나는 철새 떼, 거미줄같이 이어진 실개천들과 조각배, 가슴을 저미게 하는 낙조…. 하굿둑 설치 이전의 을숙도 본래 모습이었다. 「모래톱 이야기」에 나오는 건우네 가족의 건강함이 비극으로 마멸됨은 1960년대 개발의 시대가 시작되면서 겪는 우리 모두의 자화상이다.

요산이 낙동강을 자신의 소설무대로 삼은 것은 이른바 문단복귀 이후, 「모래톱 이야기」(1966)에서부터이다. 「유채」(1968), 「수라도」(1969), 「뒷기미 나루」(1969), 「독메」(1970), 「산서동 뒷이야기」(1970) 등 가슴에 저며둔 이야기들은 활화산같이 폭발하여 모두 이 강을 타고 도도히 흘러갔다. 「모래톱 이야기」 첫머리에 적어놓은 작가의 발언처럼 "마치 지나가는 남의 땅 이야기나, 아득한 옛날 이야기처럼 세상에서 버려져 있는" '기막힌 사연들'을 낙동강은 간직하고 있는 것이고 요산은 거기에 대해서조차 묵묵할 도리는 없었던 것이다. "낙동강 하류의 어떤 외진 모래톱"의 이야기는 하나의 사연, 한 가족의 애환을 넘어 민중의 그것이기도 하다는, 그리고 마침내 역사의 아픔과 진실을 담아내야 한다는 사명감으로 다가와, 요산은 예순에 이르러 다시 작가로 태어난 것이다.

「모래톱 이야기」의 인물들 발자취를 따르려면 우선은 초량동 부산중학교와 부산고등학교부터 들러야 할 것이다. 요산은 마흔 나이로(1947년) 부산중학교 교사로 취임했는데 거기서 만난 제자 중의 한 명이 소설에 나오는 건우인 셈이다. 건우는 비라도 오는 날이면 지각을 면치 못했는데 학교에서 한참 먼 거리인 당시 김해군 명지면(鳴旨面)에서 다니는 이른바 '나룻배 통학생'이기 때문이다. 지금은 없어져버렸지만 가정방문이란 신학기에 담임선생이 학생들 개개인의 신상을 직접 눈으로 확인하여 지도를 하는 데 도움을 주는, 살갑다면 살가운 제도였다.

그런 날이 왔고 교사이면서 글을 쓰는 '나'는 건우 집엘 찾아가게 된다. 건우가 사는 곳은 섬의 모양새가 길쭉한 주머니 같다 해서 붙여진 조마이섬이다. "이 고장 사람들이 젖줄같이 믿어 오는 낙동강 물이 맨들어 준 우리 조마이섬"은 당연히 을숙도(乙淑島)이다.

사하구 하단1동, 강변대로를 곁에 두고 있는 대단지 아파트인 가락타운 강가 어느 지점 정도에 서너 채의 가게와 술집들이 있었고 그게 나루터였다. 마지막 작품인 「슬픈 해후」(1985)에서 요산은 1950년대의 을숙도 가는 나루터 풍경을 잠깐 묘사하고 있다.

"겨우 낙동강 하구짬이 보이기 시작했다. 강 건너 을숙도의 갈숲이 여름 땡볕을 받아 한결 푸르게 보였다. 김해로 가는 나루터의 깃발이 바람에 펄럭이고 있었다."

「슬픈 해후」의 무대는 낙동강 가의 북구 엄궁동인데 6·25가 일어난 직후 해방공간에서의 진보적 활동 때문에 보도연맹과 관련된 예비검속을 피하기 위해 요산은 이곳에 은신했었다. 하지만 지금은 하단 나루터의 흔적이 남아 있지 않으므로 지하철 1호선 하단역에 내려(3번, 5번 출구) 명지로 가는 버스를 타고 을숙도로 바로 갈 수밖에 없다.

환경론자들의 반대에도 불구하고 1987년 사하구 하단동과 강서구 명지동을 잇는 2.4킬로미터의 하굿둑이 들어서면서 을숙도는 제 모습을 잃었다. 하굿둑이 놓이기 전 1970년대나 80년대 초반의 어느 하루 을숙도를 찾은 사람들이라면 키를 넘기는 갈대와 물을 차고 나는 철새 떼, 거미줄같이 이어진 실개천들과 조각배, 가슴을 저미게 하는 낙조를 기억할 것이다. 하굿둑 설치 이후 옛 풍광은 거의 다 사라졌지만, 그래도 하늘 높은 날 주차장에서 안으로 걸어 들어가노라면 갈대길의 호젓함 속에서 삼십여 년 전, 을숙도의 모습을 되살려볼 수도 있으리라. 작품에서는 나룻배를 내려서 갈밭 속을 뚫고 나간 좁고 긴 길을 따라 반 시간 남짓 걸어가면, 한 집 두 집 띄엄띄엄 땅을 묻고 있는 섬의 위쪽에 건우네 집이 있다고 설명되어 있다.

삼사월 긴긴 해라더니, 보릿고개는 오후 세 시가 훨씬 지나도 해가 아직 메끝과는 멀었다.

길가 수렁과 축축한 둑에는 빈틈없이 갈대가 우거져 있었다. 쑥쑥 보기 좋게 순과 잎을 뽑아 올리는 갈대청은, 그곳을 오가는 사람들과는 판이하게 하늘과 땅과 계절의 혜택을 흐뭇이 받고 있는 듯, 한결 싱싱해 보였다.

「모래톱 이야기」, 『김정한전집』 3권, 15쪽

산업사회 이후 그 누구도 온전하게 자기가 태어나고 자란 땅, 그리고 삶의 뿌리를 내린 땅에서 살아갈 수 없게 되었다. 고향 상실은 누구에게나 언제든지 다가올 수 있는 현실이다. 댐을 만들기 위해 고향은 수몰되고 도로를 내고 공단을 조성하기 위해 삶의 터는 하루아침에 잘려나간다. 우리가 무심하게 자동차로 지나치는 을숙도에는 1960년대 개발논리와 그 뒷면에 숨겨진 권력의 억압이 한 평범하고도 건강한 가족을 어떻게 비극으로 내몰았는지, 한 시대 민중의 아픔이 서려 있다.

을숙도에서 낙동강을 보노라면 배를 타고 이 강을 거슬러 올라가면서 요산문학현장을 살폈으면 하는 생각을 할 수도 있는데 실제로 그런 답사도 가능했다. 부산작가회의에서는 2004년과 2005년 10월 말, 〈요산문학제〉 행사 중 부산환경연합과 수자원공사의 도움을 받아 삼랑진 뒷기미 나루까지 그렇게 가보았던 것이다.*

양산 메깃들과 물금, 화제
-「사밧재」, 「산서동 뒷이야기」, 「수라도」

낙동강 하구를 뒤로하고 이제 조금 멀리 물금과 원동으로 가야 한다. 예전, 강이 강다웠을 때는 구포를 기점으로 멀리 경북 상주까지 뱃길이 열려 있었다지만 지금은 기차 아니면 자동차로 가야 한다. 그 길에서 「사밧재」, 「산서동 뒷이야

* 강의 흐름은 시간의 흐름을 닮기도 하기에 요산의 뒤 세대인 이문열과 박향이 이곳을 소설에 담았다. 『젊은 날의 초상』(1981)의 첫머리에 놓이는 「하구」는 1960년대의 모래장에 흘러든 사람들의 이야기로 이문열은 소설 속의 강진-하단을 강 안개와 갈대, 그리고 모랫배 선원들이나 노동자들이 내뿜는 소주냄새로 기호화하고 있다. 이 성장소설에서 주인공의 방황을 끝내는 장소로 낙동강 하류를 정한 것은 작가자신의 부산체험을 넘어 강의 회복력을 생각했기 때문일 것이다. 박향의 「연인」(『부산을 쓴다』, 2008)은 을숙도에서 맺은 인연을 이야기한다. 한 시절 데이트장소로 이름을 낸 을숙도에는 분뇨하치장이 있어 똥냄새가 갯내와 강바람을 타고 떠돌았다. 그래도 청춘이기에 석양 아래 철새가 나는 그곳은 황홀했고 "을숙도 물결보다 더 새파란 세모고랭이 같은 아이"를 낳자고 맹세할 수 있었다. (이문열은 1979년 동아일보 신춘으로 나와 『영웅시대』 『변경』 등 많은 소설을 썼다. 박향은 1994년 부산일보 신춘으로 등단해 『영화 세 편을 보다』, 『즐거운 게임』, 『에메랄드 궁』 등을 냈다.)

기」, 「수라도」의 무대를 만날 수 있다. 물금과 원동은 양산시에 속해 있는데 이 고을은 요산과 인연이 깊다. 외가와 처가곳이기도 할뿐더러 일제시절 와세다대학 제1고등학원 3학년 재학 시 학업을 중단케 한 양산농민저항사건에 작가 자신이 연루된 곳이기도 하다.

우선 「사밧재」(1971)를 살펴보자.

일제 말기, 해수병으로 고생하는 누님을 위해 수수엿과 뱀술 한 병을 품에 안고 겨울날 팔순이 내일 모레인 송노인이 길을 간다. "안팎 오르내리기가 거의 2십 리나 된다는 지루한 잿길의 자락짬에서 그는 아직도 허덕이고 있는 셈이었다. 옛날부터 국도(國道)였다고는 하지만 굽이굽이 골짜기가 으슥해서 대낮에도 곧잘 도둑이 붙던 곳이다. 지금은 다행히 신작로가 나고, 달구지랑 자동차들이 심심찮게 지나 다녀서 덜 무섭긴 해도 재넘이 골바람은 여전히 맵고, 때로는 먼지까지 들씌우는 것이 질색이었다." 그러다 송노인은 신작로를 오르는 버스를 발견하고 난생처음 그걸 탄다.

버스 안에는 다른 승객들 말고도 일본순사와 조선인순사가 학도지원병을 호송하고 있다. 이런저런 수작 끝에 조선인순사는 '성스러운 출전을 축하'하기 위한 명목으로 송노인의 뱀술을 빼앗는데 잠시 뒤 목탄가스로 움직이는 버스가 힘에 부쳐 고개 밑에서 멈추고 만다. 순사들과 학도지원병만 남고 모든 승객들은 버스를 밀기 위해 내리는데 송노인은 지름길로 혼자 재를 넘는다.

내리막은 좀 더 빨리 걸을 작정을 하고, 송노인은 우선 담배를 한 대 피워 물었다. 그 잿마루가 마침 T고을과 Y고을을 갈라놓는 살피였기 때문에, 두 고을의 산과 분지들이 한눈에 굽어 보였다. Y고을 쪽의 〈천성〉이니 〈부로〉니 하는 높은 봉수산들이 흰 눈을 떠 인 채 아득히 바라보이는가 하면, T고을 쪽 봉수대가 있던 〈개명봉〉은 바로 송노인이 앉아 있는 매바위 왼편에 하늘을 찌를 듯이 급하게 솟아 있었다. 그 너머 큰 절이 있다.

「사밧재」, 앞의 책 4권, 164쪽

겨우 재를 넘어 주막에 들렀을 때 송노인은 엄청난 소식을 듣게 된다. 송노인이 내린 버스가 언덕 아래로 굴러 떨어지고 만 것. 미는 사람들이 고의로 그랬는지, 운전사의 실수였는지는 요산 작품의 성격을 미루어 보면 알 것이다. 평론가 최원식은 「사밧재」를 「수라도」 계열에 드는 빼어난 수작*으로 평했는데 이 작품이 건강한 민중성에 바탕을 둔 민족문학의 테두리를 지키고 있기 때문일 것이다(창씨개명을 마다한 것과 학병을 피해 만주로 가 독립군에 들어간 집안 내력을 둔 송노인의 누님은 「수라도」의 가야부인과 닮았다).

그 겨울, 송노인이 걸어간 길은 지금의 1077 지방도로이다. 범어사를 내려와 노포동 전철역 가기 전에 양산으로 가는 도로가 왼편으로 나 있다. 금정산에서도 높기로 이름난 개명봉과 장군봉을 끼고 난 길이 양산 다방리까지 이어져 있다. 동면 사송마을의

* 최원식, 「90년대에 다시 읽는 요산」, 《작가연구》, 새미, 1997, 23쪽.

메깃들

「사밧재」의 주인공 송노인이 갔던 길을 따라 노포동 전철역 건너편의 1077 도로를 타고 가노라면 메깃들을 만난다. 외가와 처가를 가기 위해 요산은 이 들을 지나야 했으며 1932년 양산농민봉기사건의 진원지인 이곳은 그의 학업을 중단시킨 원인이 된 공간이기도 하다. 양산 신도시가 들어서고 대규모 화물기지가 자리하고 있어 옛 모습을 찾기는 어렵다. (2006년)

옛 이름이 사배(沙背)이며 개명봉에서 부산컨트리클럽 쪽으로 뻗은 야트막한 구릉성 산 이름도 사배야산인데 지금은 고속도로와 지방도로가 이곳을 관통하고 있으며 고개도 그렇게 높아 보이지는 않는다. 사밧재는 지경고개라고 불리기도 했는데 지경(地境)이란 글 그대로 동래와 양산의 경계를 이룬다는 뜻이다. 그리고 다방리에서 왼편으로 꺾으면 금산, 가산, 호포 가는 길이다. 금정산 고당봉에 올라 오른편 발치에 내려다보이는 산 아래 마을 금산리는 요산의 외가마을이다. 그러므로 「사밧재」의 송노인은 동래에서 당시의 물금면 금산리 정도를 간다고 생각하면 될 것이다. 소설에 나오는 큰 절이란 물론 범어사를 가리킨다.

사밧재를 지나 양산으로 해서 물금으로 가려면 양산시내로 들어가 양산천을 지나 1022번 지방도로를 타면 된다. 양산시에서 다리를 건너면 양산향교가 있는 교리마을이고 거기서 왼편으로 가는데 물금 가기 전에 왼편으로 보이는 들이 메깃들이다.

1970년대 중반 무렵의 이 들은 요산의 수필에서 아래와 같이 묘사되고 있다.

> 재작년의 큰 비에 허물어진 두덕이 아직 제대로 복구되지 못한 신작로를 위태롭게 달리던 버스를 양산읍 못 미쳐 내려서, 역시 재작년 홍수에 다리가 몽땅 떠내려간 뒤 여태 다리 없는 냇물을 징검다리를 밟고 건너 아득한 메깃들로 접어들었다.
>
> 그러나 봄철 들길은 제법 마음을 가뜬하게 하였다. 보리가 바야

> 흐로 필 무렵이었다. 뜻하지 않았던 종달새 소리가 어느 하늘에선지 간지럽게 들려왔다. 어느덧 봄도 늦었구나 하는 생각이 문득 내 머리를 스쳤다. 나는 발을 느리게 떼어, 노모와 걸음을 같이 하였다.
>
> 『낙동강의 파숫군』, 앞의 책, 199쪽

외삼촌의 부고를 듣고 모친과 같이 사밧재를 넘어 금산 외가로 가던 날에 보았던 메깃들은 지금 양산 신도시가 들어서고 그 아래쪽으로는 대규모 화물기지가 자리하고 있어 옛 모습을 찾기는 어렵다.

일찍이 메기가 거품만 내뿜어도 물이 담는다고 해서 붙여진, 영남서도 넓기로 몇 째 가는 이 들은 1932년 양산농민봉기사건이 일어난 진원지로서 「사밧재」 외에 「산서동 뒷이야기」(1971)와도 관련이 있다. 「산서동 뒷이야기」의 무대가 어디쯤인가는 작품에 아주 잘 나타나 있다(실제명은 물금읍 남부동이다).

> 낙동강 하류에 있는 ㅁ역을 지나 남쪽으로 조금 내려간 곳의 산서동이란, 벼랑에 매달린 듯한 작은 마을도, 바로 그러한 곳이다. 그다지 많찮은 집들이 흡사 벼랑처럼 가파른 야산 비탈에 층층이 붙어있기 때문에 차창에서 보면 거의 모든 집 안방이나 뜨락들이 손에 잡힐 듯 똑똑히 들여다보인다. 그래서 기차가 지나갈 때는 부락 전체가 온통 연기를 뒤집어쓰게 마련이다.
>
> 「산서동 뒷이야기」, 앞의 책, 174쪽

벼랑마을, '명매기마을'이라고도 불리는 이곳엘 뜻밖에 일본 청년이 찾아온다. 일제 때 그는 이 마을에서 나고 자랐는데 ㅁ역 선로보선공으로 일하던 부친이 부상을 당한 뒤 농사꾼이 되었던 것이다. 명매기는 제비와 비슷하게 생긴 칼새를 말하니 결국 칼새들이 모여 사는 벼랑마을이란 뜻이다. 이 마을은 3년들이 호된 물난리를 겪는 강가 개펄에 붙어살던 사람들의 이주촌인데 이리에의 부친과 박수봉이 앞장서서 관청에 따져 마련한 곳이다. 두 사람은

명매기마을

「산서동 뒷이야기」에 나오는 명매기마을은 물금읍 남부마을길15이다. 실제 가보면 소설에 묘사된 '낙동강 하류에 있는 ㅁ역(물금역)을 지나 남쪽으로 조금 내려간 곳의 산서동이란 벼랑에 매달린 듯한 작은 마을' 그대로의 모습이다. 사진 왼쪽으로 강을 따라 기차가 달리고 있다. 지금은 4대강사업으로 강은 마을에서 아주 멀어졌다. (2006년)

ㄹ군 농민봉기사건에 가담하기도 하는데 조선사람 편에 서서 옳고 그름을 따지는 이리에 부친은 일본순경들에게도 "나쁜 사상을 가진 놈"으로 통한다.

이리에 부친은 민족이 아니라 가난한 일본인 농민으로서 처지가 같은 조선농민 편에 선 것이다. 조선 사람들과 별 다르지 않게 섞여 살며 정이 들었으니 해방 뒤 그들 가족은 부산부두까지 나온 동네사람들의 배웅을 받으며 자기 나라로 돌아갔다. 그리고 부친이 죽은 뒤 아들이 이렇게 박수봉 노인을 찾아왔으니 한일 간 민중 연대의 한 모습을 생각하게 하는 작품이라 할 수 있을 것이다. 그들이 살았던 철둑 너머 '모랫등'을 비롯해 개펄에 뚝뚝 떨어져 자리 잡았던 '들마을'이니 '오리숲'이라는 정겨운 이름의 개펄 마을은 벌써 사라지고 소설에서만 남아 있다.

이제는 「수라도」의 무대인 원동면 화제리(花濟里)를 찾아야 한다. 처조모를 모델로 했다는 작가의 발언과 더불어 소설에 재현된 공간이 실제공간과 거의 완전하게 일치하기 때문에 요산 소설 중 가장 살아 있는 작품 현장인 곳이다.

양산시에서 물금으로 가는 길 오른편에 범어아파트단지가 있고 그 뒤편으로 산들이 이어져 있는데 그 주봉이 오봉산(五峰山, 533m)이다. 이 산 일대는 일제시절 철을 캐던 광업소들이 있던 곳이다. 물금 입구에서 오른편으로 난 원동 가는 길은 경사도 급하고 굴곡이 심하다. 그러나 눈 아래 잡혀오는 건너편 김해 쪽 산야와 어울린 강 풍광은 매우 아름답다. 그렇게 강과 들을 가슴에 안으며 가파른 길을 내려오면 요산의 처가인 화제리이다(고갯길에 강이 한눈에 잡히는 임경대가 있다).

요산이 스무 살 나이에 "갓을 쓰고 청노새를 타고 장가"들었던 처가 화제마을은 왼편으로 토곡산, 뒤로는 어곡산, 오른편으로는 오봉산을 두고 앞으로 낙동강을 보고 앉은 마을이다. 길에서 보이는 동네는 일부, 화제마을은 어곡산 골짜기 쪽으로 쭉 뻗어 있다(소설의 무대는 화제리 전체에 걸쳐 있지만 도로에서 가깝고 물금서 넘어오며 바로 만나는 명언마을에 먼저 들러야 한다).

이제, 초입의 정자나무 아래에서 앞으로는 화제들을 보고 뒤로는 오봉산을 보며 작품을 읽어보자. 요산 소설 중에서 가장 높은 평가를 받는 이 작품은 임종을 앞둔 가야부인의 일대기를 손녀딸이 재구성하는 형식을 취하고 있다.

"사실 분이는 할머니의 얘기라면 어디서부터 시작해야 좋을지 모를 판이었다. 그만큼 할머니는 다른 집 할머니들과는 달리, 생애의 폭이 넓고 깊었던 것이다. 괴로운 과거와 의젓한 처신들이 많았다. 할머니가 시집을 온 것은 한일합방이 있은 다음 해라고 한다."

가야부인은 김해 끝 명호에서 양산 허진사댁으로 시집을 왔다. 명호란 녹산 앞 서낙동강 건너 명지동의 끝인데 옛부터 이름난 소금곳이었다. 가야부인은 가마를 타고 "하늘이 안 보일 정도로 길길이 자란 갈밭 속을 십리도 더 빠져나와" 다시 배를 타고 강을 거슬러 시집을 오는데 꼬박 사흘이 걸렸다. 배가 닿은 곳은 물금 나루터이고 거기서 다시 화제까지 가마를 타야 한다. "비록 서울로 빠지는 국도라고는 해도 그 당시의 '황산 베리끝' 하면 좁기로

화제리 명언마을

「수라도」의 주 무대인 원동면 화제리 입구의 모습이다. 처조모를 모델로 했다는 작가의 말과 더불어 소설에 재현된 공간이 실제공간과 거의 완전하게 일치하기 때문에 화제리 일대는 요산 소설 중 가장 명확하게 현존하는 작품현장이다. (2006년)

이름난 벼룻길로서, 시가 측에서 마중 나온 사람만 보태도 서른 명이 넘었을 텐데, 구경꾼까지 합치면 줄잡아도 오륙십 명 가까운 사람들이 외줄로 사뭇 늘어섰다고 하니, 과연 얼마나 볼 만했을까." 황산(黃山)은 물금의 옛 이름이며 이때의 물금은 지금 물금역 위쪽의 구물금을 일컫는다. 조선시대, 부산에서 한양으로 가는 길은 4개가 있었다. 그 가운데 중로(中路)가 부산-물금-밀양-대구로 난 길. 지금도 물금역에서 삼랑진역으로 가는 철길의 터널 위에는 원동으로 가는 옛 황산로의 흔적이 남아 있다.

「수라도」에 설정된 가야부인의 시가, 허진사댁 형편은 한말과 일제강점기를 통과하는 유가(儒家)의 부침(浮沈)을 고스란히 보여준다. 시할아버지의 만주에서의 독립활동, 둘째 시숙의 3·1운동 참가로 인한 죽음, 시아버지 오봉선생마저 옥고를 치르니 집안은 그야말로 쑥밭이 되고 살림은 탁방이 났다. 거기다 막내아들은 학병을 피해 집을 떠나 있으니 가야부인으로서는 마음 편할 날이 없다. 그러나 가야부인은 가모(家母)로서의 위엄을 지키면서 철저한 현실주의로서 기울어져가는 집안을 거의 혼자서 다스려나간다. 양반가문에서 불당을 짓고, 머슴이나 부엌식구들이 도리어 송구스럽게 여길 정도로 상일을 가리지 않을뿐더러, 구속된 시아버지의 면회를 위해 부산까지 출입을 마다 않고 아들을 경찰간부로 둔 이웃(이와모도 참봉)을 찾기도 한다. 가야부인은 반가(班家)를 지키면서도 또한 그것을 허무는 해체자이다. 특히 상처한 사위를 집에서 데리고 있는 몸종의 딸과 인연을 맺게 하는 일은 신분을 뛰어넘는 아름다운 결단이다.

기다리던 해방이 왔다. "인자 가야마님은 큰 소리 하기 안 됐능기요. 자손들도 다 베실할 끼고…!" 이웃동리까지 자자하던 기대는 허진사댁을 비켜 갔다. 그것은 민족의 독립을 위해 목숨을 바친 집안뿐만 아니라 참다운 해방의 뜻을 기대한 모든 민족의 배신이기도 했다. 이와모도 참봉의 맏아들이 경찰간부로 중용되었다가 국회의원이 되는 세상. 가야부인이 살아온 한평생은 그야말로 아수라(阿修羅)의 역사였던 것이다.

백낙청은 일찍이 문화의 변혁과 성장을 통해 살아 있는 문화로

토교나루

지금은 흔적을 찾기 어렵지만 낙동강 물줄기가 화제마을로 들어온 곳에 나루가 있었다. 강과 바다가 맞닿은 명호 친정에서 배를 타고 온 가야부인도 이곳에 내려 가마를 타고 시가로 갔다. 무당인 천금새의 집도 이 부근에 있었다.

● 찾아가는 길

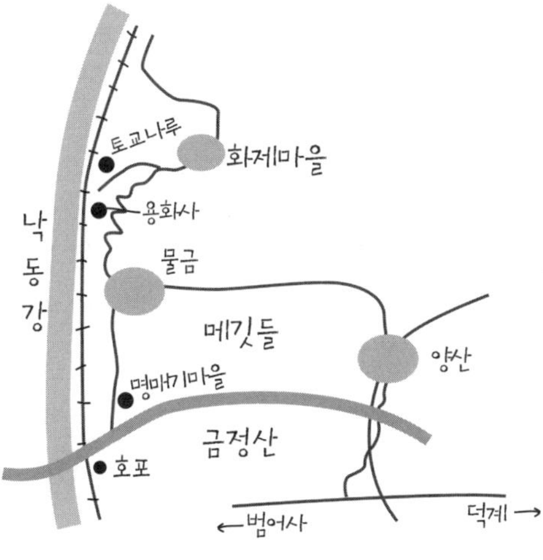

서 민족의 저력을 보여준, 민족문학의 새로운 규범*으로서 「수라도」를 평가했었다. 이순(耳順)에 들어 요산은 그가 살아온 세월이 곧 민족의 그것이었다는 걸 알고 민족문학에 주춧돌 하나를 놓을 수 있었던 것이다.

작품에는 화제리의 아주 많은 지리지명들이 나오는데 모두가 실제명이면서 "마을들의 배치와 거리감까지도 사실적으로 묘사"** 되고 있다. 송창우의 조사에 의하면 오봉선생 댁은 명언마을(느티나무가 있는 화제리 입구 마을)이며, 거기서 물금 쪽으로 되짚어 조금 내려가면 무당 천금새의 집이 있는 '태고나루터'에 닿는다(태고는 토교의 옛 이름인데 낙동강이 화제천과 만나는 지점 안쪽에 나루가 있었지만 지금은 전혀 그 흔적을 찾을 수 없다. 다만 그 부근에 토교마을이 있다). 그리고 오봉선생의 친구인 양접장이 살았던 동리인 '대밭각단'은 죽전마을의 옛 이름이다. 명언마을과 외화마을 사이를 흐르는 화제천의 토박이 말인 '냉거랑' 다리(화제교)를 지나 오른쪽으로 난 길을 따라 들어가면 화제초등학교가 있는 중리가 나오는데 죽산은 그 중리마을 초입에 있는 부락이다. 또한 송창우는 작품의 주요 모티브인 돌부처와 미륵당의 얘기도 마을에서 구전되던 이야기에 말미암고 있음이 확실하다면서 '미륵당'을 물금 가는 길의 '용화사'로 생각할 수 있다고 말한다.

하지만 볼거리와 스토리텔링에 바쁜 관공서에서는 용화사를 아

* 백낙청, 『민족문학과 세계문학』, 창작과비평사, 1978, 253쪽.

** 송창우, 「수라도를 찾아서」, 《지역문학연구》 9호, 경남 · 부산지역문학회, 194쪽.

예 미륵당이라 못 박고 있다. 용화사 길 주소는 물금읍 원동로 199-1인데 강을 따라 황산 베리길을 걷는 재미가 있다. 물금취수장에서 철길을 끼고 가면 물전시관 앞에 안내판이 있다.

삼랑진으로 가는 길
-「뒷기미 나루」

이제 「뒷기미 나루」(1969)를 찾아 삼랑진으로 가자. 그곳에는 근현대사의 폭력을 고스란히 감수해야 했던 속득이네의 비극이 있다. 화제에서 삼랑진으로 가는 길은 원동을 지나 천태산(天台山) 허리를 돌아 삼랑진 양수발전소를 올려다보며 간다(1022번 지방도로). 삼랑진 양수발전소는 천태산은 물론 만어산(萬魚山)과 구천산(九天山), 금오산(金烏山) 자락의 물을 담아 발전을 일으키는 곳이다. 특히나 만어산은 동해 용왕의 아들이 길을 떠나 머문 곳이며 그를 따르던 수많은 고기들이 돌로 굳어졌다는 전설이 삼국유사에 기록되어 있다. 만어사 아래 쏟아 붓듯 첩첩이 깔려있는 만어석은 속이 무르고 겉은 검푸른 이끼들이 끼어 있는데 두들기면 맑은 쇳소리가 나기 때문에 종석(鐘石)이라고도 불린다. 삼랑진으로 가는 또 다른 길로는 김해 생림-삼랑진-밀양을 잇는 1017 지방도로가 있다.

삼랑진(三浪津)은 이름 그대로 세 갈래 물줄기가 모이는 나루터이다. 낙동강은 남지에서 남강(南江)과 합류한 뒤 동진하다 밀양강과 합류한다. 삼랑은 낙동강, 남강, 밀양강의 세 줄기를 의미한다. 이러한 입지적 조건 때문에 삼랑진은 낙동강 연안의 상권을 주도해 온 교통의 요충지였다. 낙동철교 부근(낙동리)은 옛 조창(漕倉)터이다. 조선시대 김해, 양산, 밀양, 울산, 통영, 동래, 창녕 등 7개 군의 조세를 받아 보관하던 창고터였으니 그 규모를 알 만할 것이다. 지금은 민가들이 들어섰지만 1017번 도로에서 강가로 창암나루를 찾으면 된다. 오래된 선정비들이 세워져 있다.

그러나 삼랑진으로 가는 길은 열차여행도 좋다. 지금은 빛을 잃었지만 이곳은 잠시 교통의 요지로서 다시 부상했었다. 그러고 1903년에 세워진 삼랑진 역사(驛舍)는 이광수의 『무정』의 끝 지점으로 우리 근대문학의 한 현장이기도 했다. 이형식과 세 처녀가 준비론의 일꾼들로서 유학의 길에 오를 때 수재로 철길이 끊여 머문 곳이 여기이며 그 유명한 "교육으로", "과학으로" 조선을 구하겠다는 결의가 이곳 역 앞 어느 여관방에서 이루어지지 않았는가. 이러한 현장성을 아는지 모르는지 삼랑진역의 역사는 철거되고 새로이 현대식 건물이 들어서 버렸다.

역에서 내려 뒷기미 나루로 가자면 제법 걸어야 한다. 삼랑진역에서 김해 생림면으로 가는 1017 지방도로를 따라가다 송진초등학교와 낙동역을 지나 낙동교를 보고 오른편으로 난 강 길을 따라가면 상부동 마을이 나온다. 마을 뒤편 산언덕에 있는 정자를 기억해두고 좁은 길을 따라 들어가면 제법 규모가 큰 횟집이 있다. 그렇게 길을 따라 얼마 가면 나루터횟집이 나오는데 여기가 바로 뒷기미이다. 좁은 길 아래편이 예전의 나루터였다는데 모래톱도 쌓이지 않은데다 도로를 넓히고 포장을 한다고 그랬는지 좀처럼 흔적을 되살리기가 어렵다. 4월 말 필자가 찾아갔을 때에는 유채꽃 한 무더기가 한 뼘 강 언덕에 피어 있었다.

> 뒷기미 사공아 뱃머리 돌려라/ 우리님 오시는 데 마중 갈까나/ 아이고 데고 성화가 났네.
>
> 뒷기미 나리는 눈물의 나리/ 임을랑 보내고 난 어찌 살라노/ 아이고 데고 성화가 났네.
>
> 「뒷기미 나루」, 앞의 책 3권, 258쪽

뒷기미 나루는 밀양강과 낙동강의 삼각지점에 있으면서 김해군 생림면을 마주보고 있다. 예로부터 많은 사람들이 이곳 나루를 건너 삼랑진읍에서 대처로 나갔을 터이니 한적한 풍경을 하고 앉은 지금과는 전혀 다르게 숱한 사연이 서린 곳인 것이다. 더구나 일제강점기 때에는 "강 건너 동산 · 백상 · 명례 · 오산 등지의 순한 백성들과 그들의 아들 딸들이 징용이다, 혹은 실상은 왜군의 위안부인 여자 정신대(挺身隊)다 해서" 이곳을 건너갔으니 어찌 눈물의 나루터가 아니겠는가. 속득이는 밀양 땅꼴에서 열여섯에 이곳으로 시집을 왔다. 남편 춘식이는 아버지 박영감의 뒤를 이어 나룻배를 부리며 강 건너 모래톱에서 채소를 가꾸며 사는 순박한 무지렁이다.

뒷기미 나루는 삼랑진을 더 거슬러 올라간 낙동강 상류께, 지류

> 인 밀양강이 본류에 굽어드는 짬이라, 다른 곳보다 물이 한결 맑았다. 물이 맑아 초가을부터 기러기떼며 오리떼가 많이 모여 들었다. 그렇게 많이 모이던 기러기며 오리 등이 간다 온다 말도 없이 훨훨 날아가기 시작하면, 뒷기미의 하늘에 별안간 아지랑이가 짙어 오고, 모래톱 밭들에는 보리 빛이 한결 파릇파릇 놀랄 만큼 싱싱해진다.
>
> 「뒷기미 나루」, 앞의 책, 251쪽

이렇게 부지런히 뱃일과 농사일을 하면서 사는 이들 가족에게 불행이 닥친 것은 비까지 퍼붓는 어느 날 밤이다. 낯선 손님들의 급한 요구로 춘식이가 배를 젓고 강 가운데쯤 이르렀을 때 갑자기 배를 세우라는 목소리들이 들린다. 밤손님들을 쫓아온 경찰이다. 춘식이가 이러지도 저러지도 못하는 사이 뒤에서는 총알이 날아오고 뱃전은 순식간에 아수라장이 된다. 선 채 노를 잡던 춘식이가 좋은 표적이 됨은 당연지사. 춘식이는 정신을 잃고 쓰러지고 배는 물굽이가 사나운 하류로 뒤집힐 듯 흘러가고 만다. 춘식이의 생사도 모른 채 속득이와 시아버지 박영감은 '폭도'들과 내통했다는 혐의를 덮어쓰고 기관으로 끌려가 모진 고문을 당한다. 폭도들은 "가까운 곳에서 일어났다는 어떤 폭동사건"에 관련된 이들이다. 하지만 죄가 없음은 명백하니 이들은 풀려난다. 그러나 또 다른 비극은 이들을 수시로 찾아오는 기관원 중의 한 명에 의해 일어난다. 남편 대신 나룻배를 젓는 속득이에게 엉큼한 마음을 먹은 기관원이 수작을 걸다 속득이가 몸을 피하는 바람에 뱃전에서 강

뒷기미 나루

뒷기미는 낙동철교 부근에 있었던 조창터에서 보았을 때 뒤에 있는 개울과 산, '뒷개울 뫼'라는 뜻이다. 고기 잡는 배라도 매여 있어 그래도 이곳이 나루터였음을 간신히 생각하게 한다. 〈요산문학제〉 행사 때 을숙도에서 배를 타고 강을 거슬러 이곳에서 내렸다. (2006년)

● 찾아가는 길

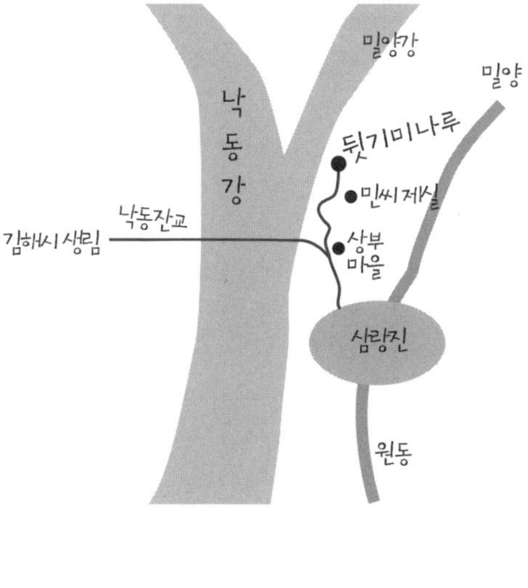

으로 빠져버린 것이다. 속득이는 자수를 했지만 어쩐 일인지 생사도 모르는 남편의 행방을 캐물으면서 '뒷기미 나루 살인사건'으로 처리되어버린다. 시아버지 박노인이 뒷산에 목을 맨 건 며느리의 재판이 끝난 며칠 뒤. 억울함을 호소할 데 없는 이 땅의 힘없는 백성이 택한 최후의 선택인 것이다.

「뒷기미 나루」는 김정한이 택한 낙동강 소설 중에서 부산에서 가장 멀리 있다.

박노인이 백중날 강아지와 보리쌀을 용왕님께 바치던 강, 속득이가 부끄럽게 남편 춘식이와 밤중에 멱을 감던 그 맑던 강은 예전 같지가 않다. 가던 길로 곧장 빠져서 밀양이나 다시 삼랑진으로 갈 수도 있다. 그러나 오던 길을 되돌아 상부동 마을 뒤쪽의 삼강사비(三江祠碑)와 민씨(閔氏) 제실에 들러 강을 다시 보는 것도 좋다. 강과 다리를 물들이는 석양은 우리의 삶이 문학과 더불어 그런대로 유장함을 느끼게 한다.

남해
-「월광한」과 「낙일홍」의 바다

남해는 요산이 7년을 살면서 초기 작품 대부분을 쓴 곳이다. 요산은 1933년 9월 26일자로 남해공립보통학교에 발령받아 1940년 3월 남명공립보통학교를 그만둘 때까지 교사생활을 했다. 이 기간 동안 그는 「사하촌」으로 등단하고 「옥심이」, 「항진기」, 「기로」, 「그러한 남편」, 「월광한」, 「낙일홍」까지 모두 7편의 작품을 쓰고 발표했다.

남해초등학교에 근무할 때 요산은 「사하촌」을 비롯한 초기작의 대부분을 썼다. 당시 그는 아이들에게 자상한 미남 선생님으로 기억되었다. 졸업앨범 사진 중 앞줄 오른쪽에서 두 번째가 요산이다.

요산 작품 중에서 남해 섬을 무대로 한 작품은 「월광한」(1940)과 「낙일홍」(1940), 그리고 1973년에 발표한 「회나뭇골 사람들」 세 편이다. 이 작품들의 무대를 찾는 일은 그대로 남해 기행이 된다. 남해고속도로를 타고 가다 진교에서 내리면 19번 국도를 만난다. 아름다운 현수교를 건너, 봄이면 벚꽃이 터널을 이루는 길을 따라가면 남해읍이 나온다. 우선 남해초등학교를 찾아 요산이 아이들과 뛰놀았을 운동장을 둘러보고 「회나뭇골 사람들」의 현장을 찾아보자.

> S읍에서 대티쪽으로 빠지는 한길을 향해 선 효자문(孝子門) 뒤로 접어들면, 몇 발짝 못가서 자갈 투성이인 골목 가에 커다란 회나무 한 그루가 서 있다. 그래서 이 골목짜기를 회나무 골목이라 하고, 그 일대를 회나뭇골이라 부른다. 옛날식으로 부를 때는 그저 〈서문밖〉이다. (중략) S읍 서쪽 변두리라고 했지만, 사실은 S읍 서쪽 냇가-라고 해도 와드락 작달비나 쏟아지면 시뻘건 물이 조금 흐르다 마는 그런 서들에 자리잡고 있다. 기미년 만세 때만 해도 소위 문안과는 꽤 떨어져 있던 곳이다.
>
> 「회나뭇골 사람들」, 앞의 책 4권, 189쪽

이 작품은 창씨개명이 강요되던 1940년 봄을 배경으로 삼일만세운동 때 피해를 본 박선봉 노인에 대한 이야기이다. 그가 사는 곳은 무당이나 백정들을 일컫는 소위 칠천(七賤)들이 모여 살던 동리이고 박노인은 백정 출신이다. 그의 큰아들은 삼일운동 때 동리 젊은이들의 앞에 서서 끝까지 버티다 몸을 숨겼다가 죽었다. 피해는 아들로 끝나지 아니하고 그가 몸을 피했을 때 경찰이 행방을 찾는다며 고문을 퍼부어 작은아들은 바보가 되고, 박노인은 경찰에 다시 끌려가 고문을 받다 죽지는 않겠다며 그들이 보는 앞에서 스스로 자신의 소중한 물건을 소 잡는 칼로 잘라 '동강자지'가 되고 말았다. 이야기되는 시간은 같은 백정 출신의 이웃인 송노인과 회나무 아래 그늘에 앉아 삼일만세 때를 회상하는 하루와, 손자와 그 또래 친구들이 신사(神社)가 있는 남산에서 버찌를 따먹다가 일본인 산림주사에게 벚나무에 동여매인 이튿날이다.

S읍이라는 표현을 제외한 묘사된 이 작품의 공간적 배경은 지리명과 거리감에서 모두 실재와 일치하는데 남해읍 서변리 130번지 일대가 소설 속의 현장이다. 읍사무소 옆의 중심사거리에서 중앙로를 따라 남산 방향으로 가면 길 오른편으로 효자문이 있다. 그리고 이 일대는 이전에 봉내, 또는 한내라 불리던 개천이 있어 자갈이 많았으며 소설에 묘사된 대로 오래된 회나무가 있어 회나뭇골, 회나무 골목이라 불렸다. 주로 백정이나 무당들이 살았음도 물론이다.

소설 속에 "얕잡아도 삼백 년은 넘었을 거"라고 묘사된 회나무는 삼일운동 때 동리 전부가 불에 탓을 때도 "신(神)이 붙은 나무라" 타지 않았다고 되어 있지만, 실제로는 소설의 배경이 된 일제강점기 이전에 불에 타 없어졌다. 그리고 일제가 동리에 불을 질렀다는 기록도 없다고 남해문화원 원장을 지낸 이동선(1932년생) 선생은 말한다.

정리를 하면, 회나무골은 작품에 묘사된 그대로 실재 존재하는 마을이면서 등장인물들과 같은 부류의 사람들이 살았다. 그리고 삼일운동 때 저항도 심했으며 피해자들이 많이 난 곳이다. 다만 회나무는 소설의 시간적 배경이 된 1940년 봄 이전에 정확한 이유와 시기를 모르는 채 불에 타 없어졌다. 결국 요산은 소설에서 회나무를 살려 나라 잃었던 시절의 아픔을 독자들에게 환기시키고 있는 것이다.

바보가 된 박노인의 작은아들이 하루 종일 남산만 우두커니 바라보고 앉았었고, 박노인과 송영감이 멍석에 앉아 얘기를 나누던 회나무가 있었던 터에는 이층건물이 낯설게 서 있는데, 다만 자갈로 담을 이루고 있는 낡은 옛집들이 몇 채 눈에 띄는 게 유일하게 과거의 시간을 붙들고 있다.

「회나뭇골 사람들」의 실재무대였던 남해읍 서변리 130번지 지역의 골목 안에 불타 없어진 회나무가 있었다. (2006년)

〈부산작가회의〉에서는 2004년 10월에 회나무가 오래전에 불타고 없어진 문학현장 대신 길 하나 아래쪽, 회나무가 보존된 남변동 사거리에다 표지목을 세웠다(요산 김정한문학제를 하면서 을숙도와 임경대까지 아담스런 표지목을 세 군데 세웠는데 모두 사라졌다. 2017년에 사하구청에서 을숙도에 「모래톱 이야기」 표지석을 다시 놓았다).

회나무거리라고도 불리는 이곳은 남해전문대학 후문을 물어도 쉽게 찾을 수 있다(매년 음력 10월 10일에 회나무가 불타고 없어진 서변에서는 마을회관에서 동제를 지내고, 남변에서는 회나무 자리에서 당산제를 지낸다).

● 찾아가는 길

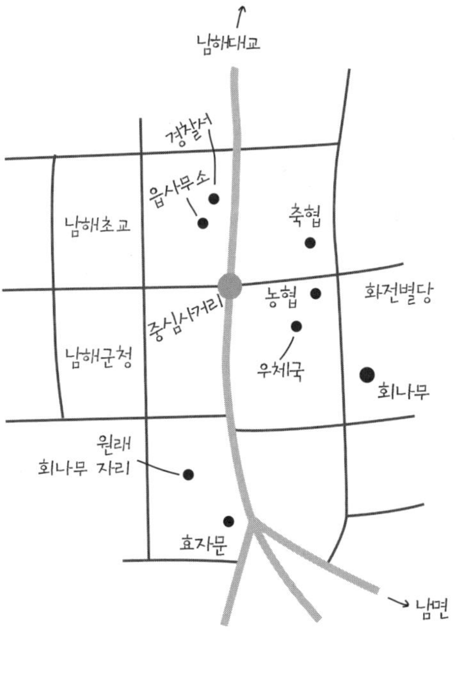

또한 이 작품에는 삼일운동을 사전에 밀고해서 출세한 박희경이라는 면장과, 어린아이들이 신사 가까운 곳에서 버찌를 따 먹었다고 나무에 묶는 군청 산림계 기수인 후지다라는 부정적인 두 인물이 등장하는데, 이름은 달라도 그들이 행한 일은 모두 사실이다. 남해읍을 떠나기 전에 요산의 남해공립보통학교 시절의 제자인 이동근 옹(1936년 졸업)을 만나 졸업앨범을 볼 수 있었다. 빛은 바랬지만 아주 깨끗하게 보관된 앨범은 사진까지 선명해서 칠십 년 세월이 손에 잡힐 듯했다. 이 옹은 아이들이 요산을 많이 따랐으며 아주 미남이었다고 기억했다.*

이제 「월광한」과 「낙일홍」의 무대를 찾아가 보자.

남해읍에서 이동면 방향 19번 국도에서 1024번 도로로 바꾸어 타고 바다를 따라가면 다랑이 논과 암수바위로 유명세를 타고 있는 가천을 지나 향촌마을과 선구마을이 나온다. 「월광한」의 S포구는 바로 선구마을이다. 요산은 이 작품을 쓰기 위해 1939년 8월, 제주해녀들이 집단으로 모여 일했던 남면의 선구리에서 며칠을 머물며 그들의 물질과 생활, 그리고 민요 등을 취재하면서 어울려 술도 마시고 뱃놀이도 갔다고 「8월의 바다와 해녀」(1967)라는 수필에 적고 있다. 바다를 소재로 한 소설을 써달라는 《문장》지의 청탁을 받았기 때문이다.

* 요산이 남해보통학교에서 몇 학년을 맡았는지는 확인할 수 없었다. 남해초등학교 개교 100주년 졸업생명부(2005년 발행)에 담임의 이름이 기재되어 있는데 요산 재직 기간 중에는 두 명만 나와 있고 나머지 해에는 담임 이름이 빠져 있다.

남명학교 재직 시 일제 말의 전시 상황에 맞물려 요산의 문학정신도 어쩔 수 없이 약화될 수밖에 없었다. 요산은 남면 면소재지에서 가까운 제주 해녀들이 많이 살았던 선구리를 「월광한」의 무대로 했다. 선구리 맞은편 바다에는 목도라는 작은 섬이 있는데 소설에서 뻐꾸기섬으로 내재화되었다고 볼 수 있다.

이야기는 매우 단순하다. 젊은 여자에 대해서는 얼뜨기 노릇만 하는 젊은 하급관리가 S포구로 출장 가는 길에 물질을 하고 있는 해녀들을 만나 그들이 채취한 우렁쉥이를 산다. 제주해녀들에 대한 흥미도 흥미지만 젊고 예쁜 은순이라는 해녀에 대한 관심 때문이다. 포구에 도착한 주인공은 그 동리에 사는 친구를 통해 은순이와 다른 해녀들과 어울려 술을 마시고 그들의 노래와 춤을 즐긴다. 출장기일을 연장하며 포구에 머물던 주인공은 달밤에 은순이가 젓는 배를 타고 빼꾸기섬으로 가면서 무한한 바다와 같이 확대되는 적막 속에서 일탈을 맛본다. 그 고양된 감정은 이렇게 묘사되어 있다.

> 배가 뒤엎어 질가 저어하던 바로 일순 전의 내 자신이 새삼스레 우습게 생각되었다. 물론 바로 내 앞에서 옷자락을 휘날리며 배를 젓는 은순이에게 대해서도 아무런 생각도 남아 있지 않았다. 삶도 죽음도 사랑도 그 밖에 어떠한 것도 벌써 내 가슴을 두근거리게 할 수는 없었다. 오직 영원한 달과 바다와 내 고독한 영혼만이 엄숙한 적막의 황홀경 속에서 이글이글 타오를 뿐이었다.
>
> 「월광한」, 앞의 책 2권, 53쪽

선구마을은 바다를 두고 항촌마을과 마주 보고 있으면서 목도라는 섬을 앞에 두고 있다. 해송이 우거진 목도는 소설에서 빼꾸기섬으로 내재화되었다고 볼 수도 있을 것이다. 썰물 때는 향촌마을에서 목도까지 걸어서 갈 수도 있다.

선구마을에서 고개를 넘어가면 사촌해수욕장이 나온다. 여수만을 마주 보는 이 바닷길은 낙조가 아름답다. 운암마을에서 왼쪽으로 가면 남면 면소재지에 있는 남명초등학교를 찾을 수 있다. 요산은 1939년 5월 13일 자로 이 학교에 발령받아 이듬해 3월 31일까지 근무했었다(사표수리 일자는 5월 31일).* 이 학교에서 눈여겨볼 것은 현관 벽에 붙은 역대 교장선생님들의 명단이다. 그중 초대 이홍주 교장과 2대 미야우찌(官內眞證) 교장을 눈여겨볼 필요가 있다. 두 인물 모두 「낙일홍」의 모델이 된 이들이다.

「낙일홍」은 박재모라는 교사가 산골의 동네 글방에서 시작하여 6년에 걸친 갖은 고생 끝에 제대로 된 건물을 지어 버젓한 학교로 만들었지만, 분교에서 벗어나 정식 학교가 되었을 때는 교장이 되지 못하고 평교사로서 또 다른 오지로 발령을 받는다는 이야기이다. 새로 부임하는 교장이 박재모와 같이 근무한 적이 있는, 문제를 일으켜 전근을 간 일인교사라는 설정은 인사정책에서의 '민족차별'을 명백한 주제로 하고 있음을 보여준다.

남명으로의 전근에 대해 요산은 다음과 같이 회고하고 있다.

> 남명? 남면에 있는 학교란 건 알고 있었지만 과연 어떤 곳인지는 미처 몰랐다. 다만 그즈음 들리는 소문에 의하면 그해 4월 새로 부임한 일본인 교장을 학부형들이 맹렬히 배척하고 있다는 것이었다. (중략) 그 학교 학부형들이 신임 일본인 교장을 배척하는

* 남명초등학교 직원명부, 제1권.

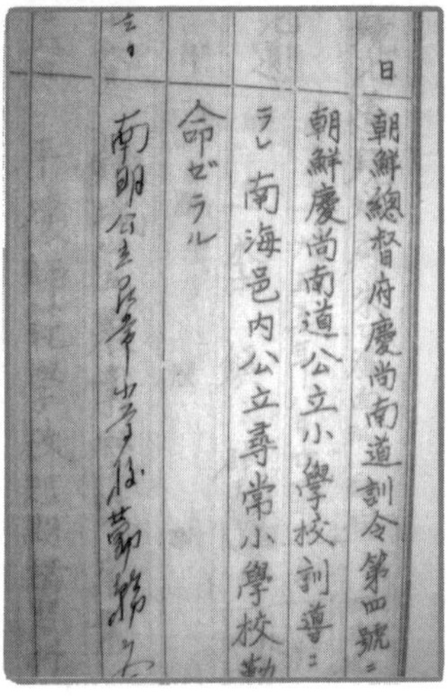
朝鮮總督府慶尚南道訓令第四號
朝鮮慶尚南道公立小學校訓導
南海邑内公立尋常小學校勤
命ゼラル
南明公立尋常小學校勤務

남해초등학교 전출직원이력서에 명기된 요산의 남명초등학교로의 전근을 알려주는 서류와 남명초등학교의 지금 모습. 전근명령 서류에는 조선총독부 경상남도훈령 제4호에 의해, 조선 경상남도 공립소학교 훈도 김정한을 남해읍내 공립심상소학교 근무에서 남명공립심상소학교 근무를 명한다고 적혀 있다.

이유는 지극히 간단했다. - 그 학교가 설 때부터 와서 교사를 짓고 지금의 6학급이 되기까지 학교를 키운 이 아무개란 조선인 교장이 부형들의 신임과 존경을 받고 있던 터인데 갑자기 3학급밖에 안 되는 작은 학교로 쫓겨 가고, 하동 산골에 있는 쬐깐 학교에서 말썽을 부리던 미야우찌란 일본인 교장이 덜컥 교장으로 부임해 왔기 때문에 반대운동이 일어났다는 것이었다.

김정한, 「문학과 인생」, 《한국인》, 1985년 1월호, 102~103쪽

이 아무개란 조선인 교장은 이홍주를 말하는데 학교를 세우는 데 공헌한 그가 벽지로 가고 평이 좋지 못한 일본인 교장이 왔으니 학부형들이 배척운동을 벌인 것인데, 그러한 사실을 요산은 소설에서 이 교장을 산골 분교의 수석훈도 박재모로 바꾸어 일제 말의 고뇌하는 '조선인 교사상'을 그려본 것이다(실제로 요산은 학부형들과 일본인 교장 사이의 불화를 해소하는 역할을 훌륭하게 해내면서 남해에서의 마지막 교사 생활을 했다).

● 찾아가는 길

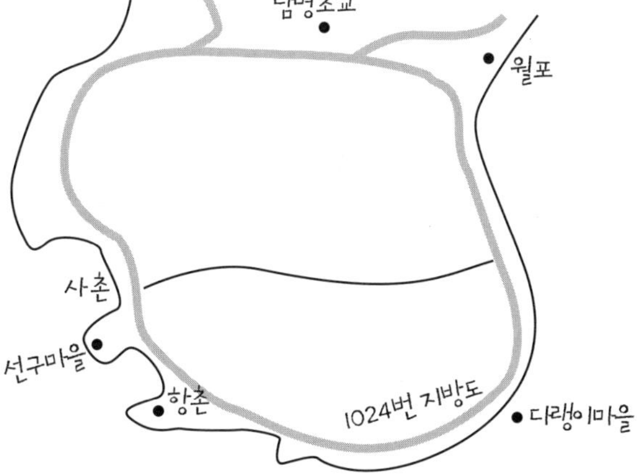

한편 작품에는 학교 화단에 심겨진 꽃나무들을 "벌써 빨갛게 꽃이 핀 동백나무를 비롯하여 군데군데 심어 둔 상록수 사이에 아담하고 질서 있게 째인 여러 가지 화초들. 나날이 따뜻하게 녹아내리는 봄볕을 받아서 어느덧 매화는 무덕진 향기를 풍기고, 개나리는 노오란 꽃술들을 하늘거렸다."라고 묘사하고 있지만 실제 요산이 근무했을 당시 학교 둘레에는 아름드리 벚꽃이 담을 이루고 운동장 오른편에는 저수지가 있었다. 지금 벚나무는 모두 베어지고 저수지는 메워져 남면 공설운동장이 들어섰다.

작품의 끝에는 박재모가 학교운동장에서 석양을 바라보면서 '교사'로서의 깨달음에 도달하는 장면이 묘사되어 있다.

> 그러자 몇 걸음 안 떼놔서 갑자기, 아주 뜻밖에 전연 딴 생각이 불쑥 일어나서 가슴 속이 금방 후련해졌다. 마치 악몽(惡夢)을 깬 듯하였다. 뉘엿뉘엿한 낙일(落日)이 일찍 보지 못했을 만큼 붉고 아름다웁게 빛났다.
>
> '좌천(左遷)이든 머든 좋다. 어서 갈고지나 가서 갯놈 애들하구 고기나 잡고 지내자!'
>
> 재모는 이런 생각을 가지면서 기다란 그림자를 고요히 끌고 돌아갔다.
>
> 「낙일홍」, 앞의 책, 90~91쪽

소설 속의 학교 운동장에서 박재모가 아름답게 빛나는 낙일을 보면서 깨닫는 바는 바로 피식민지의 지식인—구체적으로는 신진

소설가이면서 남명공립보통학교의 수석훈도인—요산의 자각이기도 하다. 이 시점에서 그런 깨침이 중요한 것은 어둡고 헐벗은 현실을 직시하고 그것을 이겨내야 한다는 사실, 감정에 기댄 일순의 정신적 일탈과 고양(「월광한」)이 허위일 수도 있다는 자각이라는 점에서 이 작품은 요산에게 소중하다.

주인공 박재모가 발령받아 가야 할 "학교 설 자리에 보리가 퍼렇다우." 하는 갈고지는 내재화한 지명이 아닌 실재명으로 고현면 갈화리(葛花里)를 말한다. 갈화초등학교는 1939년에 1학급의 고현공립심상소학교 부설 간이학교로 출발하였으니 소설 속의 형편과 거의 일치한다. 1999년 9월에 폐교된 바다에 면한 이 자그마한 학교를 찾으려면 남해대교를 건너와 고현과 서면 분기점에서 서면 쪽으로 내려가 우측으로 바닷길을 따라가면 된다.

남명에 근무하면서 요산은 학교에서 언덕 하나 너머에 있는 옛날 술도가를 하던, 집은 낡았지만 뜰이 널찍해서 좋은 집에 세 들

요산은 남면 면사무소 건너편의 마당이 넓은 옛날 술도가였던 집에 세 들어 살았다. 지금은 여러 건물로 분할되어 있지만 이곳에 오래 산 이들은 술도가 터를 정확히 기억하고 있다.

어 살았다고 회상한다. 학교를 나와 면사무소로 가자면 약간 오르막길을 올라야 한다. 그리고 파출소 가기 전의 왼편을 보면 이층건물과 단층건물이 죽 몰려 있다. 당항리 1386-2번지와 1386-6번지로 나누어져 있는 이곳이 술도가를 하던 집터이다. 요산이 살았을 당시에는 집 뒤로 대밭이 있었는데 지금은 다 베어졌다. 2006년 당시, 노래방과 다방이 간판을 달고 있는 이 집에서 요산은 갓 태어난 막내까지 아이 넷을 키우면서 남해 시절의 마지막 두 작품을 쓴 것이다(「낙일홍」에는 딸 셋에 아들 하나라는 설정과 연보에 나오는 자녀들의 출생연도와 어울리게 작품 속의 아이들의 모습이 그려져 있다).

그리고 요산은, 우리말과 우리글을 못 쓰게 하면서 '황국신민'의 양성에 혈안이 된 교단을 떠나 폐간을 앞둔 동아일보 지국을 맡기 위해 1940년 4월에 가족과 같이 비 내리는 진주 촉석루를 구경하고 고향인 동래로 돌아간다.*

우리의 남해 기행도 남면에서 일단 끝이 난다. 돌아가는 길은 창선대교를 택해서 상주 노도의 김만중 유배지나 미조 상록수림

* 요산탄생 100주년을 맞아 이상헌 기자가 〈새로 쓰는 요산 김정한〉을 2008년 10월부터 부산일보에 연재했다. 연재 4회에 남명초등 시절 요산의 3학년 반장을 지낸 김경수 옹의 증언이 나온다. 음악, 체육은 거의 하지 않았으며 수공시간(만들기 시간)에는 종이접기 등을 시켜놓고 요산은 글을 썼다는 것, 수업 용어는 반드시 일어를 쓰게 돼 있었는데 요산은 조선말을 많이 사용한 점에서 다른 교사들과 달랐으며, 틀린 조선말은 고쳐주었으나 일본말은 발음이 틀려도 모른 체했다고 회상했다. 그리고 아이들에게 학교를 그만두는 이유를 치질이 있어서 더 이상 선생 노릇을 못한다고 둘러댔다고 한다. 동래로 돌아간 뒤 동아일보 지국을 맡으면서 겪은 일을 쓴 「위치」(1975)와 동래를 배경으로 한 또 다른 소설들인 「그러한 남편」(1939)과 「굴살이」(1969) 등의 배경에 대한 이야기는 이 책의 「곰삭은 부산, 동래와 온천장」에 언급되어 있다.

요산이 잠든 신불산공원묘지는 염수봉 아랫녘에 자리하고 있는데 염수봉의 주능선은 남쪽으로 널밭고개 시미기고개 등으로 오르내리다 물금 방면에서 낙동강으로 침하한다. 결국 요산은 죽어서도 자신의 문학적 안태고향을 떠나지 않은 것이다.

● 찾아가는 길

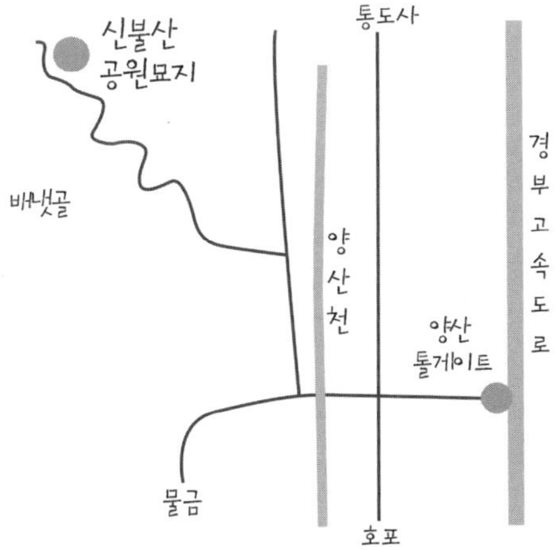

등을 보고 가는 것도 좋으리라.

*글에서 요산의 동대신동 집과 묘소가 빠졌다. 1941년 서구 동대신동으로 옮겨와 처음 집을 구했던 곳은 동대신동 3가 210번지이며 1976년에는 바로 인근의 삼익아파트 13동 305호로 옮겨와 타계할 때까지 살았다. 삼익아파트가 들어선 곳은 6 · 25전쟁 때 요산이 수감되어 생사를 넘나들던 부산교도소가 있던 자리이다.

묘소는 양산시 신불산공원묘지(D-아-23)에 있다. 관리사무소 앞마당에 주차를 한 뒤 사무소를 마주 보고 왼편으로 조금 걸어가면 쉽게 찾을 수 있다.

이야기를 걷다(개정판)

소설 속을 걸어 부산을 보다

초판 1쇄 발행 2006년 9월 6일
개정판 1쇄 발행 2017년 12월 29일

지은이 조갑상
펴낸이 강수걸
기획 이수현
편집장 권경옥
편집 정선재 윤은미 박하늘바다 김향남
디자인 권문경 조은비
펴낸곳 산지니
등록 2005년 2월 7일 제333-3370000251002005000001호
주소 부산시 해운대구 수영강변대로 140 BCC 613호
전화 051-504-7070 | 팩스 051-507-7543
홈페이지 www.sanzinibook.com
전자우편 sanzini@sanzinibook.com
블로그 http://sanzinibook.tistory.com

ISBN 978-89-6545-463-2 03810

* 책값은 뒤표지에 있습니다.
* 이 도서의 국립중앙도서관 출판예정도서목록(CIP)은 서지정보유통지원시스템 홈페이지(http://seoji.nl.go.kr)와 국가자료공동목록시스템(http://www.nl.go.kr/kolisnet)에서 이용하실 수 있습니다.(CIP제어번호: CIP2017034433)